¶
alinea

也稱pilcrow，是一個古老的編輯符號——¶，標示出新的段落，
同時指引讀者從此將要開始新的討論或新的思緒。
以alinea命名的書系，就是要回歸到編輯的古典角色，
以我們對於閱讀的眞誠與專業熱情，
不斷爲讀者打開一個又一個不同流俗的新視野。

05

辛老師的私房國文課

從經典中學習生活智慧

辛意雲——著

作者的話

＊編按：這本書由辛老師在建中四十餘年教學時光的講稿挑選、匯整而成，也節錄了許多經典篇章的傳授心得。在本文中，他分享自己的成長學習歷程，期作為對讀者的期勉，以為代序。

我很喜歡回建中校園，覺得一生中最大的快樂，就是在建中數十年的教學活動，及繼續在國學社擔任指導的時光！

原先以為這只是一個讀書會，能和一些年輕人聚在一起讀一本書。等到這件事情成立之後，才知道是這麼正式的課，我在想今天算是序言吧，我就報告一點我的教學經驗。這個教學經驗，平常也不太敢跟別人說，原因是太個人化！

我擔任國文課教師的第一個念頭就是：我為什麼要來教國文？我要教什麼？特別是在這個大時代，我能夠讓國文展現成什麼樣的活動？然後來跟學生們產生互動。我是從這樣的念頭開始。

就先從我的成長歷程開始說起，會比較完整。

小的時候我身體不好，常常生病在家。我母親是學西方文學的，就為我準備一落小說，順時間的排下來，從神話到宗教故事……，我經常躺在那裡看書，在這個經驗當中，引發了我好奇地想去探索西方文化。所以後來我在大學讀西方哲學的時候，就發覺在學校學習的哲學知識似乎太單薄。文化像一棵樹，我們的學習只是掐了一根枝子。

我過去是學哲學的，在學哲學的過程中，我發現當時的學校、包括現在的教學，都好像只是拿一個大香腸一節一節切下的斷裂學習。

我讀大學、研究所時，台灣的出版業還不發達，可以買到的哲學性書籍很少，當時常常由老師掏錢去美國買一本書，或者同學集體購書，再輪流打字（那時候還沒有複印機），打完以後油印，然後大家才去讀那本書。

當時我想，一則書本的取得竟這麼困難，二則我們所能獲得的只是這麼片段的知識，有時候從老師們哲學性的敘述過程中，我發覺，如果從整個大文化去看，它不僅只有這個意思，還有更豐富的意涵，而某問題的概念，其實是從一大堆事理中，抽出來一個具有代表性的意義而已，要還原回到那個大系統裡去才看的清楚，然後所有的東西就活了！所以，我思考著需不需要繼續在台灣讀哲學？

本來我想出國讀書，可是到大四的時候我母親病重，而我是獨子，看情況是不能出去。我開始想，不如轉到中國系統中去，讀中國哲學吧！

那時候大學裡沒有副修，我就加修了國文系的課，很幸運遇到了師大的魯實先先生，跟著他從文字學入手！之前，我也曾聽了哲學系很多中國哲學的課，發覺同樣有它的某些問題。可是，等到我從文字學入手，再跟著魯先生讀文學去了解「文章體例」，讀《史記》了解「著作體例」，然後來說明整個中國思想的完整性，我才開始意識到，原來我們一般學的課程，跟傳統的學習是不一樣的！

魯先生沒有讀過大學，甚至現代小學、初中、高中都沒有畢業，他說，他建立了一套傳統的自學方式。站在他的立場，他不太贊成現代一般學者們講的中國東西，因為那是站在外面的說法。

同時，我很幸運地又跟了愛新覺羅．毓鋆先生，當時他講今文經家之學。而愛新覺羅．毓鋆先生是跟康有為、梁啟超的系統下來，從他的教導中我意識到，除了魯先生學習中國學術的這套方式之外，也看到中國學術確有它的系統性，不是現代一般所說的道德格言而已！進而從這個系統中理解，中國有一個文化下的大系統，此是構成了中國的學術的根本！

對我影響最大的是錢賓四先生。錢先生基本上雖然反對清朝今文經家的講法，但是他融合了今古文，也應用了傳統的考據與訓詁，然後向上追溯，儘可能的查出本源，這是發生論的研究方法，同時說明傳統學術的根本問題。從這些系統裡面，我對中國傳統學術也有了認識！

中國有沒有哲學？這是近代學術的大議題。

幾年前國科會、教育部曾拿出很大一筆錢，讓近年在國外拿到哲學博士學位回國的年輕學人，比如在美、英、法、德、甚至於西班牙、義大利，讓他們回到留學地，做一年的學術研究，研究近代西方人對中國傳統學術的看法、以及對中國哲學的看法，他們回來後，有共同一致的結論，即依西方學術傳統表示「中國沒有學術」、「中國沒有哲學」，如同十九世紀、二十世紀初的看法，中國只有「道德性」格言及一些「宗教性」的信念記錄而已。

其實我學哲學的時候，很早就碰觸到「中國沒有學術」這個問題。比如在美學上，一直到十九世紀末期，西方的美學大師就說：「中國仍是在前科學時代」——就是根本沒有科學，因而說：「中國只有經驗的集結，沒有任何學術系統的發展，所以中國所有的東西都只是隻字片語，散亂在各種文字記錄中。」那時我們讀到這些，非常震撼！

授課的老師在他們的認知前提底下，也真的是這樣子教我們。比如教我《老子》的第一個老師是用英文教，他說我們中國文字完全沒有邏輯性（他是一個好老師，對台灣很有貢獻，他現在還活著的話，也都一百出頭了），他認為《老子》是一本完全沒有邏輯系統的書、字意含混、模糊，所以我們讀的是美國人的英譯本，他說：「幸虧美國人整理了這本書，這本書大家容易讀得懂，我們就從那裡開始！」。第二個教我《老子》的老師，同樣說《老子》沒有系統，他就把《老子》按照西方哲學宇宙論、本體論、認識論等等的次序，排列整理成一本新老子，如同陳立夫先生覺得《論語》沒有系統，就把四書統整了一遍，按照科學性的排法，把《四書道貫》排了下來！這些先生們活到今天也都有一百歲了，他們雖然都是清朝人，不過都受新式教育，有的留了學，這是他們對中國學術的看法。

等我跟了魯先生，再跟了愛新覺羅．毓鋆先生，聽他講今文經家，再去錢賓四先生那裡聽課學習，我發現中國實在是有一大套知識系統，如果了解跟掌握了這套系統以後，中國所有的東西都不再像我們現在所面對到的一些文字、文章中所說的那麼不夠豐厚。老人家們說：中國仍然是有他的學術系統，每個文字背後都有特定的含義，其所形成的「家法」中，在義理的解釋上，就呈現了某些特殊的說法。這是我當時學哲學，進而跑去中文系加修學分所得來的經驗。

就在這個經驗中，等到我教課的時候，我就常常在想，我要從哪裡帶動學生認識這個「知識」？它不是單純感性的記錄，它有理性的架構，同時有它的知識性——因為站在西方哲學來講，非得有知識性，否則不足以成為「知識」。而中國所有的東西實際上也是有知識性的，只是它所知的對象和西方所知的對象有不同。西方所知的對象，是以客觀世界的構成物質為主，而中國所知的對象則是以人、以生命為主。因此，中、西所形成的知識、知識系統、知識方法也就互不相同了。

我後來就從這個角度，在錢先生的教導下，慢慢地整理出了一點點想法跟看法，從這當中來教學生，結果取得了很大的效果，此後從這個角度一路整理：中國哲學史、中國美學史以及各個經典的註解，只是覺得目前還不夠完整，還不敢拿出來出版。

此外，我還跟過很多老師，比如我跟了方東美先生四年、牟宗三先生四年，那時候我旁的事都不做，就是整日跟著老師讀書，聽很多先生的課，都對我有很大的啟發。

同時也上過林尹先生、高明先生的課好多年，特別是高明先生，他教我的時候雖然偏訓詁及治學方法，可是他的講法偏古文經家的說法；我也跟屈萬里先生上完了《易經》、《詩經》跟《尚書》，他從考據、訓詁中，引用現代方法建立他的系統。

然而，讓我真的覺得將學術和生命合一、享受現有的狀態，是來自於四位都沒有受過現代學術訓練的先生。如果回到現實生活層面而言，我看到現代學術訓練出來的先生們，大多內心似乎都很辛苦，而這四位先生大體上心境都還快樂，特別是錢先生最快樂！

魯實先先生很率性而為，他聽說某某先生不認真教書，他還會跑去罵人，但他個人處世心境快樂極了，沉浸在他的學術研究中，得一字則欣喜萬分。

愛新覺羅・毓鋆先生直到一百出頭的歲數，還在教書。他常褒貶人物、意志力堅強，我跟隨他老人家治傳統學術也有二十多年。

最安然、最怡然自得、最自在的則是錢賓四先生。我在他那裡學到很多，也對我影響最大！因為我在他身邊有二十三年，看著他的生活處世，然後學到怎麼過怡然自得的日子。

比如說錢先生八十八歲時眼睛完全看不見，每回我們去看他的時候，就幫他讀報。有一次讀完報、聊完天，他就問我說：「你快不快樂呀？」我說：「快樂！」他就說：「你為什麼快樂呀？」我說：「好像人生沒有什麼過不去的困難！」他點點頭：「很好！那你教書呢？」我說：「教書是我快樂的源頭，建中學生實在是太棒了！他們原本就好的不得了！他們一旦聽懂了道理，簡直就像羚羊一樣飛躍而起，讓我實在太快樂了！此外還有我愛讀書。」他就點頭、點頭，又問：「如果這些都沒有了呢？還能不能快樂？」我說：「老師你的意思是，你讀書讀了一輩子，但現在眼睛看不見了……。」他說：「對！如果這時還能快樂，才是真快樂！沒有任何依傍，你才是真正享受到人生的快樂。」此語給我的啟迪好大、好大！我們每次去看他，他就會在言談中突然冒出來一句話、一個提醒。

我還有一個很深的印象。錢先生過九十歲生日，我們祝賀他長命百歲，他也笑著點頭，他那時候正在抽煙，就擦上火柴，點了煙斗，要我們看那根火柴，然後搖一搖火柴就熄掉了，他說我現在就像這樣。大家就說：「你不會！不會的！」他說：「不是！你們要知道人的身體會衰老，到衰老的時候，活一天是很辛苦、非常吃力的，不要以為活著就好，而是你們要怎麼活。」很多時候，他輕描淡寫一句話中就蘊含豐富的道理。

此外，印順老和尚是我真正的啟蒙老師。我從小病痛，總是迷迷糊糊的，因為老和尚的佛學課程，一下子心境就豁然開朗了。而他也沒受過現代學術訓練，但從他那裡學得的佛學教育，使我獲得莫大的啟發！印順老人也活到一百零二歲。

我覺得這四位老人在傳統學術中，能充分享有自己的生活，或者說充分享有他們自己的生命本身。而我在這樣的學習過程中，也提供各位一些我的讀書心得，給大家做參考！

訪談三問——於出版之前

＊編按：作者受訪於本書付梓之際，由編輯室選摘與整理。

請問您持續熱情推廣國學、閱讀經典的原因為何？

我之所以到今天仍有著高度的熱情來推廣經典，其實一路以來，我不只是推廣中國經典、傳統經典，而且也推廣西方經典，我希望喜歡閱讀的學生、人們都能讀各種流傳下來的人類的經典，因為這些經典是人類智慧的結晶，不只是生活、生命、智慧的結晶，還包含了各式主題（Subject）。若我們能閱讀經典，藉著他們的智慧，進入到自身的生存、生活、生命的理想中，我想，這樣是可以讓我們的人生更完美、更輝煌、更享受的一件事。

尤其在中國經典的推廣中，一方面是在近代作為一個中國人，因為清朝學術的扭曲、曲折，以至於到近代西方各方面的發展，相對之下更讓我們醒覺自身的不足，並看見自己的孱弱、智慧的貧乏，因而也有太多的自我否定。尤其是近代許多的學者，包括深耕中國傳統學術的學者，很多都是帶著這樣輕視的眼光，來看待自己的學術，可是我因為機緣跟著這些先生們讀了書以後，進入到這個體系中，我覺得，就人生而言、就人的生命而言，或就人作為一個主體而言，中國經典是全世界經典中最豐富的，同時有著自身完整細膩的方法論、文字結構等，如何將這個寶庫打開給大眾享用，是我這一生努力的方向和生活目標。

您自詡為快樂的讀書人，可見閱讀給您莫大的收穫。可否談談閱讀帶給您的影響？

閱讀給我的影響太深遠，我從小身體不好，必須很孤獨的在病痛中生活著，從開始閱讀之後，才讓我對生命開始有著無限希望。我閱讀的範圍很廣，包括我母親當時為我準備的宗教童話、神話故事、一般的兒童故事等等，以至於到小說、世界名著，從這當中我了解，誠如《約翰．克利斯朵夫》裡所說的，「英雄不是沒有怯懦的時候，只是不會被怯懦征服」。全人類都有痛苦的時候，只是作為一個有智慧的人，不會始終沉溺在痛苦之中，他會找到一條生命的出路，讓自己充分享受生命；同時閱讀也讓我看到人們生活的艱辛，這使我對於人有極大的同情，而後當我讀佛學時，我了解那份悲心悲情的重要性，同時也更進而了解孔子談的「仁」——仁愛的「仁」，那份愛的圓滿性的展現、完成，所以我努力的從這些地方拓展，也因而享受到快樂的人生。

這次新書出版，有沒有什麼特別的期待或期望？

對這次新書的出版，我確有期待，但並不是希望有眾多讀者買書或想有些什麼名氣的緣故，而是心中充滿好奇，因為那些都是我的讀書心得。當年在建中針對孩子們的問題，我可以暢所欲言，告訴他們我的想法、看法等。經過了幾十年光陰，大家說當年的建言還是對人有所幫助，這是我好奇的；同時我也期待觀察，是真的嗎？真是這樣嗎？我自己有些意外，但是很開心能夠有機會給人們提供一些幫助、教育或建議，這是我個人的期待，也謝謝所有幫忙的人，讓我領會到我原有的努力及提供的，是真有益於大家的，更讓我領會到《論語》中所說「切磋琢磨」的真諦。

目次

輯三 處世的智慧

輯　一

如何喚醒青年力

青年的問題與煩惱

＊編按：本文中，辛老師雜談青春期特有的困惑並提出建言，期勉青年不畏困難，視成長為禮物。

今天社長給我一張上次座談會同學們提出的問題，總體說來，這些問題可能是同學極關心的，也就是青年面對成長的煩惱——從生理到心理，從個人到社會。

現在就從社長提出的家裡的問題談起。他說，在家裡，父母對你們的關懷，特別是母親的關懷，並沒有因為你們長大了而改變。他舉了一個例子，說他母親甚至有時候端著牛奶追到車站要他喝下，使他感到非常尷尬。（在這點上，我覺得他相當健康，因為他能面對自己的問題。我們要解決自身的問題，首先要先面對問題，而且能夠表達出來，那麼隨著年齡的增長、經驗的增加，或許這些問題就會迎刃而解了。）他問這時候該怎麼辦，如何表達才不會傷害到母親的心？的確！如果你拒絕，母親會受傷，尤其是這份愛心，是全天下都找不到的，我想能不能預先在出門前就提早喝掉它呢？在你們這個年齡不太愛吃東西，尤其是早上，為了趕車，時間很匆促，所以你們常不吃早點或有不愛吃的。同時性格上又有一般表示自立的衝動，特別是大人們要你們做什麼的時候，你們直接的反應就是說「不」。

青春期面臨的特點

你們都是青春期的孩子，所謂青春期，男孩子平均的年齡是十四歲開始到十八歲之間；女孩平均年齡則是十三歲開始到十七歲之間，這四年時間，我們或許可以稱它為青春期吧！男孩的十二、十三、十四歲是青春前期，十四到十八歲是青春期的中期，十八到二十一歲是青春後期，從二十一歲開始，就是所謂的成年了。在這四年間，屬於青春期，我們特別用一個「期」字，就是代表我們一生中一個短暫的時間，但是這短暫時間的變化是非常激烈的，它使作為孩子的你們，經過一番激烈的變化，進入青春期。在這個時期，因為從生理的急速發展到心理的種種變化，心理學家又稱這段時期叫做「狂飆期」。

一如你們在十二、三歲開始，可能有一種經驗，就是時常打翻一些東西，走路會撞到東西，這是因為你們的骨骼發育太快了，肌肉無法與之配合。還有你們會變聲音，男孩們會有喉骨，女孩子會有乳房，以至於你們身體、性徵的一切快速變化，通常都在這四年中激烈發展出來。至於要真正成熟，就要等到二十一歲了。

如果就生殖力來說，從發育開始到目前，你們都有了生育能力，所以以前的男孩子十六歲、女孩子十三歲就可以結婚，這也是造成了中國東亞病夫的因素之一——因為結婚太早，就是在尚未發育完全時就生下嬰兒，對身體是不好的，至於年紀過大才結婚生下的嬰兒，身體也多半不好。所以一個男孩最好的結婚年齡是二十三到二十八歲，女孩子則是二十到二十五歲，這是成長後的問題，我們在此不談。我們要談的是青春期時的問題。那麼在這快速的生理變化當中，影響到我們心理上會發生很嚴重的問題，是什麼呢？就是由於我們身體上激烈的變化，連我們自己都無法適應，一下子我們的衣服又短了，一夜之間我們好像都長高了幾寸，連走起路來都感到怪怪的。特別是高個子的同學大多有這種經驗。至於小個子的同學則憂慮著：「為什麼我還不長高呢？」高個子的同學卻憂慮著：「我怎麼長成這種樣子？」所以在這激烈的變化中，青春期的孩子一般都缺少自信。

我常說建中的同學自尊心很強但也非常脆弱，很容易受傷害，只是反應有所不同。這是人類的通性，也是青春期容易有的狀況。有的人可能變得非常退縮、抑鬱，甚至有許多人從退縮、抑鬱，轉變成攻擊行為，企圖用攻擊的方式來肯定自己，但是基本上他們都是缺少自信的。這個缺乏自信首先是來自生理的，因為你們長得太快了，在不自覺的狀況中，你們對於明天的自己也沒有相當的把握，因此顯得欠缺自信。**這是第一點，屬於青春期心理上的特徵**。

第二點，是由於你們的成長，包括內分泌的影響。很自然地，應該是來自生物的本能，同樣地，也是不自覺地或自覺地要求自立。你們希望自己能做些決定，你們希望自己能做些事情，你們會覺得依賴是一種羞恥，也因此對於父母原有的關懷感到厭煩，尤其是母親。所以在青春期會與父母發生衝突：尤其以青春期跟媽媽發生衝突最多，在青春期後期與爸爸的衝突最激烈，為什麼？因為父親的權威仍在，而你卻要站出來了。前幾天你們有一個學長來問我，他說，因為他爸爸是個舊式軍人，從小只要兄弟姊妹做錯事情就打他們，完全以軍人帶兵的方式教育孩子，只要孩子不聽話就打罵。一直到現在，兄弟姊妹都長大了，還是這樣。他現在實在感到無法忍耐，來問我怎麼辦？我說：「你怎麼辦？」他說：「現在他大叫，我就大叫；他在樓下叫，我就在樓上叫；他摔東西，我就摔東西；可是每次這樣，我都很難過。」

我說：「你能不能先換另一種角度看看這個問題？你是否可以試著站出來，不要因你是爸爸的兒子，你就必須孝順；你也不要說因為是你的爸爸，就要求爸爸改進。你暫時不要這樣要求、這樣想。你先站出來變成旁觀者，看看你爸爸，同時看看你家，看看你爸爸媽媽的關係，審視家裡每一個人的關係、每一個人的個性。在觀察之後，你了解爸爸何以採取這個方式，下次爸爸再罵你時，你離開，等到爸爸氣消了，以爸爸的個性能接受的方式，說出你們家人的感受。」

我又問：「你爸爸何以吼叫，是否他在樹立權威？你能就你所了解的分析一下嗎？」他說：「表面上是在樹立權威，可是據我的觀察，他似乎是怕失去我們。因為我父親十幾歲就開始逃難，為了生存而從軍，他成長的歲月似乎是一個人獨自長大，所以我覺得基本上他是缺乏安全感。現在我們都大了，我們都不太愛聽他的話，特別是我們又跟媽媽很好，因為媽媽總是在爸爸大聲吼罵後來安慰我們、鼓勵我們；要不是媽媽的話，我幾乎會變成一個太保，所以全家的孩子都和媽媽親近。爸爸常常看到我們和媽媽又說又笑，也想加入。但他一來，大家都不講話了，然後做鳥獸散。依我的了解，父親的敏感、不安全感與被孤立的感覺，現在似乎是特別強烈。」我說：「對！因為你爸爸也面臨了一個從男子漢走進老人的階段，已經敏感到他將失去了年輕，然後又看到家人和媽媽好，那種被遺棄的感覺就出來了，所以他的大聲吼叫，表面上是樹立權威，實際上很可能是要引起你們的注意，你們要嘗試著去了解。」

當然，這是成年人面臨的問題。至於你們這個年齡的問題呢？你們從**建立自信的問題進而會面臨到渴求自立的問題**。你們會不自覺地要求自立，因為你們很快會感到如果你們的父母所給予你們愛的方式，跟你渴望自立的心理相互起衝突的時候，便會感到有壓力、不愉快等等。你要求自立，對自己卻沒有自信，因為你對於你的未來、你的變化是相當陌生的。一方面是因為與你小時候的經驗不同，一方面是變化激烈。今天的你和明天的你不一樣，後天的你和明天的你又不同，所以你對於未來並沒有十分肯定。你要求自立，但對於自己卻是陌生的。第一是來自對生理的陌生；第二是來自對開始意識到的社會的陌生；加上你的思想在變化，你對自己的想法也感到陌生；對於人生事物的好好壞壞真有此一時也、彼一時也的感覺。不要說你們，我也有這種狀況，只是你們恐怕更激烈。也因此你們對於所接觸的社會，包括自己的感覺，也都沒有辦法掌握，所以你們雖然要求自立，但並沒有真正的自信。

從這裡產生**此階段的成長的問題**。隨著你們身體的成長，做父母的也有個誤解——你們長大了，應該懂事了，但另一方面卻又說你們還小不懂事。我親戚有一個孩子個子非常高，才初中二年級就一七八公分高，他爸爸覺得他長大了，什麼事情都想讓他負責，爸爸說：「你是長子，又這麼高大，你該為家裡擔負起責任了。」這個小孩忙著替家裡分擔工作，然後要讀書，又去練小提琴，忙得筋疲力竭，兩眼發呆。做媽媽的又說：「你怎麼老是那樣呆頭呆腦的，一點也不活潑，人大了要學著活潑點。」可是等到某些時候，又說：「你們還小，不懂這些事。」不僅父母如此，師長們也有這種情況。譬如：有時你們提出一些問題，由於你們言詞、口氣不對，老師就會罵你們：「這麼大了還不懂事，講話這個樣子。」而要求你們應該達到某個程度的懂事；可是等你們正式提出一些嚴肅的問題，或者一些意見，他們又說你們還小，不要多說。像這些地方，這種雙重的要求，都會讓你們心理上產生許多衝突和茫茫然、不知何所適從的感覺。

第三點，你們**對於社會環境的意識**。你們已經開始意識到你們之外的社會，有一個群體；你們不能再以自己為中心，用自己的好惡做一切的判斷；你們很在意別人對你們的看法，尤其是進了建中。是不是？你們很在意其他同學對你們的看法，所以基本上，建中的同學講起來，外表大多文文雅雅的，談話也相當有分寸。事實上在文雅、分寸的裡面也有一層保護色，原因是你們害怕被傷害，害怕被否定。你們希望在同學當中仍能夠像初中時那樣呼風喚雨，能夠贏得老師、同學們的注意。因而在建中就有些極端的例子，譬如：有些人在學校時表現得又笑又叫又鬧，把自己變成一個非常活潑的人物，而實際上自己不是這樣的人；有的人表示自己不愛看書，不過學業成績仍非常好，讓同學們視之為天才，他以此洋洋自得，傲視同儕，其實回家讀書讀到半夜。我就曾遇到過這樣的學生，他每天來到學校的話題就是「我前天跟某女校某班的女孩出去玩了」、「昨天又跟另一女孩出去玩了」，每天所講，不是今天在這裡喝了茶，就是明天又在那裡喝了咖啡。每天這麼說，而他的成績卻一直保持前三名，同學們當然都視他為天才，對他敬愛有加。可是到了高三，功課重了，要聯考了，他上課常常打瞌睡，臉色也越來越壞。起先我以為他媽媽不燒飯，導致他營養不良，因為我看他從來不帶飯盒，都吃買來的便當，我覺得這樣營養不好，就跟他家裡聯絡。結果一跟他媽媽通話，他媽媽就說：「辛老師，我正要找你，我這個孩子呀！每天看書看到四點鐘，都不睡覺，你看他的臉色越來越壞，飯都吃不下了，我給他做的便當他都不帶，還嫌我做的菜不好吃，他每天最多只睡三個鐘頭，你看他每天四點鐘睡覺，七點鐘一起來，就跑去學校了，怎麼辦？你一定要說說他。」我才知道這個祕密。

另外一種人因為初中的時候非常優秀，到了建中以後，沒有辦法表現這樣的成績，可是又無法面對現有的狀況，於是裝出什麼都不在乎的樣子，當他失敗的時候，便可以說：「因為我不在乎，所以我考壞了，如果我讀書，一定會好，只是我現在根本不讀它，學校成績算什麼。」有的同學，就去玩樂去了。有的就鑽進了玄祕的領域，去看一些很奇怪的哲學書籍，去探討生命的問題，詢問人類的來源，而這些有的是一種補償的作用，想從這裡頭獲得一種肯定，以證明自己不是毫無所成的。還有的就去追女朋友去了。總之，他放棄了書本課業，但一定會去追求一樣東西，來肯定自己的能力、自己的收穫。而這也是他意識到社會大環境了，希望被社會肯定的一種表現。當然，這並不是說凡有這些現象的都是在逃避什麼；而是說有些人會因不肯面對某些問題，有以此作為心理補償的例子。

第四個問題就是此階段的**感情問題**。感情的問題到了這個年齡則進入非常激烈的一個階段，同學們不要忘記我們人類還是生物，雖然在國學社我們常常說——達爾文的進化論僅僅是生物發展到動物以至於人這一個階段的法則。但從人開始，再往前發展則是人本身的進化，所以人的世界跟動物的世界，在中國人的觀點中是不該完全相同的。

「爭」與「不爭」的立意

現今西方人用生物進化的法則來說明人類社會的發展，所以他們強調一個競爭的社會。他們從小就有各種各樣的競爭，包括運動會。在他們注重的運動中，就有培育小孩子「爭」的精神。你們的學長從美國寫來一封信，他說：「在美國有一個很大的好處，就是他尊重你的基本人權，只要你不喜歡，他尊重你，不勉強你，所以你有什麼話可以講，你有什麼要求可以講，你有什麼感覺可以講，可是他們絕不『讓』。如果你還用一種中國人的觀念，說我得謙虛一點，你就完了，他馬上踩著你過去，絕不客氣、毫無同情。所以你到美國社會裡，你必須發言，必須去爭自己的權利。當你去爭的時候，他會覺得你很不錯，你應該爭，那麼該給你的，他就會給你。你要是不發言，要是有點客氣，他立刻把你的整個機會搶走。」這種精神他們從小從各種事物上培養、鍛鍊，包括從運動上來培養，譬如各種的球類比賽，到技藝的比賽、競爭，到各種滑稽的比賽，如我們以前在電視上常看到的歐洲趣味大競賽的節目等。

而中國人呢？中國人不講爭，中國人要揖讓而升，這是在射箭中可以看到的。中國人反對「爭」，基本上中國文化的特質就是「不爭」。一個「爭」的社會，是建立在生物到動物的這個發展法則上，而中國人認為人應該再往前進。西方人似乎沒有辦法想像這件事，西方人今天想像人的進化，一定會進化到一個大腦袋，因人類不斷思考，然後手會縮小，因手只須按鈕。他們只能從形象上去幻想人類進化後的樣子，而沒有辦法從人內心世界的提升來想像人類的進化。

與生物有別，談人的進化

中國人則認為人的進化是來自於**心靈的提升、智慧的發展和情感的陶冶**，在這三點上進化。因為身體不會再有激烈的變化，而人之所以為人，脫離了動物，就是人的心靈更能活動起來了。至於心靈的活動包含剛才我們所說的智慧、情操等這些活動，是一種自覺的活動。所以中國人認為人的進化是：人、賢人、善人、到君子、到聖人，莊子更往前進到神人，到最後更不得了了，更往前進，可以不要吃飯了，這是莊子的一個理想，那完全是一種心路歷程。中國人認為，人的再進化，完全是一種心路的前進與發展。所以中國人反對「爭」，而強調的是「仁」，也就是我們國學社所標榜的理想。不過，當我們看問題時，要了解人在整個發展過程當中，目前仍然有生物本能的活動，一如生物一般。

什麼叫做生物呢？生物就是能自行覓得營養，就是能夠吃東西讓身體吸收、以維持自身的生命；而後能夠綿延種族這是第二點；第三點，就是能夠去尋找、發展、創造適合於生存的環境。

屬於適合人類生存的環境，不僅包含了物質的滿足，也有精神的需要；所以人不僅需要吃，還需要聽音樂、需要有精神活動。只是我們在生命發展中，仍會受到生物本能的一些影響。

而維持自身的生命後，我們如何綿延種族呢？在生理上我們會發育，會有生殖能力，可是單單有發育和生殖能力還不夠，我們還會有所愛。

我很鼓勵你們去看生物的電影，目前我們電視上的生物影片拍得最好的是X視的，通常在星期日的四點半到五點半播出，好得不得了，希望同學們能收看。前些時候節目介紹英國的特產，是一種只有兩尺半這麼大、這麼高的小鹿，這種小鹿平常都是單獨生活，可是一到春天和秋天，母鹿就會分泌出一種特殊的氣味，公鹿就聞著這個氣味去追她。這個時候，你會發覺一種奇特的、超乎尋常的能力，出現在這隻公鹿身上，他可以追著母鹿幾天幾夜不覺疲倦，一直到母鹿答應他結婚為止，不眠不休地追隨奔跑，甚至可以跑上一千英里的路。這是我們能看得見的一種能力。

還有蜘蛛的例子，蜘蛛結婚是一齣壯烈的悲劇。因為公蜘蛛的體型通常比母蜘蛛小數倍，尤其是那種特殊的毒蜘蛛，那個母蜘蛛可以有我們手掌大，公蜘蛛大概只有一寸大，可是到他們結婚的時候，公蜘蛛有本事將母蜘蛛那麼笨重的身體推開。而公蜘蛛去跟母蜘蛛結婚是冒著生命危險的，因為母蜘蛛事後會把他一口吃掉，可是在這麼危險的狀況中，牠仍是奮勇前進。這是我們從生物上看到的一個生命繁殖裡的一種特質。

你們到了目前的年齡會忍不住去注意女孩子，這是非常自然的；有的同學也會跟一個女孩子不覺疲倦地一直走；還有的同學會每天寧可多搭幾站，等那個女孩先下車後，然後再走回家，是不是？有時一大早爸媽怎麼叫都叫不醒的，可是突然有一天，發覺有一個女孩子每天要搭早上五點半的公車，他也就神奇地起床跟著出門了。這就可說是一種生物的本能，上天似乎要人類靠著這種生物本能的力量以達到繁衍種族的目的，所以基本上愛情生活的背後，不要忘記有生物本能的推動。

只是人不同於生物。

第一點，生物很簡單，他完全被自然律支配著，他純粹是一個生理的問題，所以他們只有在春秋兩季有固定的交配期，此外大部分的動物都分道揚鑣，各營自己的生活，只在大自然的時序之下把他們湊合起來。人不同，人不但有生理的問題，同時還有心理的問題，所以人的愛情就多采多姿起來了，就不一樣了。

第二點，所有的生物在懷孕生產後，母子之愛、父子之愛，所謂的親子關係，基本上都很淡薄。淡薄的程度，以上一代對下一代的照顧時間而定。一般來講，需要的時間越少的，親子之情越淡薄，如魚等；照顧的時間越長者，親子之情也隨之增加，如大象、猴子。到人呢，人是所有哺乳類動物中，親子之情最深的，何以故？因為下一代的成長需要上一代的照顧時間最長，也因此人的愛，較其他動物的愛，從生理上就已經不同了，更何況還有心理、精神的反應。所以人本身的愛，在每一個成長的階段，都會有一些特定的現象。如在童稚時期，從一歲到六歲之間，這段年齡特別依賴父母；六歲入學後，他們會關注在玩伴身上——這在心理學上稱為「愛標」（attachment）。到了十三、四歲開始進入我們所謂的青春期；到了十八歲，由十八歲到三十歲甚至於更年長，我們的「愛標」主要是在異性身上。在十三歲到十五歲之間有一段年齡，很討厭女孩，不過這個討厭只是過渡時期，表面上好像很討厭，實際上，卻又會因討厭而觀察一下。十五歲以後，慢慢開始希望認識她（女孩子也有類似的現象）。到了三十歲以後，慢慢地會發展到擁有子女，到擁有事業。當然還有一些細節未講，譬如說十八歲這個年齡，你們或許會說：「不對啊！我現在所要找的是知己。」是的，從十三歲開始，到三十歲之前，我們的愛不僅僅是對異性的尋求，我們還有另外的需要，什麼需要？對真正志同道合朋友的需要，就是所謂的「同志」、「知己」。其次是老師，因為在這段成長期，特別需要老師、長者指點，因而這段時期，特別容易對某些特定的老師產生崇拜之情。然後則是事業，也就是你們的理想。

有人說這是青年的四個大夢——希望能夠找到知己，擁有伴侶，希望能有老師指引，盼望能建立事業。

青春期的情感課題

我們已把構成青年期感情的因素說完了，我們再回到感情本身。處於青春期的感情是非常豐富的，因為這時的感情有一半或者三分之一是來自生物本能，它推動著我們，發展出強烈的情感；如此我們才會去開展我們的生命去追尋，追尋什麼？或是伴侶，或是事業，或是知己，或是老師。為什麼？所謂的事業，所謂的知己，所謂的伴侶，所謂的老師，實際上是人類生存綿延中不可缺少的因素。一般低等動物的綿延只是生殖的綿延，種族、血緣的綿延。但是人類的綿延，不僅有血緣的綿延，還有事業的綿延、有思想的綿延和精神的綿延。在這個年齡中，人類情感的豐富和由於情感而來的心理變化超乎其他動物，所以我們看到許多年輕人會去為國而死，很多年輕人會為愛情而死，很多年輕人會為知己而死，為真理而死。我們可以了解在這些偉大的活動後面有著這樣子的一種基礎。大家不要以為這種基於生物本能的情感是差勁的而摒棄，如果這樣，這是有些違反自然的，再說，如果你們故意去自我設限，不要這份感情，也不是很好的發展。重要的是在如何從這個基礎加以提升。而我這樣說，就是要讓你們懂得真實的感情。在你們這個年齡，你們的感情非常豐沛，對於任何事物都是熱烈的，有一種激情在內，就如我們建青有許多編輯，非常熱烈地談到對國家民族的理想，或者不顧功課，全力投身去編建青等等。

赫塞寫的《徬徨少年時》，你們可以看看。赫塞是德國作家，曾經得過諾貝爾獎。這位作家最大的特長就是描寫青年人的感情，他所有的作品幾乎都圍繞在這一點上。我借用他這本書中所說的：「這段時間，青年人的感情就如一個站在危崖上摘折一朵鮮花的人，非常激情又非常悲壯。」你們許多苦惱基本上都是從這裡產生的。也因此，你們尋求知己是渴望被了解，同時也渴望被欣賞，進而被肯定。基本上所謂青年人的情感，就從這四方面——伴侶、知己、老師、事業，產生出來。以這四方面為中心，然後圍繞著你們所遭遇到的種種問題所產生的狀況，而影響到你們的生活等等。在這個當中，如何解決你們現在的困難與苦惱呢？我以為適度地去看一些書，幫助你了解自己，使你的情感從激情導引到一種比較合理的路上，而這也是高中教育中最重要的工作。

藉自身教育——閱讀啟發思考

如何導引孩子們從激情進入理性的世界？

這裡首重思想的啟發，然後達到理智的鍛鍊。在這段時期，你們對自信的建立，和對社會能力的肯定，以至於到感情的獲得，都需要思考。所以高中這一階段是非常重要的思想啟發的一個階段。若是這時學校的教育不能滿足你們，家庭的教育無法滿足你們，社會教育也沒有辦法滿足你，你們就要自我教育。

而自我教育中，看書相當是重要的一種方式。譬如：

第一、你們不妨看**心理學**的書，目前以選擇較科學性的為主，因為這種書有許多實驗和統計。這種實驗和統計的數字可以說明這個狀況中變化的問題，把這一類的書稍微看一下以後，知道你現有的問題不一定是個人的問題。你們現在最大的一個困惑是——你們想加入社會，但是你們又害怕被孤立。因此有許多問題，常常在以為只有自己才會這樣子時發生。但當你們看到這一類書以後，就會了解到，原來別人也有同樣的問題存在。原來每一個人經過這個階段都會有這些問題，而他們都長大了，因此我想我也會長大。想到這裡，心中的困惑自然迎刃而解。這些書因為有一大堆的統計數字，看起來非常理智、冷靜，我覺得非常適合你們看，可以導引你們走入較理智的路上去。我不鼓勵你們看什麼金賽博士的報告，或佛洛伊德心理分析的書，因為這些東西還不到你們的年齡可以看的階段。

第二、你們應該選擇一些**談論歷史問題的書籍**。

因為歷史是一群人的活動，不僅是一群人，還是古往今來一大群人的活動。那裡面有著種種的經驗，可以擴大你們生活的天地。從哪裡擴大？從你們的眼光，從歷史的活動中擴大了你們的眼光。從心理學中，你們知道原來某些問題，不是我個別的，而是整體的問題，從歷史中你們了解到人們原來的活動是怎樣的一種活動。

第三、我鼓勵你們**看文學**、**看小說**。

但是我不贊成你們太早看存在主義的小說，我也不是說一定得去看《紅樓夢》、《三國演義》、《水滸傳》。我想，現代的小孩子很少把這些書都看完的。

我個人從初二開始看《紅樓夢》，一直到研究所都沒把它看完，我總是挑喜歡的部分看，我到什麼時候才看完呢？真正從頭到尾看完，然後真實地為其中的事物感傷，是將近三十歲，為什麼？因為經歷人事、懂得情感，再看《紅樓夢》，真是「滿紙荒唐言，一把辛酸淚」，曹雪芹說的一點都沒錯。所以中國人的著作大體有個問題，就是中年以後讀了才能真正感動、才能了解，為什麼？因為要有了人生經驗，才會更懂得情感的問題。所以我並不鼓勵你們現在就非讀《紅樓夢》不可。至於《三國演義》、《水滸傳》，你們要真懂這些書的好處，同樣也要到某一年齡的程度。

《水滸傳》我初二看完，可是不懂，覺得無聊透了，只是家裡逼著看，當時讀了不僅覺得無聊，而且覺得不正常。這個人殺那個人，這群人要脅那群人，簡直可怕，什麼社會！而且它似乎鼓勵報復，這絕對不對。高中時看到了夏志清的文章分析——〈從《水滸傳》看中國社會裡的報復意識〉，我拍案叫絕說：「寫得好！寫得好！」說我之所不能言。然後再大一點，看薩孟武先生的——〈從《水滸傳》看中國社會〉，更深入談《水滸傳》的報復意識，「啊！更是好極了！」可是等到我再大一點，再看《水滸傳》，感受卻完全不同，覺得他們兩人的說法不能說錯，可是沒有碰到《水滸傳》真正的核心。同樣地，《三國演義》也是如此。

我完全懂得《三國演義》，是到了很大的年紀，我記得那時我已二十八歲了，看懂了之後，跟學生講《三國演義》，講得慷慨激昂，學生雖沒有痛哭流涕，也非常感動而難受，為什麼難受？《三國演義》實際上是一個很令人傷痛的故事，是一個悲劇，他從人類的整個長遠的時間來看，在這個世界當中，誰是主角，你們想想看，《三國演義》哪個是主角？沒有一個是主角，所以《三國演義》以這一闋詞開頭：「滾滾長江東逝水，浪花淘盡英雄，是非成敗轉頭空，青山依舊在、幾度夕陽紅。白髮漁樵江渚上，慣看秋月春風，一壺濁酒喜相逢，古今多少事，皆付笑談中。」最後以一首詩結尾，而詩裡則講一個「夢」字。前面的詞講一個「空」，後面講一個「夢」。

我們在整個人生中，常自以為了不起，你諸葛亮不錯吧，曹操亦然，但該走的還是得走。所謂「我方唱罷他登場」，人世間全是一場空夢，從這樣的一場空夢中，再看人與人之間的詐術，多麼的荒謬與可笑！而又挽回得了什麼？進而從這樣的背景中，他講情義、講知己、講知其不可為而為之的奮鬥，如此而展現人性的莊嚴和光輝。他寫的這個，等到我二十八歲我才懂。你們這麼小，現在所注意的多是些熱鬧場面，當然喜歡看的仍鼓勵你們看。

而我很鼓勵你們去看西方小說。

我是看西方小說長大的，我到高中，將西方小說在那個時候能夠看到的幾乎都看完了，當然那時候沒有電視，升學競爭也不像今天這麼激烈。

看西方小說，可以從浪漫主義時期小說看起，如：雨果的《悲慘世界》、英國的《簡愛》，這些都是描寫人道主義的。雨果是宣揚人道主義的，到了《簡愛》，是從人道主義講到了愛情，還有《傲慢與偏見》這種小品。然後讀《咆哮山莊》，又看了哈代的《黛絲姑娘》、《歸鄉》，然後看法國的自然主義的小說，當然在雨果的那個時代，還有大仲馬的《基度山恩仇記》、小仲馬的《茶花女》。另外還有狄更斯的作品，如《雙城記》，從這些作品一部一部地看。然後看到法國寫實主義，像左拉的作品，還有左拉之前的巴爾札克等等，然後一直看到舊俄時代屠格涅夫的《父與子》、托爾斯泰的《戰爭與和平》、《安娜卡列尼娜》，這種大部頭的書。還有法國羅曼．羅蘭的《約翰．克利斯朵夫》。你們試著去看，這有什麼好處呢？一方面有很多的愛情故事，他所歌頌的愛情故事都是非常偉大的。像《簡愛》裡面，男女主角都分開了，可是當男主角陷入絕望而高呼著他愛人的名字的時候，那個女主角聽見了，從幾千里遠外聽見了，然後一路奔回去，最後兩人有情人終成眷屬，小說不僅可以滿足你們這時候的熱情，同時也提升你們對愛情想像的層次。

有了這些經驗以後，你們會有些理想，當然這些理想不一定對你們有直接的好處，但是這些理想會消極地使你們不會為了追女朋友而追女朋友，有很多人是為了追女朋友而追女朋友，到最後，弄得很疲倦，因為看別人身邊都有一個伴，自己身邊沒有，「這怎麼可以呢？」那麼也不管它好壞，就非要一個不可。第二個就是，一些有深度的女孩子，多半都會看些小說，你們可以跟她談談話，或許會遇到讓人覺得很有靈性的人，可以成為有心靈、有智慧的一群，在選擇你們將來的伴侶時，也有一個共同的基礎，這個基礎便是心靈、情感的基礎。第三，的確像屠格涅夫、托爾斯泰、羅曼．羅蘭、雨果等人的書，它裡頭都有著偉大的人道精神，也有著對命運的看法，這都是我們到了某一階段會特別感興趣的，它可以在這裡頭帶給你某種豐富的人生經驗。

讀歷史可以擴大你的眼界，同樣地，文學則可以帶給你許多的人生經驗。你們將來若想更進一步地看心理學的書，甚至有同學要走心理學的路，你們最好要有文學的基礎，因為在西方的小說中，走到了《紅與黑》這本書的時候，就開始走心理分析的路，所以這本書以後的許多小說，基本上都有心理分析，這給你們一個好好觀察自己、了解別人經驗的機會，同時也可抒發你們鬱積的情懷。這是我個人覺得一個青年所該有的一些自我教育。

第四，還有一些**科學性的書籍**，你們也應該嘗試著去看。

因為畢竟科學是一個理性的、理智的東西，如相對論淺解或漫談，不管是否看得懂，都去看它一看。或者數學漫談，你們現在的數學不是有著很大的問題嗎？目前書局已出版有《物理學漫談》、《數學漫談》，它用最簡單的數字開始，告訴你什麼叫數字，然後講數學發展的過程。另外還有《生物學漫談》，讓你了解生物的問題。我記得我像你們這麼大的時候，很喜歡跑圖書館，不過我那時候沒什麼補習就是了，時間很空。那時候的美國新聞處可以讓高中生進去，我最喜歡到美國新聞處看那種大部頭的書，就是有點像我們現在的生物百科全書，裡面有很多圖片，我當時最喜歡看有關生物和太空方面的圖文，我到今天還保持著這兩方面的興趣。

生物可以讓我們了解生命的本身，太空可以擴大我們生存的空間，這是我最喜歡的兩樣東西，而這些東西也對我個人的成長有許多幫助，甚至幫助我能從另一角度去看中國的古典書籍，進而了解中國文化的偉大與美好。而這即是我就同學們的問題，提出來的總答覆。

確立目標向前，更要保持彈性、珍惜現有

社長又希望我能談個人的成長過程。

我的成長沒有你們順利，我小時候智能發育很緩慢。我常常跟學生說，你們應該慶幸自己很聰明，能夠考上建中，考進建中有什麼好處呢？你們四周的人都這麼聰明，到大學去或許都沒有像在這個中學裡有這樣整齊的素質。第一，你們是在某些成績表現上被挑選進來的；第二，由於你們聰明優秀，幾乎比一般同齡的孩子更容易懂得理想。所以建中的孩子多半有著對知識、真理追求的熱忱。在這兩個條件當中，你們四周都是智慧的火花，多少青春期的壓力就在建中這樣的環境之下減輕了，這是我常跟我班上同學說的。

你們去看看某些中學生，他們快不快樂？他們或許比你們「風光」，比如有的穿那種窄褲子，走那種步伐，或者騎著摩托車呼呼地跑，可是你們看看他們的臉色，大多基本上是不安定的、不快樂，所以他們才會從事瘋狂的活動，基本上，他們想要用那種方式來建立自己的存在感，有的甚至於吃迷幻藥、打電動玩具，因為他們不知如何安排自己，所以必須藉著這些方式來肯定自己。

所以在這些狀況當中，我們建中的同學，第一，你們有一個確定的目標，哪怕目標是父母給的。有些同學說：我讀書好像是父母要我讀，我要讀給父母親看。雖然如此，在你們這一生中，這可能也是

好的。我們把人生看遠，知道前方有一個目標非要你去走，於是它吸引你也耗費你很多的精神、體力，使你的生活變得單純，同時不斷提升你的情感，使你不至於下墜到較低的層次。所以基本上這是好的，當然，好壞還要看你怎麼使用它。

還有在建中，有很多時候，你的煩惱陰鬱，會因為某位同學的一句話，一下子豁然開朗起來。我看週記時，看到我班上的一位同學講他這次月考考壞了，心灰意冷，可是有一個同學跟他說：「我們這麼多的考試，不可能把每次考試都顧得很好。既然你天天都在讀書，已經盡心了，考壞了，又有什麼好難過的呢？你如果不讀書，考壞了，會很難過，可是你天天讀書仍考到這個程度，那是沒有辦法的事情嘛，每天有三、四個考試，有一次考壞了，也是非常自然的事，沒什麼好傷心的。」聽了這些話，就讓他豁然開朗起來了。

試問建中有多少同學是在這樣子的過程中度過他的生活。擁有這樣的環境，是很值得珍惜的，所以你們要善用你們的環境。

交友之道

再來，談到結交知己朋友。

交友其實很簡單，你得先付出，但不要先想獲得，不要說我給他這麼多，他卻還我如此少，甚至不還。真正的交友之道是一定要先付出的，所以古人說：「朋友之道，先施之。」你要先付出，付出你的關懷，付出你的熱情，沒有獲得報答就算了；有，你就獲得朋友了。至於知己，人生有一、兩個就已經是一生的幸福了。你不要有奢求，這麼小就想獲得知己，這麼小得到的也是一時的知己。

在我自己的經驗裡，當年拍胸脯保證，我將來一定會如何如何的，到現在，這麼大了，各人有各人的看法，各人有各人的事業方向。因此你們要了解、領會，知己是很難得的，能獲得是人生的一大幸福，你們可以追求，但不要說馬上就要獲得，更不要為此苦惱。

至於交朋友，除了你得先付出，付出你的關懷、你的愛心之外，其實一個人也不要太挑剔，不要老用批評的眼光去看人，就會有朋友。當然在朋友中要有所選擇，基本上要以厚道的人為主。當然要挑選厚道的朋友之前，我們自己要先厚道，如果你遇到刻薄的、占你便宜的，那沒什麼關係，一個人要培養這種心胸跟氣度，你有這種氣度，也是你將來為人處世的一個很重要的基礎。因為你們長大進入社會，你們會發覺，真是所謂的「人生之事，不如意者十之八九。」

昨天你們的學長來看我，他就說：「某某先生這麼有學問，可是做出這麼惡劣的事情，是不是他後來走岔了路？」我跟他說：「當然是的，不然怎麼會這樣。不過，再大一點你就會懂得，一個人想走正道，是有些辛苦的，這個辛苦遠超過一個人什麼都不想、糊里糊塗地過日子。可是問題是我們能不能回到糊里糊塗呢？不能！我們當然得走下去，往前走又要走得沒有錯誤，那是很艱難的！」所以在這些地方，我們本身心態如果能夠寬厚以對，對我們自身將來在人生的道路上，也會比較順暢。

調整心態的方式

你們這個年齡比較要求完美，尤其是建中的孩子，大多非常要求完美，你們的苦惱，也往往來自對完美的要求。

你們的標準訂得很高，常常用這樣高的標準來衡量自己，你們的苦惱因此而產生。所以我常跟我班上的學生說：若要就分數而訂標準，就從現在的標準訂起。我問他們現在數學考多少分？三十分，好，你的標準就從三十分訂起，你的英文考幾分？五十分，好，你的標準就從五十分訂起，以你現在的狀況訂一個標準，然後逐步達到一個理想的境界，而不要訂出一個標準，逼自己非要上去不可，那樣是非常辛苦的一件事情。有很多人變成偽君子，就是因為他們訂的標準太高，到時候做不到，只好作假，他並不是有心作假，只是情非得已、情不自禁而已；所以你會覺得某些成年人虛偽，他們是情非得已，是值得同情的。依此方向，我很希望你們在這個年齡，了解自己的狀況之後不要訂那麼高的標準，只要就你現在的標準，一步一步地去做即可；並且就以你現有的環境來爭取你所能獲得的友誼；同時你有足夠的聰明能夠看書，就要學習閱讀、適當的休息。

快樂之道

有很多同學問我：「你這一生過得怎麼樣？」我說：「我很快樂！」他們說：「老師，你為什麼會那麼快樂？」我說：「我快樂的原因很簡單，第一個原因是，我小時候沒有像你們這麼好，我小時候能考六十分便感到天大的快樂。我的數學從小學一年級到高中沒有及格過一次，我畢業是補考畢業，而且還是老師送分。我能考上大學是我背了三百題數學而後考試中出了一題。我小學的時候被當作低能兒，那個時候幸虧沒有能力分班，不然就沒有今天的我。所以就我個人的經驗，我很反對所謂的『放牛班』，因為人的智慧發展，除了真的天生低智能，智慧的發展是有早有晚的。小學的時候我被當作低能兒，每次考試都考倒數第一名，我笨到什麼程度，你們都無法想像，我小學二年級考第七十七名，是最後一名，那時候班上有七十七人，我的印象很深刻，我考七十七名，非常高興地跑回家跟我母親說：『我終於考及格了，您看，我有七十七分，老師用藍筆寫的。』結果我母親一看是第七十七名最後一名，臉上露出無奈與憂傷的表情，這件事情，我到今天都還記得。不過她從不灰心，也從不要求我的成績，只叫我盡力。此外就是培養我閱讀的習慣。從小到大我雖沒有好成績，但是我很喜歡看書，高中已經把能看到的小說都看完了。」

　　這個成長過程對我來講，只要有一點點的進步就是收穫。所以跟你們最大的不同在哪？你們考七十分就是失敗，而我只要多得一分就是進步，我不怕失敗。因而我想你們不妨試著放棄你們在初中輝煌的成就，以你們現在的狀況開始。先抬起頭來看你四周的人都是些什麼人，你是當年的劍王，他何嘗不是劍中之王，你們是一群武林高手——所謂的「考試高手」全都集中在這，如果你們不調整態度，仍然一味地、固執地，想用初中的感覺來作為現在生活的一切憑藉與參考，你們一定痛苦，一定不快樂，而這個不快樂很可能一直延伸到你們上大學，到你們進入社會，因為它構成你們一種行為模式，使你們不能充分適應外界動盪的社會狀況。

所以我希望你們試著**放棄那些過度自傲的憑藉，重新用一個新面目開始**。即使你們今天的考試不理想，那也只是在建中的不理想，或者只是在你們班上，那不是在全部所有這個年齡的孩子中間，你們在同年齡的所有孩子中間仍是佼佼者，這是第一點。

你或許會問：「你那麼笨，那你是怎麼考上初中的？」不錯，我讀的那所小學升學率相當高，所以聯考時，老師不准我參加學校的報名，以免影響學校的升學率，而且老師還說前第一、二志願不必填了，能去考已經不錯了，可是我終於考上第三志願。我是那個學校最爛的學生，但是在聯考中我能考取第三志願，依這個經驗，所以我說你們今天即使不理想，你只是在這個學校，你要曉得這個學校是多麼的小，面對著台灣近十萬考生，你仍然算是佼佼者。

或許有人會問我：「那你是不是要我們放棄努力呢？」不是，而是善用你們的特長。每個人一定有他的特長，我後來何以能逐漸進步，也就是我慢慢地發覺我有些特長，我開始善用我的特長。我發覺我的記憶力還好，我就善用自己的記憶力。所以等到聯考的時候就拚命背。那個時候，沒有一個人相信我能考取，因為我數學不可能考好（我數學有二十分就已經很不錯了），於是我就下工夫去背，高三時就把某本三百題大代數背起來，然後拿到一題的分數。那時候有一科零分就不錄取，我下定決心努力，無論如何我不能輕易放棄任何一科，即使最沒希望的數學，也要努力。又因為我的記憶力好，我喜歡讀歷史，我讀歷史幾乎可以過目不忘，我發覺這個能力，我善用它，所以我的歷史在那一年的聯考，據說是全國第二高分—九十分，那時候考試題目多出問答題、申論題，我能拿九十分，是非常高的。我相信你們不會落得像我這麼慘的地步。

我常告訴我們班上的學生，就從你們現有的開始，你如果數學只有三十分，你至少要維持三十分的程度，然後加強其他的科目。有很多同學讀書成績很好，他的智商可能很高。不過，你也會有其他長處，重要的是你如何發覺你的長處，一個人不要太煩惱自己得不到的。

在我成長歷程中的第二點，就是我**不羨慕人家也不嫉妒他人**，我養成了這個心理習慣。

因為那個時候，我沒辦法嫉妒，嫉妒了怎麼辦？只有自己受苦，我實在是達不到；至於羨慕呢？羨慕不到就容易嫉妒，所以我就懶得羨慕，然後埋頭做我的事情，所以等到我高中的時候，我的西洋小說能看的都看完了，可是我的同學們的成績雖然很好，卻沒有一個人看小說。我不僅看小說，我還看其他的書，因為我讀小說以後，開始懂得觀察人，並嘗試著去了解人，進而也就閱讀更多其他領域的書，這些對我直到現在都有很大的幫助，包括教課及對人的理解，也成為我今天教學最重要的助力。

所以人生好好壞壞，只要應用得當，都能夠成為你們將來一個非常重要的憑藉和參考，你不必為你今天不幸的遭遇或者不愉快覺得心灰意冷，很可能就因為這些，將來幫助你做一番大事業。所以，我覺得作為一個建中青年，不必難過、懊惱，因為你已是全國的精英了，你若感到自己差也只是在精英中的差而已，何況並不是真的差呢！

李白的〈將進酒〉這首詩裡有一句話：「天生我材必有用」，你一定也有自己的特長。你們有時候看到某個同學的成績好，你就要用他的方式去跟他比，這是自尋苦惱，你應該另闢蹊徑，並不是說鼓勵你們非得看小說，也並不是鼓勵你們不讀書，去幹別的事，絕不是這個意思。每一個人要就每一個人所可以做的去做，發掘自身特長，你們可以換一個方式讀書，每個人都有自己讀書的方式。你們會不會嫉妒紀政——她是飛躍的羚羊；你們會不會嫉妒「鐵人」楊傳廣？不會，為什麼？因為你知道那些東西是他的，而你有你的。同樣地，在我們同學的生活當中也是如此。你覺得你原來用初中的讀書方式不理想，那就試著改變，你看看你是善於記憶，還是善於理解。其實記憶到某一個程度，可以幫助你理解；理解到某一個程度，能幫助你記憶。重要的是你怎麼去使用它，記憶要多花點時間，理解我想也得用時間，所以你們應當利用你們現在的特長去運用、去讀書。

受惠於閱讀習慣

根據我剛才所說的，青春期的煩惱，肇因於生理的發育，影響到心理的變化，使你們在追求自信、自立、社會性、感情和完美的過程中產生種種的煩惱。而後你們有空，我鼓勵你們：

第一、讀點科學性的書籍，譬如醫學的、以生物為基礎的心理學書籍，因為這樣子可以幫助你們。我說過從這個統計數字中可以了解你們許多的問題，原來是人類在這個階段共同的問題，而非你個人的問題，你就不會因為這個問題而以為自己不同於眾人，而陷於孤立的恐懼。你曉得原來大家都是這樣，原來孔子也曾經歷過這個階段。根據生物，根據人類的經驗，孔子也經歷過恐懼，所以孔子說：「我十五志於學，三十而立，四十而不惑。」這裡提的不惑很有意思，你們現在的困擾不就是「惑」嗎？孔子到四十歲才不惑，你們十七歲就想不惑，未免太過分了點吧！（若想看心理學書籍，則以桂冠出的《青少年心理學》，和水牛出的《青年心理學》為主，因為這兩本非常科學性，但不鼓勵你們看存在主義的書或佛洛伊德派的書，那要等大一點以後再看。）

第二，就是希望你們讀歷史。歷史是人類生活的總記載，我希望你們能多看文化史，有很多有關人類文化史故事的書，從簡易的看起，一直到我在國學社常常希望你們看的錢賓四先生的《中國歷史精神》、《中國歷史研究法》、《國史新編》這類演講的書籍。因為它們可以擴大你們的眼界，了解人類生存活動中的種種問題。

第三，我鼓勵你們看小說。而不鼓勵你們看現代的作品，你們可以從浪漫主義時期看起，因為這些書有著豐富的理想，包括對愛情都是有相當的理想性。透過偉大的愛情，也可以提升我們的情操，使我們不至於只是流於一種對生物本能的追求，也不會太早陷於存在主義小說給我們帶來的孤寂的恐懼中。

第四，我鼓勵你們看科學讀物、科普類書籍，同樣可以擴大我們的眼界，了解我們生存的宇宙。我想一個高中生，你們如果能做到這些，就非常不錯了。

回想我能夠逐步度過那樣慘淡的日子，全靠我養成了很好的讀書習慣。

善用長處，不受困於低潮

我從讀書中一步一步地了解自己、了解別人，然後了解人生。同時一步一步善用我的長處，等到我使用我的長處以後，我發覺我的短處就慢慢縮減了。若以癌症打比方，據說我們身體裡本來就有癌細胞存在，它同是我們身體的一種細胞，只不過惡化而已。而一個人何以會得癌症，主要原因就是壞的細胞發展出來，好的細胞被侵壞了。可是一個人的身體如果一直維持著非常均衡的話，好細胞一直很好，壞細胞自然就會萎縮，發展不出來。

同樣地，我想我們每個人的長處與缺點都只有一線之隔而已，你的固執應用得當，就是擇善而固執之了；你的勇氣做得不對，就是逞匹夫之勇了，所以只要你們使用得當，以你們能進建中的這份優秀，我相信你們會逐步發出光芒，只是不必急，慢慢地來。

老師因為本身從小很多條件並不好，所以好對我是一種意外的收穫，而你們從小條件就好，所以壞對你們就是一個莫大的打擊。我想你們把這個心態改變，你們就可以減少很多不必要的苦惱和負擔，就從你們現有的能力去追求，一步步發展，將來有一天，一如孔子所說「三十而立」的這一天，你們自然而然就會發揮出你們的光芒和力量。

紀政能跑，我們不能跑，我們不必跑，我們一樣可以達到我們的終點，重要的是我們要堅持，這是我長到這麼大的經驗。我也從來不讓苦惱困擾我太久，我只苦惱一陣，然後便告訴我自己：「苦惱到今天該停了，我要做事，我要讀書了。」所以我不讓苦惱和低落的情緒困擾我太久。同時，我也不怕錯誤，因為從小從錯誤中長大，給了我面對錯誤的勇氣，而更重要的是我努力去改過，去調整它。

成長本身即是禮物

同學今天提出的這個問題，我就從你們心理的困惑及青年人的煩惱談起，一直談到社長希望要我談自己成長的過程為止，我想大概如此，至於細部，以後有空再慢慢說。

今天你們是處在一個非常難得而優秀的環境中，在你們四周，每一個同學都有智慧、有情感、有理想，這是你一生中非常難得的環境。你們或許會說：「不，我們初中、小學的時候，大家都好『知心』，現在大家好『虛偽』。」其實那不是虛偽，那是每個人都在害怕，因為你們處在一群高手之中，你們自然會保護自己，所以那不叫做虛偽，只是不敢開放，不敢放手去做而已。如果你肯「朋友之道，先施之」，肯付出你的關懷，一定會獲得回響的。而真正成熟的人是懂得付出的人，所以《聖經》裡就說：「施比受更為有福」。

你們若希望有一天能真正成熟，真正自信、自立，可以從現在開始學，可以慢慢學，不要怕失敗，也不要怕錯誤。人的可貴是**人能調整錯誤**，如果將來我要寫自傳的話，就要寫「從錯誤中長大的我」，我就是從錯誤中長大的，我被老師打過一百下，因為我數學考試錯了一百題，但是無所謂，我們會長大。你們也不要為現在的苦惱擔心，因為你們會長大。

這是上帝給我們最好的禮物——我們會長大！

時代與人物

＊前言：這是一個劇烈變化的過渡時代，中國一直在這劇烈變化的過程中。而錢穆（賓四）先生在他近一百年的生命歲月裡，一直堅持中國必須自我認識，才能自我建設。而這仍是中國未來發展的一個大問題，故特將辛老師在國學社上課時的部分言論節錄，以作為同學們參考。（代編按）

今天我本來要向國學社請一次假，因為錢賓四先生去世，下星期三就是他出殯的日子，我被分配要擔任些工作。當然我的心情是很沉痛的，所以本來想等事情告一段落，下禮拜三再來上課，但是又想想，這學期一定會有許多新同學來國學社，同時有些老同學也會回來參加社課，而大家可能對這位老先生還認識不深。

當然，如果各位同學勤於看報，可能約略知道他是位學者，或說最近有市議員攻擊他，說他霸占北市市產。今天他去世了，在這個階段走完他的一生，或也可以說是一個新時代、新階段的開始。

今天大家不了解他，不認識他，以致會有民進黨議員站起來質詢，說他霸占市產，要市政府叫他搬家，事情引發後，經報紙上登載，引起各方輿論責備，於是市政府、市議會又出來澄清，只是這事件也的確意味著一個時代的結束。換句話說，就是我們真的邁入了一個新階段。

後來報紙上曾登出來，說他決定離開他居住的屋子——那原本是中華民國政府請他居住的「賓館」，和林語堂先生一樣，過去這是代表中華民國政府對讀書人的尊重。而今那個時代已過了，他以作為一個讀書人的立場，應該知所進退。當時他很清楚地告訴我們這件事是時代的象徵。

我講這些話的意思是希望同學能懂得：一、**什麼叫做時代**，二、**如何知進退**。也就是希望同學們去看一個歷史演變的過程。

當然歷史人物是不會過去的，可是我們生活在現實世界的人，會遇到很多不同的階段。很可能一個社會、一種風氣、一個群體的心理一下子就變了。很多人在這種狀況中，未必能適應。很多成功的人，在大時代的輪轉下被淘汰，因為不能適應。

你們現在年紀小，不一定能接觸到這樣的人物，如果你們年紀更大些，可能會遇到一些年長者，他們可能曾經風雲一時，可是他們的時代過去了。很多當年的英雄，現在可能半身不遂。我們看孫運璿先生，他曾是一個非常好的行政院院長，其任內正好是台灣經濟起飛的年代，但他病倒，同時整個社會也已經轉變，這是很清楚的例子，不過幸好孫先生還是能面對現實，開始他人生的新歷程，他的生命並沒有浪費掉。就像你們有很多高一同學，可能當年在國中都算是優秀人物，甚至全校只有他一個人考上建中；也很可能有同學從小到大都是第一名，全校注意你，而成為風雲人物。可是進了建中，今天不再有那分光彩，於是不能適應；或者，你仍不能忘記……仍用你國中的讀書方式來面對建中的考試，可是卻老是考不出當年的成績，你不知道怎樣能開闢新的紀元。

你們千萬不要以為這只是我們一時的狀況，其實這也象徵著一個關乎歷史的問題。因為歷史基本上是根據「人」，根據「人心」所構成的。

錢賓四——一位知所進退的讀書人

錢賓四先生是一個歷史學家，這是全社會、全國、全世界所公認的。雖然他不僅是個歷史學家，但他的確是個歷史學家，他心底非常清楚，當報紙消息一出，他知道議會的言論，就決心搬出他居住了二十三年的素書樓——在他九十五歲高齡時。

他說：「時代不一樣了，一個新的時代即將來臨，我將面對這個新時代。」

所以，我今天來，就是想特別介紹他。讓同學們可以看到所謂傳統讀書人是怎樣的情形。雖然我不能說得非常完全，畢竟我不是他，沒有經歷過他所經歷的那個時代；沒有做過他所做過的事，不過我還是試著把我所知道的他介紹給大家。這麼做，並非是要你們去仰慕一個人，而是要你們懂得真正的中國讀書人是這樣的，那不是穿著長袍、吟著詩，也不是古時候的揖讓、行禮、鞠躬，如此而已。

一個真正的讀書人要有通達的智慧，清明的思想，堅持的毅力，與活潑的性格和生機。

基本上，中國人幾千年活下來，就好像一個活化石，因為全世界的民族，像中國這麼存活下來的民族不多，尤其今天大陸有大量文物出土。我們的文明以新石器論，可以上溯至一萬年前，而且已經有極完整的社會規模。我們中華民族從萬年以前發展下來，其間並沒有間斷，在歷史發展中只有其他民族不斷加入。在這段人類的歷史中，古埃及已經消逝了，現在的埃及很難跟古埃及銜接上；古希臘也已經過去了，現在的希臘是另一個文明系統下的希臘。這就是西方文化的一部分。如果你們去印度，也可以看到一個古老文明的綿延，但是我們往前追溯可以知道，燦爛的印度文明，是在三千多年前印歐民族遷移到印度才發展的，而原來的印度民族，則成了賤民。印度民族的構成是在長期遷移下，分不同時期進入的結果。而今天印度的賤民則仍不能翻身，即使是在民主社會裡。當然猶太人也很了不起，他們也有三千年的歷史，可是如果我們要問三千年前他們在哪裡，答案是仍在上帝的國度，因為他們把他們的上古史，放在上帝那裡。只有我們中國人從遠古生存到今天一脈相傳，這不是要你們抱持大中國沙文主義。只是要你們了解，我們身為中華民族的特點。就是在這樣的一個區域中，在一萬年前，我們開始有高度的文明，開始有完整的社會組織，開始農耕，建立起全世界最完整的農業文化，歷經這麼長久的時間，這是非常特別的。而要請同學特別注意的是，中國之所以會這樣，之所以不同於西方，是因為我們在一萬年前就創建了這樣完整的文化，而我們整個文化的發展過程，都是建立在農業文化的基礎上。

西方人不能說沒有農業，因為人類文明基本上必得建立在可以溫飽的情況下。人類必須在吃飽的前提下才能有所創作。不過能「吃飽」，一則是農業活動，一則是游牧活動或是兩者的混合型。然而中國以農業文化為主，在黃河、長江流域發展農業文化，及特有的文化素質。例如，中國的語言是單音語文，文字是以象形為主，與其他民族的複音語言、拼音文字不同。今天，全世界幾乎只有中國這一系統的文字是以象形文字為主，以至於「文字」和「語言」各有一片天地；其間雖有重疊，但各有發展。是以，我們無法僵硬地把西方的語言學，作為研究中國語言的唯一憑藉。所以中國自古以來，語言學便是以聲韻學為主，也就是研究聲音的流變；而文字則有文字學。不過近代，從民國以來，中國對自身的認識已經模糊了，以致提倡現代化的先生們，往往忽略了中國本身的特質，而只單純地做一些西化的提倡。這就像你們現在穿的名牌衣服，或買這些衣服或牛仔褲的時候，單看這些衣服實在不錯，但卻沒有想到，自己的身材適不適合穿這樣的衣服、褲子？甚至包括能否了解適合自己的顏色。

就像今天上課前，在歷史博物館門前與一個老建中學生見面，他要去德國留學。去之前來跟我辭行，因大家都忙，我就約他到對面碰個頭，他穿了一件鮮藍色的上衣，顏色很好，又理了非常摩登的髮型，整個人看來和平常不同。他問我：「老師，你看我有沒有不一樣了。」我說：「很好，真是耳目一新！」但忍不住跟他講：「這個顏色似乎對你不太適合，使你整個人顯得蒼白。」

我們有時穿某種顏色的衣服，可使自己顯得很有精神；有時某種顏色卻會使自己看起來很灰暗而不健康。這是顏色與自己膚色是否協調的問題。平時這種問題，女孩子比較注意，不過我仍提出來給大家參考。而就拿穿衣服這件事來說，想穿著得體我們就要先認清自己的樣子，看什麼比較適合自己，而什麼不適合，而不可胡亂穿或一味追求名牌。

如果今天我們身材矮、腿很短，卻硬要穿一條緊身牛仔褲，大概就不會太好看，那還不如穿一件寬鬆自然的褲子。而我們近代的中國，就是太忽略了我們自己，以至於在做許多新的「學習」，或引進外來的文化時，常忽略一些「深層」的內在部分，使社會人心失去一種平衡，引起種種內在或外在心理的衝突，就像一些學者只是一味提倡自由，只求打破舊有的社會禮數和規範，而沒有進一步說明新秩序的重要，誤使人們以為只要有限制就是不自由，任何秩序都是不自由的，於是許多人就以破壞秩序來標榜自由、民主。可是事實上，一個民主自由的社會乃建立於一種新秩序上，民主自由的社會不是沒有秩序，而是有一種新的秩序。所謂現代化社會乃是基於在現代化的秩序上，建立的現代化的社會。這種新秩序的建立不只要學習新知識，重建新的心理發展。而如何正確學習新知識與新的健康的心理，還得自我認識，這認識也包括對自己及民族歷史的正確認識。

就如在學習功課上，你們也可能需要重建一種新秩序後才能掌握高中的功課，才能使你們更深入且事半功倍地學習，進而開發你們潛藏的智慧。

任何一個進步的社會，都有從自身建立起來的一套社會秩序，甚至是生活秩序。透過教育，由托兒所、幼稚園、小學、初中、高中，乃至大學，它們之間各有層次，但又有延續，不像我們現在各幹各的，沒有一套通盤和內在的聯繫。就如在美國，你只要進入他們的社會，自然得接受這種秩序的要求與訓練。從托兒所、幼稚園、小學開始有其完整脈絡，甚至包括居家生活，一旦違反當地社區的生活秩序，鄰居就會站出來要求。

肯定自我才能重建自我

可惜當時提倡西化的學者，在對西方的認識不夠，對自己的了解也不深入的情況下，以致產生有些似是而非的看法，誤導社會許多觀念，到今天反而成為我們前進、現代化的障礙。就譬如這些學者從國外回來，提倡的現代化社會的教育，只注重語言，要大家學國語以求國家語言統一，忽略了文字；而不曉得中國的語言和文字是兩個系統，有重疊但並不完全相等，所以今天你們入小學只是牙牙學國語，並不去識字，以致對中國文字的基礎造字和邏輯性缺乏基本的了解，這表現在用字上就是籠統、似是而非。在這籠統的觀念下，我們對中國自身的認識更不清楚，更覺得中國人差勁，配合時代的各種問題，更加責罵、否定自己，甚至侮辱自己，是以整個中國幾乎陷入全面自我否定中，而渴望全盤西化。

但是一個人全面否定自己時，我們能建立自己嗎？舉例來說，假如我們社長朱茂欣看不起自己，覺得自己一無是處，而認為吳中杰非常棒，非常羨慕他，想要完全放棄自己，讓自己變成吳中杰。你們想，這做得到嗎？這種心理就是我們全盤西化的心態與狀況，我們之所以在全盤西化中一直動盪到今天，基本上是因為從來不去建立真正的自我，只是不斷放棄自我，去做另外一個人。而錢賓四先生幾乎是在這時代中，唯一一個站出來呼籲要看重自我、肯定自我，以作為重建自我的第一人。

雖然那時有所謂的「國粹學派」——只要中國，不需要西方，屬於純粹的保守主義者；此外還有「中體西用」，算是國粹派中的開放派。但錢賓四先生什麼都不是，他要我們認清，從自我成長的歷史中認識自己，一如我們應看看自己的成長歷程，才能認識到自己為什麼會變成這樣，以致讓自己對自身有這麼大的不滿。了解了自己問題的原因，知道我們無法放棄自己，變成另一個人，那麼只有改善自己，調整自己，以求自我的建立，不然在一味的自我否定中，我們只有走上自殺自毀一途。

近代中共則認為透過「清除」、「殺戮」可以解決一切問題，可以使中國走上強盛之路，一殺便殺掉數千萬人，但至今問題還在。賓四先生是唯一不斷呼籲中國人看看鏡子吧！認識自己吧！而力排眾議，既不贊成國粹派，也不支持西化派，而另開路徑的人。

民國二十幾年，日本侵華日甚一日，全國抗日情緒高漲，當時蔣介石先生是軍事委員長，卻不輕啟戰端。一則擔心中共乘機坐大，一則中國當時不能打，因為中國太弱，日本太強，這是從武力軍事上看，最後發生七．七事件，中國非打不可了，但中國人內心了解問題所在的人，特別是知識分子，心中並不覺得中國能勝，大家頂多抱著儒家「知其不可為而為之」的心情而已。這時，只有賓四先生一人站出來說：「可以打！」何以可以打？他是根據歷史、根據文化來談中國的民族性，而不是只根據我們有多少戰艦、多少陸軍、多少飛機、坦克、大砲。

如中國人的個性，在平日可以委曲求全，忍氣吞聲，可是到了某個忍無可忍的程度後，就要拚到底了；中國人有足夠的韌力去面對挫折和失敗。中國人甚至可用時間來換取空間，或以空間爭取時間。中國人的脾氣來了，可以堅持硬撐下去。因此在中國的作戰方式上，必須把時間算入，必須把中國人的精神力算入，而不單靠武力，所以，他以此為基準提出看法，並埋頭寫了一本《國史大綱》，透過祕密管道送到已淪陷的上海商務印書館去，並出版之。這書出版後，全國轟動，許多知識分子紛紛從軍，提高了軍隊素質，許多中國知識分子站起來說：「好！打下去」。

中國人對自己有了高度信心，等抗戰到了尾聲，民國三十三年，大家看到中國已經贏定了，中國已經把日本拖垮了。而許多知名學者就宣說：「世界大同必然要來了，中國走向和平了。」他根據當時的情勢說：「中共之後必會崛起，而將成為中國本身最大的問題，大家必須針對這事情及早做準備。」

當時沒有人相信，一位身居高位的將軍甚至公開發表說：「中共，算什麼！既沒有兵，也沒有武器，一下子就能消滅，怕什麼？」不過賓四先生當時還是寫了一篇文章登在報紙上，文章中論及：「一、勸蔣委員長在抗戰勝利、國是初定以後當先退位，以為中國繼孫中山先生以後，建立一個新中國、新領袖的形象；並恢復中國政治中堯舜禪讓政治的典範。二、他說，中共戰後必然崛起，而其必然成為中國的最大問題，原因在國共理想的不同。國共之間的紛爭，必不可免。到時候只有依賴一位能使全國人民以至於全世界共同信賴的國之大老出來斡旋、協調。而蔣委員長領導北伐，將中國從分裂帶向統一，使中國從北洋時的紊亂，有機會進入一個新的大道上。進而又領導全民族抗日，贏得勝利，這是何等的貢獻，以如此偉大的貢獻，為中國歷史中的偉人的身分，如果功成身退，進而超越黨派，成為全國以至全世界所共同尊仰的偉人。而後當國共之間有了紛爭，中國才能有斡旋、調停的人物，不然中國必定分裂。」此論一出，輿論大譁。當時人們不相信會有這種事情發生，甚至有人認為荒謬。所以當抗戰勝利後，其他教授紛紛北上，復員北京，或回清華或回北大，而他則仍留在南方，最後只接受一所新大學——江南大學的聘書，因為他認為中國要亂了，天下要有紛爭了。

在這種心情下，他隱居太湖，注《莊子》，說明莊子在亂世中的深沉智慧，說明中國人何以能度過這麼多動亂而不亡。因為基本上中國人都深通莊子的精神。他要中國人，尤其是中國的讀書人能知道進退，為中國的生機，保留一分元氣。

大陸板蕩時，他僅帶著一個小包、一些書稿，告訴江南大學的校長說：「我出去走走。」而後跑到廣州，坐上火車逃到香港。

為培育人才貢獻一生

在香港時，他看到滿街流亡的學生，於是心想，自己必須讓他們受教育，想為中國培育人才盡力，就拿出僅有的一點錢，在香港租了一間小學教室開班、講課。當時他上完課，就睡在教室的椅子上，他把所有的錢都拿出來當獎學金，而後在他四處奔走下，辦出了全亞洲最好的文史學院——新亞書院，使得英國政府不得不收回這所學校，而他為了學生的前途將學校交出，後來成為香港中文大學。

當時台灣仍處在風雨飄搖之中，他被他當年的學生們邀請到台灣講學。那些學生都是當年受他感召而從軍者，他們請他到軍中以及各部隊裡去上課，他也不在意軍中部隊的素質，聽不聽得懂他的話與授課內容，只要邀請他，他就去演講，以提振當時中國人的士氣。

他說：「中國正在這危急存亡中，作為一個讀書人，當出來為時代鳴不平。」他當時像一個俠士，風塵僕僕地到處奔走，甚至遠至南洋，呼籲中國人當團結一致，對抗中共；同時也進一步說明中共政權、馬列思想，絕不適用於中國，要中國人重建自信。他藉著演講，並將演講稿集印成冊，各處發行。今天你們看到的《中國歷史精神》、《中國歷史研究法》、《國史新論》、《中國文化精神》等書都是當年他僕僕風塵中的演講稿。

新亞書院從一間小教室，辦到世界知名的大學，而他自己卻仍住在貧民窟中，以致美國耶魯大學想提供協助，去拜訪他時都大吃一驚。

錢先生年近七十歲時，建立了中文大學，然後從新亞書院辭職，毫無戀棧地全面放下一切，真正做到老子所言的「功成身退」，而後他選擇台灣作為他終老的地方。他說：「這是中國人的地方。台灣目前平靜，而向前發展，我可以不再出來說話，回來後我將隱居、著述，並將餘生貢獻在教學上。」先生從民國五十七年始，孜孜矻矻教學不倦，著作不斷，至今正式退休，共教了八十年的課。

他從足歲十六歲起教書，由小學到初中再到高中。在三十七歲時，發表《劉向歆父子年譜》，說明康有為、梁啟超先生們談中國經學史、學術史的問題，而震驚中國學術界，使當時各大學停開「經學史」。而後再發表《先秦諸子繫年》，更補足了中國先秦史上因秦火燒掉六國歷史的空白，而被邀請去北大等名校教書。在那個風雲際會、各路思想雲湧的時代，他總是異軍突起，引人深思。而他一直呼籲的即是——中國人要重新認識自己，才能真正談建設的問題；中國人不能如此自毀、自辱、自我否定。

他的思想引起毛澤東的憤怒。大陸一淪陷，毛澤東親筆為文批鬥他的思想，說這是錢穆型的文化觀，是會破壞馬列思想的毒素。而世界各國凡建立漢學研究中心的國家，都以他的學術思想，作為認識中國的憑藉，尊之為中國當代學術界的泰斗，甚至中共文革後，鄧小平復出，在許多平反的過程中，也尊他為中國當代歷史、思想的最高代表（當然他們仍將他劃為封建社會下的代表）。

今天全世界都共同尊崇他對中國甚至人類世界，在人文科學界的貢獻時，我們市議會中某些議員，卻因一些政治上的理由侮辱他。

而他卻站在一個歷史學家明睿的思考下，說這是一個新時代的啟動，讀書人當知進退。

今天我想告訴你們的，就是什麼是中國真正的讀書人。他並非只是一介書生、一個現代知識分子，他是一個「士」，一個特立獨行的君子，知所進退的君子。

在國學社，我常介紹你們看歷史書，建立歷史性的認知能力。因凡建立歷史性的認知能力者，必具有綜合性的認知能力，且有縱向的透視力、洞察力。但歷史性知識能力的建立，在今天則是以讀錢賓四先生的一些簡單的演講稿為開始最好，因為他有脈絡、有承續，能說出構成歷史一貫相承的關鍵與原因，這才是歷史、史學，否則看了半天，也只是分斷、割裂、破碎的資料而已。

說到這裡，同學們一直希望我介紹書單。

建立歷史性的認知能力

我想，同學們是否先看錢賓四先生的《中國歷史精神》為第一本書。你們不妨先讀這一本，然後再讀《國史新論》；然後是《中國歷史研究法》，這三本講中國歷史各有特點。

《中國歷史精神》這本書著重在中國人對自身歷史該有的信念上。就好比你作為你自己，有沒有信心？當然，我們應該客觀地認識自己，可是在客觀地認識自己中，可不可以連信心都喪失？如果人的信心也代表主觀的話，那我們是不是應該客觀到連我們的信心都不要有？如果是，作為一個人，一個自己，連信心都沒有時，那你根本就不是你。那將是什麼呢？是個虛無嗎？如果還不能成立，作為一個人，一個自己，當有信心，信心不就等於主觀。那麼首先這本書它講的是一個信念，就是一個中國人作為一個中國人應該有的信心，尤其是他講這本書的時候正好是民國三十八年、三十九年，大陸剛丟失而台灣動盪不安，中共隨時要來犯台。沒有人有信心說，這一個小島能存在，當時大家並不敢說，金門那一役可以打退中共，我們就絕對站得住。那個時候，他到各處去演講，不論有多少人，也不論聽眾聽不聽得懂他在講什麼，他反正到處去講，然後講完了集結成書——《中國歷史精神》。所以重點是在信心。他告訴我們只要相信自己站得住，相信自己能存在，我們就一定站得住，然後從歷史中看到這種經驗。他所強調的是人的「心能」，人心的能量，作為一個人，所謂的自信心最重要，就是你要能肯定自我。人的心的能量可以無限發展，所以千萬不要隨便放棄。

換句話說，我們能不能站在現代角度看歷史，今天大家都站在現代的角度看歷史，而什麼樣的角度是一個合理的角度呢？或說柏楊的《白話資治通鑑》是一個角度，柏楊的《醜陋的中國人》是一個角度，柏楊的《中國人史綱》是一個角度，那麼錢賓四先生的《中國歷史精神》也同樣是一個角度。今天如果有人看了柏楊的書，也就應該看看錢賓四的書，這樣也才能有比較完整的角度，不然，你只看到自己的醜陋，不知自己再醜還是一個人，一個仍有希望的人。

《國史新論》則從另外的角度，提供我們一個視野來看這個世界，看中國的歷史。然後，第三，有什麼樣的方法可以幫助我們進入中國歷史的世界？他在《中國歷史研究法》中，提出研究中國歷史的義法（研究法，就是義法），看完了，可再看《中國文化史導論》，如此把你們帶到一個以地理哲學、地理文化學的這個觀點，讓你們看到人類的文化剛開始的時候基本是受地理環境決定而影響。《中國文化史導論》是本非常精采的書。

你們在看這些書時會發覺，這幾本書有些重複之處，不過這樣你們會更熟悉他的筆法，同時也會熟悉他的義法，因為他並沒有採用今天我們習慣的西方邏輯的推理法則，而近乎是辯證的法則，所以有時我們看他的文字好像會跳來跳去。什麼是辯證的法則呢？或說它是立體的形式，因為基本上西方邏輯的發展，掌握的是片面性，根據這個片面性來推演，把片面的事物弄清楚，辯證則要求的是一個整體，就像一個人有一個整體，我有正面，同樣地也有背面，西方一般傳統邏輯所談的只講正面，從頭然後一直講下來。辯證法則告訴你前面，還有後腦殼、前胸，還有後背，希望藉以展現整體。而中國古人關心的問題是「生命」。人是一個整體，生命是一個整體，所以這是中國人的思維和西方人的思維不同的地方。

今天我們受到的訓練是西方邏輯的訓練。一開始接觸他的文章，可能不太容易進去，或覺得文字跳躍，所以我建議先讀這四本書可以熟悉他的筆法，懂得他的義法，才能進入他的文章世界，進而了解他的主張。

透過文字提升靈性

如果同學們同時比較中西筆法上的不同，有一位先生的文章也可讀，就是朱光潛。朱光潛的《給青年人的十二封信》，你們可從這本書開始，他談的是人的情感。我們可以說錢先生談的是公義，可是妙的是錢先生從公義、一個歷史的客觀事件說起，卻能進到人的情感深處。而朱光潛談的是情感，最後的結論卻可以進入理性的世界。

作為一個中學生，你們如此般去看書，就可在不知不覺間自然建立起脈絡、法則，然後你能加以分類，同時也由這樣文章的薰陶，你們會懂得什麼是好文章、好著作。等往下讀他們的書，就會發覺，他們沒有說：「我說的是真理」，而是讓你看到前面有大馬路，你們可以往前走去，且將通暢無阻。這跟一般作家說到最後：「我就是第一」，截然不同。這是為什麼？是「德行」，這是第一個特點。第二個特點呢？你們讀下去以後，再急躁的心，慢慢會平靜，這是什麼原因？這就是調整心態，從文字中開始調理我們的心，把我們帶進了心靈的修養。

有人問：「你教我們的讀書法會不會限制我們的思想？」我想，或許可以這麼說：「如果你們能夠繼續閱讀，把讀書當作一個生命中不可缺少的長遠部分，你們絕不會受限制。」而讀這些書最重要的是要奠定我們健康的態度和人生，你們永遠不會入歧途，因能培養分辨的能力。不但如此，你們絕對可以訓練出一種觸覺、味覺、視覺、甚至聽力，知道這世上什麼是最好的東西，包括選外國著作，一讀馬上可以知道什麼是最好的作品，而其重要性也在此，也絕不會因而限制你們的思想。就因為他們不限定你們的思想，才作為你們這年齡的入手書。而從朱光潛《給青年人的十二封信》讀起，然後再讀他的《談修養》、《談文學》、《談美》、《詩學新編》。讀到這裡，同學們如有能力便可嘗試他的《詩論》，及《文藝心理學》。

不過你們不要強不知以為知，凡是讀到超越你們理解時，讀完就放過，也是一種方法。將來在年齡及知識增長時，自然會明白。

故宮談藝：北宋書畫大觀展

＊編按：文中生動記錄辛老師帶領青年參觀故宮的北宋書畫展，期勉青年有藝術的陶冶，並深入時代特色，思考文化的深度。

之一

老師：這裡呈現出來的是中國五代時蜀人的作品，但是它較接近唐人的風貌……李思訓的作品。基本上，它是以從北宋時代最重要的代表畫家作為開頭。你們可以盡量問問題，就會引動我思考，因為我的心還在旅行。

之二

學生：「大觀」展出宋徽宗的「瘦金體」……

老師：它很可能是以宋徽宗為結束，因為北宋的繪畫到徽宗時，達到一個高峰。宋徽宗雖然是一個昏庸荒唐、好逸樂的皇帝，然而卻是一個天生的藝術家，你們看他的像，就能領略到這是一個悲劇。

你要從悲劇去看宋徽宗這一生。很少人從這個角度去看他，一般人看待他，只看他的藝術或是混亂的政治，以及他是亡國之君，可是如果把這些合起來看，宋徽宗之所以會做皇帝，是母親的要求。當他十九歲時，因為他的哥哥宋哲宗死了，向太后便指定他做皇帝。宋徽宗從年輕的時候，就已經有高度的藝術表現，其實他整個心思一直都放在繪畫、藝術的創造構思上，例如，要如何把開封變成一個世界最美麗的都市，如何建造一個世界最美麗的花園。

雖然當時的北宋是一個非常弱小的國家，可是在文化的發展上仍然具有世界性的地位，實際上他們以文化上的發展領導世界，成為世界的文化中心。你們現在所看到的資料可見，凡是所有在那個時代抵達中國的人，都驚訝於宋代的美麗與繁盛，還有生活細節的細膩。

我們今天會看到「汝窯」。現在我們很羨慕日本人，說日本人的生活好有美感，喝茶用的天目碗是黑的；吃豆腐是用青瓷、龍泉……那是當時宋代人的生活習慣。宋代人挑著擔子賣豆花，就一定是用青瓷盛裝，因為青白色才能展現那白色色澤的豆花。和式料理的那種鋪排，是宋人的，而且是宋人禪宗寺院當中的一種吃食方式。那是從整個生活中所帶動起來的一種生活的藝術和美感，以引動人的生命情趣，進而對生命予以肯定，在宋代達到了高峰。所有宋代的藝術，以及藝術背後的美學，還有美學背後的哲學思想，其實全是從這個地方建構。

宋代的藝術以「生活」為主軸，以「生命」為核心，展現了孔子所說的「游於藝」，所以呈現在整個生命中無一處不美。宋代的「山水畫」也就實際地記錄這個部分。現在很多人覺得山水畫是呈現一個理想的人生，這是事實；或者說山水畫是在批判那個時代，表達我要隱居、要過太平歲月，也是事實。而這些事實的背後有一個更重要的精神，就是——就個人而言，怎樣才是一個理想生命的開展？所以**宋代的哲學是對於建立「個人的主體性」上，最成熟的時代**。

宋代的哲學就從此處真正開展，然後再去面對整個宇宙，重新釐定宇宙跟人、自然和人生的關係，甚至於個人和社會的關係，這就是宋代哲學（宋代理學）最重要的思想主軸。它之所以強調這個「**理**」字，就是尋找自然與人、個人與社會，以及跟天地萬物中最普遍的那個共同性。「理」其實講的就是一個共同性。而這個共同性又是發展為個體和各類事物的特殊性的依據，所以，是先有道、理，然後仁、義、禮、智。我們今天講仁、義、禮、智，總是從道德性上去說，但是古人卻是從人的性情上去說，他是就一個人的情感而言，所以他是從這裡頭建立起一個美感經驗，然後將這種美感經驗去呈現在畫面上。這是宋代的時代精神，也是藝術的精神。

之三

學生：所以合情合理才是美？

老師：沒錯！歷代都在尋找合情合理，只是這個時代所尋找的合情合理，常常祈求它是不偏不倚的，所以程顥、程頤才說「不偏不倚謂之中」。他們尋找一個不偏不倚之理，不偏不倚就是中道，其實也就是一個最普遍的理路。這是一個前提。

大家還有沒有要問的？

學生：宋代的藝術是不是比較平民風格？

老師：宋代的藝術不能用平民和貴族來分別，因為它具有貴族性，也具有平民性。從平民來看，宋代是一個散漫的平民社會的開展。相對於中國以往的朝代，它不同於以往以貴族為主軸的社會狀態，而是平民生活的開展，所以宋徽宗的作品中會有很多平民性的展現，可是它卻呈現了知識性，以及透過知識所開展出來的、人類最高理性所展現的精神面貌，他將精神面貌變為藝術的元素，呈現在所有的藝術品當中，你說這是平民的還是貴族的呢？所以我們不能從平民和貴族的區分上去看這件事情，我們要從人的精神面貌的展現上去看這件事情。

學生：貴族和平民所呈現的是不一樣嗎？

老師：不，是一樣的，只是你現在被某些概念所框住了。

學生：宋代不要求合情合理？

老師：每個時代都要求合情合理，你要看他們的思想主軸。因為有情有理才有合情合理，或者有情無理，或者有理無情，你要懂得從這裡去看。

學生：宋代要求合理合性？

老師：有理才有性。宋代是有理有性有情，所以理、性、情，固可分開來看，又當要合起來看才完整。

學生：宋代從開國以來就在努力提倡重建中國的傳統文化。

老師：沒錯。

學生：是因為五代以來的社會動盪嗎？

老師：晚唐到五代，歷經一百二十年的動盪。因為社會結構的崩潰，然後政治的崩潰、人心的崩潰、生命價值的崩潰，所以在五代的時候，人們就開始思考兩個問題：

第一，為什麼這麼絢爛的社會，這樣精采如牡丹花的社會，他們以為走上的是一條永恆的道路，因為唐代是根據西天極樂的藍圖建國，可是卻在有限的時間中整個殞落，而且殞落所導致的動盪不安和黑暗，特別是來自人心跟生命價值的崩潰，讓當時的讀書人十分震撼，所以讀書人紛紛思考這個問題。

第二，重新從宇宙論來思考。他們從當時的宇宙論中取得了一個新的理路，結構人的內在性情和天的關係，並重建「人」的內在生命秩序、心靈秩序，然後才建立起「情」的依據。

然後宋代重新把「天人合一」，也等於是把人天合一提出。確定沒有「人」，不可能有這個世界；沒有人，這個世界對生命、對人來講沒有意義。所以「有、無」等……，所有的哲學問題，實際上都是因為人有存在，才有可能性。更確立了「人」和存在的關係，一個客觀世界的存在關係。

學生：這只是回應到漢代的一些想法，把它重新再挖出來，再把它重建？

老師：重新挖出來再重建，這種話都是不對的。它在這樣一個認知的大傳統底下，重新看到人在自然中的位置。

學生：其實這些理論很早就有了？

老師：這些理論很早就有，可是其結構是新的。以前只是一個念頭，這裡是一個結構。

學生：因為宋朝一開始就把大量的精力用來挽救文化，所以軍事才不振？

老師：宋代的政治發展，有它的系統性。宋代能夠從這麼弱小而建構起來，是因為讀書人的覺醒、知識分子的覺醒。知識分子推動政府前進，這點在宋代起了絕對性的關鍵作用。我們這個時代不像樣，是因為知識分子沒有作用，而不起作用的原因是因為沒有覺醒。知識分子不知道自己要幹麼？也不知道自己對社會的責任是什麼，也不知道知識分子的意義在何處，以及知識和現實的社會、跟人的存在的關係，都沒有人討論。由於對科學的中立性，一下子全部抽空了，現在的人即使要覺醒，也不知道要從哪裡開始，因為一切都得合乎一個功利的、沒有價值的知識體系。今天人之所以沒有覺醒，是因為人沒有位置。人在這個世界上沒有位置，人依附在這個世界上，然後想憑靠著科學，科學又是西方發明的，或是美國人支持的，所以中國人找不到位置，時代的知識分子沒有位置，人沒有位置。然後，人預支自己的青春去付貸款，預支自己的生命去申請各家銀行的貸款，來完成自己以為的幸福生活，其實這都是一種虛擬的狀態。人處於這種情形底下，都沒有骨頭，都不敢有任何作為。大家都以為我們活得很好，所以沒法覺醒。

學生：那要怎麼辦呢？

老師：先不要問該怎麼做？我們先了解一下問題。

學生：老師說人的位置，是不是山水田園畫裡所安排的人物？

老師：人的位置，先不要從這麼細部去看。重要的是在山水中，它確定了「天、地、人」。「人」在天地中如滄海之一粟，但是卻起了決定性的作用，以至於展現山水的美，這是人的意識所形成的。沒有人的意識，這個山水只是一個存在而已。

學生：局限在漢唐時那種廟堂中的人物畫？

老師：漢唐時是以人物為主體，還沒有意識到山水的問題。中國是先意識到「人」是這個社會的中心。魏晉南北朝意識到山水，意識到外在世界跟人的關係，跟存在的關係。到了宋代又重新展現出「人」在這個世界裡的中心。

我要提醒一下同學，為剛才我講這番激烈的言詞，我做點補充，千萬不要聽我講這番話就覺得：哎呀，完蛋了，我是沒有骨頭的。學理和現實人生中要有一線距離。一個學理的建構，要先了解問題所在，然後再回頭，適度去看現實人生的狀況。若我們始終都是拿自身的經驗去了解學理，那永遠無法走向形而上、普遍性的理路，做普遍性的探討，然後去尋找最客觀的可能性。老把這種客觀性跟普遍性拉進我們的個人經驗中，把它拘束在經驗世界裡，這就是我們今天社會沒有覺醒的第二個原因，而且是最重大的原因，就是始終都不能離開經驗，而且不能離開自己的經驗。比如舉個例子：「這水怎麼可能有問題呢？我剛才喝了這杯水就好好的呀？」這個世界公說公有理、婆說婆有理，因為我用了我的經驗印證，「我喝了這杯水沒有拉肚子，你拉肚子？一定是你有問題！你看我都沒有拉肚子啊！」然後他又說：「你看我拉肚子了，這杯水一定有問題。」整個社會因而走向虛無主義。

我們現在應學習將經驗擱置。現代中國「現象學」，將經驗現實擱置，用框架框起來，然後去尋找所有經驗的共同性之處，再去跟普遍之理來做結合，最後再來審視。我剛才說，貸款把我們都綑綁起來了，你們不要說那我就不要貸款了。千萬不要這樣想，所有的覺醒其實是一個理性的開展，其實這也是最重要的。西方認為理性的開展一定要壓抑情感；在中國的《大學．格物》裡面所說的，理性的開展是包括對自身情感的認識；換句話說，就是禪宗所說的：展現你的第三隻眼。

之四

我們剛才說過整個宋代的繪畫美學、藝術美學，是中國歷代的美學和哲學的完成，展現在藝術上最為成熟。原因是在於宋代透過山水展現人的心境，然而人的心境又呈現在一個空間的掌握和理解上，所以整個藝術的呈現就是一個藝術家內在心靈的呈現。

「文人畫」雖是從王維開始的，但是實際上，「文人畫」真正的成熟和完成是在宋代。我們等一下會看到，包括文與可、蘇東坡、米芾等這些畫院家的畫。他們本身雖然是職業畫家，可是實際上仍然有著高度的文人性。而「文人」本身在中國傳統的說法中，特別是清人的說法，就是一個純文學家；尤其是當代，以為文人就是一個純文學的創造者，寫寫詩就叫做文人。在中國的文人，基本上是一個讀書人，同時是一個高度的知識分子，更重要的，是一個哲學家。其實這個「文」字，是「文化人」的意思。而這個「文化人」我們用現在的觀點去理解，也就是一個文化哲學的掌握者，或是擁有者。從這個角度看，他們呈現在作品裡的是一個屬於哲學性的思維，而不是像西方傳統藝術中所展現，是一種戲劇性的、故事性的、情緒性的開展；所以他們所呈現的東西沒有激盪之情，沒有衝突的狀態，所呈現的就是一種和諧。這個和諧的原因就在於，他是從整體的宇宙去看一切的存在，如果沒有和諧就不可能存在。他是從這個世界觀去看，所以在作品中就是這樣子的呈現。

我們先談書畫吧！先從大畫說起。

一、繪畫

這四幅畫是北宋時代非常重要的。我們先不講它是巨然的作品，還是范寬的作品、郭熙的作品、李唐的作品。我們先從山水畫說起。之所以會有山水畫這種形式，其實是「中國宇宙論」的一個展現。那麼，中國的宇宙論跟西方的宇宙論最大的不同，以老子的話最精闢，他說：「這個世界的構成，不是只有一個『有』的具體存在的世界，它是一個具體存在的世界跟不具體存在的世界的同時存在。」所以在這樣的一個世界中，當我們要去展現它的時候，我們應該從哪個角度切入，而這個角度本身是同時將「有」和「無」一起呈現出來？我們可以看到在中國繪畫當中，山水畫呈現出來的一定是有與無同時存在，所以在繪畫上就可以看到它留白的地方。這是第一個部分。

第二個部分是，中國認為只有「有」、「無」同時存在，才是一個世界的完整存在。在這個前提下，當我們面對這個世界的時候，要能夠知道它的整體性、完整性、全面性，所以中國相異於西方古希臘，取代繪畫中只是呈現局部的刻畫，它要做的是整體的展現。「山水畫」之所以成為中國繪畫的代表，就是它是整體呈現最好的狀態，所以你可以看到，它絕對不是小山小水，而是大山大水。

〈谿山行旅圖〉宋・范寬

在大山大水中，所呈現的山，從宋代畫家范寬〈谿山行旅圖〉中的這座山，可以看到，它其實是一個山脈的完成。范寬畫中的這座山，你看它只是像一塊巨石，但是它何以有這麼多的皺摺？其實他是把整個山脈濃縮才呈現，它是一個山脈的扭轉延伸。換句話說，一個龍脈扭轉之後，在視覺的要求上，用皴法把它緊縮，然後挺立於前，最後表現出這樣一個大山的整體性。

何以要用山去呈現？因為中國《易經》裡，山在艮卦，「艮者，萃也」，「萃」就是所有生物的集中地，它呈現的是一切的「有」；同時中國人也認為，在這樣一個整體的世界中，你不能單純從整體去看，它的有、它的具體存在是一種「多元的有」，所以你可以看到在山脈的呈現上，它還會有很多多重空間的展現。一層一層的山巒延伸出去，這個宇宙是運動的，可以看到它的山很像是造山運動，不斷延伸發展出去。至於整個留白的地方，則呈現出大氣的流動。因為中國人要呈現一個整體的世界，而且是呈現一個多元的整體世界，更重要的是，還要呈現這個多元整體世界中的一個活的狀態。因為中國對於這個世界來講，是一個會產生生命的世界，而不是一個死的無機世界，它是一個活生生的有機世界——

它那種生機的勃發必須展現在繪畫裡面。

因此魏晉南北朝在繪畫上，第一，一定要呈現所謂的「氣」，氣是活著的象徵，是一切可能的代表；第二，此外就是要「韻」，所謂的韻就是情感的流動。因為在這個世界當中，人是這個世界的中心點，沒有人，可以說就沒有這個世界。因為沒有人，就像笛卡兒所說的「我思故我在」，沒有「我思」，這個世界的存不存在是沒有意義的，所以一切的存在、一切文明的再造，一切的發展都是因為「人」，以及對人的認知。這個認知最大的展現，在中國傳統中——「人是情感的動物」，不同於亞里斯多德所說「人是理性的動物」。人重要的是「情」，人的生命核心也在「情」，在「情」當中一定要呈現一種互動：創作者及創作者所展現出來的景象，一定要跟觀賞者的情感是可以流通互動的。這當中，你們可以看到，這個就叫做「韻」。

你可以看到在「山水畫」中要求，要能有所感、有所居，能夠讓我們覺得：我可以進去，可以去玩，所以它的視點，不是單一的視點，不是西方傳統繪畫中物理性透視的、三度空間的視點，而是多元性的視點。也因此繪畫常常具有某種故事性，其實故事性是一種生命旅程的展現，所以畫裡有一個人在走著，走到那裡，過橋，然後又會……我們的眼睛隨著這個人動的時候，就造成一個心理空間的開展。因為我們這樣動、動、動……那幅畫就活起來了。那個時候沒有虛擬的電視，透過這種視點的引動，展現出一個活著的事物。它不是死物，是活著的事物；同時，也因為這樣才具有生命性，所以有「氣、韻、生」，在這種情形底下，它一定要「動」起來。

此外，這個「氣」，我們看一個作品的好壞高低，就是看這個作者對這個世界，我們所謂「道」的世界的呈現。「道」，一個整體世界，這個世界包含自然人生、宇宙，以及生命世界等等，整個審美情感透過這個呈現出來。高低就在於它所呈現的那個道，完不完整？我們中國自古以來就認為藝術的創造是一個道的表現；跟一個藝術家，單純是美的追求，有一點點差距。這些畫家都是當時的院體畫的代表人物，院體畫和文人畫是有差距。「文人畫」是到了文與可、蘇東坡才出現的，他們不是職業創作者，他們只是隨著高興就來兩筆。是在那個時代，書畫才開始同源，開始合一；書畫同源合一，就是畫本身的筆法和書法的筆法一致。書法的筆法和繪畫的筆法一致是在於：它透過書法的筆法把那種「動」展現出來，把生命的節奏展現出來。用書法中一捺一撇的那個力道、粗細、頓挫的筆法來畫畫，同時展現繪畫形體的生命性和特殊性，甚至於表情、個性，並透過這個去引動觀賞者的生命節奏。所以它本身就呈現出一種既是生理性又是心裡性的審美情感，跟西方單純從視覺引出的審美性不一樣。

〈溪岸圖〉南唐·董源

學生：這幅畫是誰的作品？

老師：是董源的畫作。原先我們看到董源的畫，基本上都是這種北方的大山大水，我們要講的就是他如何在有限的空間裡，展現一種無限的空間性。任何一幅畫，除了呈現它多元的多重空間性，有無的基本元素之外，更重要的是什麼？是它讓你在流動的過程中，走向一個無限性。在中國繪畫中，「無限性」成為中國最高的美學範疇。還有沒有問題？

學生：這幅畫帶我們走向無限性是從哪邊看？

老師：你看，那個水，一路往下去啊！你要懂得用眼睛，就像弄電視一樣，去調整距離。這個山過來，那個山過去，這樣一夾擊，那個力量就出來了。你要從這個地方這樣看過去，然後一路到最後，不知道去了哪裡。

學生：老師，它裡面的人物通常都非常小。

老師：這裡也展現天、地、人三才。雖然這是漢代的觀念，可是實際上是中國傳統的觀念。也就是在宇宙中，人是其中的構成元素之一。這是中國人的人本思想，沒有人就沒有這個世界。即使有人會說，宇宙是先於人類存在的，但實際上中國人認為，這個宇宙在人本身的生命中展現出來，具有了存在性，是人的認知，沒有人的認知，就沒有宇宙的存在性。所以，人本身是宇宙最重要的核心之一。山水畫展現的就是天、地、人，但是人物本身為什麼要這麼小？因為相對於無限的宇宙，人是很小很小的。可是人雖然很小，人的心卻是天地的心，所以每個人物的呈現都是一個天地的心的呈現。為什麼他總是畫一個隱居者？其實這個隱居者不是單純地隱居，是一個絕對自我的展現者，也是一個絕對的人的主體性的呈現者，因為他不受到所謂的現實價值的切割和牢籠的綑綁，這是來自於莊子的思想。所以為什麼我們剛才說宋代的藝術基本上是整個中國思想的一個完成，也就在於，它把諸子百家以及中國歷代在人與自然的、宇宙的這幾樣東西，結合之後表現在藝術上，而達到一個最完美的狀態。

董源是五代的南方畫家，他的作品和北宋的范寬有一點不同。他雖然也還是大山水，然而實際上他的線條所呈現出來的比較緩和，因為土丘多了，不是北方那種岩石性的大山水。

你先看你們的眼睛會落在哪裡？然後那邊一定有一個線條，帶著你們去順著那個迤邐而行，進入到最後，然後又形成一個循環性的、無相的形象，然後這個時候你就會發覺，唉！它是活的，它好像會動起來。我常常說中國繪畫會訓練我們成為《聯合縮小軍》。有沒有看過這部電影？人縮小了以後進到人體中，整個人體變成一個世界最巨大的宇宙。它實際上是從這種微觀去展現一個無限的世界。

如果說這幅畫具有故事性，它的重點是放在右側溪邊的人家，然後在這樣一個理想世界中的一個小村落，分割出相互聯繫的這些人家。這是第一個。雖然住到這個理想的環境裡，不過他內在世界的清明，以及他對於這個世界哲學性的領悟，達到了一個生命理想的高度，但是實際上他在這樣一個巨大的世界中，隱藏在這底下的人物，也就是這個宇宙的心臟所在。一個人的心的地方，就是宇宙的心的地方。

學生：老師，這些畫中間是不是必然會出現人呢？

老師：一定有人，但是有的時候可以不畫人，他就畫小橋，畫一個空著的小船，還有一個小亭子，就代表這是人文。所以你們這樣看上去，就可以看到，它的那個圖形也是陰陽的基本造型，它一定是，山一定是這樣的走向，水一定是這樣的流下來，然後它一定是這樣子循環，然後，轉到無限的世界裡去，因為人活在一個無限而流動的世界。像西方人的藝術本身就是在流動的無限世界中，要抓住一個永恆不動的基點；可是在中國不是。中國只是要在流動的無限世界中去呈現，在這個流動無限世界中可能的位置、最適當的位置，也是人心可以發展的位置。

學生：畫這幅畫的時候，他開始的動機就是用線條來想。

老師：嗯，對！中國繪畫基本上是線條。線條就是時間的具象呈現。透過不同的筆法的表現，展現不同的形式、物件還有人的內心世界。比如說隔壁那幅范寬的作品，他的筆法非常硬，代表他所展現的那個世界的堅強性，所以基本上繪畫同時也是心理的呈現。

學生：他們對顏色的詮釋是什麼？

老師：對顏色的詮釋，唐以前會強調顏色，但是到了宋代，受莊子、老子的影響，以至於魏晉南北朝隋唐的佛教影響，他們覺得色彩是會遮蔽人們面對本質的，所以從王維開始，以至於到了宋代，基本上他們就把色彩放棄。所以院體畫後來跟文人畫的區別，就在於文人畫全面發展成水墨，而院體畫有的時候還強調色彩，因為它需要裝飾，到最後它們就有了各自發展的路途。

所以它的山一定是上升的，它的水一定是往下的，它一定有一個迤邐的、無限的世界出去。那麼在這裡就是虛與實之間的相應，也就是輕重緩急之間的相應，也就是有無的相應。因為一個存在的世界中，它包含了這些元素。西方人重視「有」，要呈現那個「有」；中國人把虛、實、有、無同時表達，更重要的是要展現生，那種隨時嚓嚓嚓……中國在古代就確定的，在宇宙中它隨時都在發生的這個部分。雖然它隨時都在滅，可是滅不是終結，滅是一個發生的前提，所以它隨時都在發生，隨時都在前進，隨時都在表現。他要去呈現這個部分。所以我們會看到，它為什麼會有那麼多的散點，我們隨時看到它閃爍、閃爍、閃爍的一個發生。這個是「生生之謂仁」，這就是「仁」的地方了；仁愛的仁，也就是情的地方，人的情的地方。

學生：這是他想像中的地方。

老師：對的，一個理想世界的呈現，同時也有他客觀事實的依據。既有寫實，在寫實的基礎上再加上寫生的表達，再加上寫意的，就是寫作者內在主觀情感的那個 Feeling 的部分。

學生：作者的道跟情感之間，這兩個有可能結合嗎？

老師：是結合的。

學生：中國人的畫是不是偏向表現一個作者的氣度？

老師：不。中國繪畫中一定要有畫家主觀的情感、態度這方面的表達，所以按照西方的觀念來講，他是表現主義，他有強烈表現主義的部分；還有個人主觀，他不是客觀的寫實，他是一個個人主觀的、情感的、內在的呈現，但是他不離開客觀的事實的呈現。所以有的時候，這個山水中間，他會把它理想化。所以他們在花鳥上要寫生；但是在山水中，他是用腦子記住一切之後，回去就自身的體驗展現出來，然後去呈現人的心靈。所以每一幅畫都是最完美心靈的呈現。

〈漁父圖〉宋．許道寧

啊！這我也好喜歡。許道寧的漁父圖，他展現了北宋人的氣派。雖然古人的評論說他常模仿別人，創造性不足；但單就這幅畫來講，我覺得他很氣派，他那種無限的開闊和深遠，而且構圖奇崛（我想這幅畫對於張大千可能影響很深，但可惜沒辦法去找他的資料，因為他後來走的是奇險的路）。

〈早春圖〉宋・郭熙

大家可以在這裡看一看。這是郭熙的〈早春圖〉，它跟范寬的〈谿山行旅圖〉不同。〈谿山行旅〉畫的是實，以實為主，但是實中有虛；可是郭熙發展出虛中有實，他以虛為主。到了李唐，他是一個匯合，所以他虛實結合，在用筆上，他創造出，如何展現更緊密的結構，所以他有一種結構主義的味道。你從結構性去看，它更緊密；你從氣韻上去看，它變化多端。郭熙以虛為主，范寬以實為主，李唐則是在一個緊密的結構中，同時展現虛實。董源的是以無限空間的開展，所以它實際上是一個空間藝術的展現，也是一種空間變化的遊戲。

同時你們也可以看到中國人本身，在一個無限空間的呈現當中，是把重量消除的。所以西方人呈現重量，作為具體存在的一種元素，也是審美的元素。你看他的那種高樓，重量質感。可是在中國，卻是呈現質感，而要消除它的重量。因為唯有消除重量，它才能隨著這個宇宙循環。所以，你看這麼重的山，當它那樣垂下來的時候，它下面一股暈染之氣把它給托起來了，所以它沒有那種壓迫性，然後也透過那個氣，好像我們可以游走到它的後面，而沒有把我們悶住，以至於我們能夠看到雖然有限的這幅紙上，裡面卻展現一種無限的可能。

〈萬壑松風圖〉宋・李唐

學生：李唐那幅畫，我比較分辨不出來它的方向感在哪裡。

老師：方向感，它是深邃性。我們剛才說到，那是實，這是虛、這是深邃，在緊密的結構跟虛實相應中，它有一個非常深邃、透進去的一個內在世界。

像這個是把〈萬壑松風圖〉放大。放大就可以看到，它實際上具有高度的透視性，只是說，那個透視性不會成為中國繪畫中的重要部分，而那只是一個局部。因為任何透視性的物理空間，只是呈現一個世界的局部。而中國繪畫要呈現的是一個宇宙的整體。這裡放大了，你看那個瀑布，那個水流。剛才亨亨問：「我看不見〈萬壑松風圖〉空間的展現，它不像郭熙的虛，也不像范寬的實，也不像誰的無限性。它到底是什麼？」它就是深邃性。在所有的結構中然後在空無的狀態當中，夾擊出一個緊密的結構中，然後有一個深邃的內在世界，它的空間重點在這裡。

學生：它很曲折。

老師：不是曲折，是通透。它用通透性去呈現那種深邃。

〈畫關山行旅〉五代梁・關仝

老師：關仝是重要的五代畫家。換句話說，中國繪畫經過五代，雖然動盪，可是重要的是五代所有的君主都喜歡藝術，所以每個國家都設立了畫院。宋代是在這個基礎上，把所有的畫家都集中，然後成立了一個更大的畫院，同時把畫家分等級。關仝基本上是一個從五代跨入北宋的重要的山水畫代表畫家之一。

學生：山和水之間是不是有房子？

老師：是。有房子在那裡。換句話說，在這個山水畫當中，它不一定要呈現人，只要有一樣人的東西就代表人，那就是天地人，然後就是一個完整的宇宙。所以要看你的視點落在哪裡。通常我們的視點，就它現在所掛的，會落在這個當中，它就順著這個線往上，到了那裡，又順著線過去，再從這裡下來，下來後再到這裡，讓你集中到這個區域中。這個區域就可以上到那個山上。這就是一個人類理想的世界，這就是天地之心。人心為天心，天地之心。

學生：它中間是白的。

老師：中間地方透氣。因為世界是一個多元的、多重的空間世界，是一個整體但卻是多元的，所以它透過這樣子的重重山脈，所呈現的卻是一個多元的空間。然後一切生命的變化就從這裡展開。

他何以要畫山？也就在這多重空間中，生命有無限發展的可能性。萬物同時也就聚集在這樣的地方，山就是一個萬物聚集的象徵與代表。水往下流，山往上走，就是陰陽二氣的流動，所以中國的繪畫是一個宇宙的繪畫，一個宇宙哲學的呈現。

南方繪畫跟北方繪畫的差別，就在於地質的不同。北方的山比較高大，而南方的山平原比較多。所以像董源、巨然他們的畫，之所以為南方的代表，就是他們雖然有山，但在山中的那個平原、盆地的展現，或者是董源還有的畫的是土丘，一個無限平原的開展，那就是山水的不同。北方比較凜冽、比較乾燥；南方比較多水氣。你看它這個，你們看的時候還要練習看到，你看它這裡小，這裡大，然後這裡上去，實際上是拉出了一個圓球的世界，所以它的那個空間的呈現是一個全面的開展。這是「有」，那邊是「無」。你要補足不足的部分，你要懂得拉到畫外。

〈蕭翼賺蘭亭〉南唐・巨然

這是巨然的〈蕭翼賺蘭亭〉。有的人畫他去拿蘭亭序出來的那一刹那間。但是你看他並沒有，他是畫去拜訪智永和尚。你看巨然在高山大澤中製造的空間性，這個山，我們在敦煌的畫裡會看到類似的。所以他基本上仍然保有傳統古法，所謂的傳統就是唐朝以來的古法，但是他的重點是在內在空間的呈現，同時他的線條也比較平緩。

〈小寒林圖〉宋人

這個是小的〈寒林圖〉。他是屬於郭熙那一派的。重要的就是，如何在春寒料峭水氣很多，又還很冷的狀態下，去呈現那份蕭瑟清冷而又悠遠的景況。

學生：北宋的構圖是呈現氣流的流暢，南宋的時候就把這個流暢的感覺抽象化了。

老師：是的。下次展出南宋畫的時候，你可以看到它在局部中展現整體，不像這裡是整體的呈現。

北宋畫的特點是整體的呈現。清代的四王想要復古，然後它的結構性是從這裡出來的，他展現了一個新的結構，跟北宋時繪畫中的寫實，是作為概念性的呈現，而不是寫實性的呈現，所以他本身不具宋代人的「生意」。

燕文貴也是一個大畫家。

〈溪山暮雪〉宋人

我非常喜歡〈溪山暮雪〉。原本以為是李思訓作品，現在覺得不是，很可能是四川畫家的作品，它保留了唐人的樣式。

〈匡廬圖〉（傳）五代梁．荊浩

像荊浩的那幅畫，有人認為是荊浩的真跡，但也有人認為不是。認為是的，原因就在於他保有那些山頭，敦煌中就呈現了那樣的山頭，他們可能是根據唐人的法式，可是有些部分又好像是南宋人的筆法跟空間處理，所以，這是一幅有爭論的作品。

我們的眼睛看進去，看那個氣的流動，這時就會引動我們的心理空間，整個一幅靜態的東西就動了起來，這就是靜中寓動。必須是動靜能夠相互滲透，然後展現出來，才是一幅好的作品。我們現在看到的國畫都不動，所以不能算是好作品。

你看看，這一幅氣的流動，那個空間，不是前後的問題，是在前後的空間性中，有著氣的流動，可以跟人的呼吸相應。

〈江帆樓閣〉（傳）唐・李思訓

這個也是非常好的，傳說這是李思訓的作品，跟隋朝展子虔的〈游春圖〉有點像，切一個斜角，空、有，空和有的比重的均衡性，和展現的那個完整性。你看這棵樹的樹枝樹葉中間，它就是好像讓你看到了那個搖晃跟彈性。然後在這裡的暗示中，就帶出了那個水，水是一片空白，是不是有一點水痕，然後它就好像晃動了起來，整幅畫就活了。就在這個當中，視覺點進入到裡面，你好像會縮小就進去了，這就叫做可入、可行、可臥、可遊，所以它一定要是活的。

〈人物〉無款　宋

哇！這個就是〈人物〉。看〈人物〉的時候，很重要的是看它的衣服線條，因為衣服線條實際上是人物心理的展現。

〈宋太祖坐像〉無款　宋

宋太祖是個開國者，他性格中的豁達，就用線條一筆拉下來，但是我們說過，到了宋代，是用書法的筆法來繪畫。重要的是，你看他這一筆拉下來的時候，當中有轉折，有折，有斷，在折跟斷當中就形成了起伏，形成了節奏，就會引動我們的感覺，就變成了他的情緒的表現；然後他的氣度、他的雄渾，全面展現那種開國性、心理性。所以想要會看中國畫，就一定要從這些地方看，尤其是看人物。看人物一定要看線條，不同的線條展現不同的性格。尖銳的性格通常用短筆、尖銳的筆去畫。

〈宋神宗坐像〉無款　宋

像他這個工整的線條，就是展現宋神宗的嚴整。我們去看宋神宗傳，可以看到他的那種嚴整性。

〈宋徽宗坐像〉　無款　宋

老師：這是宋徽宗。你看畫的線條整個是柔的，就是呈現他的性格，他是一個精采的藝術家，但是相對於人格上來講，他不是一個政治家。你看它所有的筆調都是軟的，有點頹廢。中國畫的線條不只是一個輪廓，也不像西方的寫生，只是展現光影。重要的是，要呈現一個心理性，而且要從這裡去分類。畫土地的時候也是，它其實是一種分類性的表現法。

學生：他的眼睛很美。

老師：嗯，有點朦朧，那種恍惚朦朧，像是藝術家活在自己的世界裡。從西方悲劇的觀點而言，他是一個悲劇人物。他具有高度的創造力，把全國帶向一個最高的藝術世界，然而他不是一個政治家，沒有真正的人才輔佐他，所以導致亡國。

〈宋仁宗后坐像〉 無款 宋

宋仁宗的曹皇后，她的美不是單純的美，而是一種豐饒的美。她會裝飾得這麼複雜，即是代表著一種豐饒。唐朝的豐饒是用一個胖女士來呈現，而宋是裝飾。她頭上戴的是螺鈿，上面鑲的是羽毛，那時沒有翡翠，是用一種翠鳥的羽毛做的。

〈文會圖〉 宋．徽宗

〈文會圖〉就是雅集，也就是沙龍，中國式的沙龍，宋代的沙龍。你看它的桌子，裡面大外面小，是反透視，目的是打破對立性，使之圓融一氣，把觀者放進去。西方的透視是對立性的觀望，觀者在外。像這樣子的畫法，觀者就在內；山水畫也是，整個山水把觀者包住；中國審美上的和合性是很重要的。

〈樹色平遠〉 宋．郭熙（美國大都會美術館）

你看它的虛與實、有與無，很多東西都減除了，然後把我們的想像空間自然補足。這張小圖就不再只是一張小圖，是一個無限的天地，而人在裡面。

宋代的作品，就是把人提升到了一個情感的高點以後，再讓你慢慢化除這份情感。但不是沒有情感，而是含住那份情感。人的無情是人把情感散了，而含住那個情感，人才能使情感永恆。

學生：這就像錢先生寫邵雍，提高人的地位來觀物。

老師：對，觀物。

學生：所以宋代的人是宇宙人。

老師：對，宋代的人是宇宙人。從宇宙人到文化人，到藝術人，他要造就人，成為這樣的一個人，所以他們的聖人，跟古代的聖人不同。他們的聖人其實是到了宇宙的高度，然後又展現了知識，人的認知的可能性，也就是知識的可能性，然後又開展為藝術生命的創造性。

學生：宋代講哲學、宗教……

老師：對，又非常藝術性。宋代把哲學、宗教、科學、藝術、生活合而為一。除了傳統文化的發展，隋唐佛學的發展，也讓中國人看見人心的無限可能，然後透過這個無限可能，去開展出一個新的宇宙。

〈山莊圖〉宋・李公麟（李龍眠）

老師：這是李龍眠他理想的山居圖。

學生：所以邵雍才會說，心為太極。

老師：對，心為太極，就是一個太極，等同宇宙的呈現。因為宇宙人的展現，就是一個宇宙心的展現。當你的心有這個宇宙的展現，你就會是一個具有宇宙高度的人。我們近代從實用主義出發，我們的一切就在經驗的局限底下，也是物質的局限底下。這是我們這個時代的問題。

學生：我們就從宇宙人回到半獸人。

老師：是，我們就從宇宙人回到半獸人。而宋代則是先把心拉到宇宙之中。宋代人就是吸收了唐朝人的佛學思想，進而開展出新宇宙，而這個新的宇宙藉著佛學發覺就在人的心上。心就是太極，心就是宇宙，宇宙就是心。換句話說，宇宙有多大，人的心就有多大，因為這麼大的宇宙是人的心能見到的。人只能見到人心能見到的宇宙，展現人的文化高度，所以它超越了戰爭，超越了政治。它雖然是一個那麼弱小的國家，然而實際上它可以開展文化的可能性。達到這個高度以後，再把藝術的創造性去替代所有其他物質性的開發。唯有如此，人才能充分享受生活、擁有生命，也就是康德所說的，人才是一個自由人。

〈江行初雪圖〉南唐・趙幹

學生：老師，那麼長的圖要從哪裡看起？

老師：就從它的頭開始看。

學生：捲過來是一張，再捲過來又是一張。

老師：它的大掛軸也是這樣。中國的繪畫是從局部到整體，從整體到局部。它是一個整體，卻又是各個分立的，因為這個世界本來就是多元性的結構。中國的整體，不是局部的結合，而西方的整體卻是局部的結合，所以西方講究黃金比例，因為它是由局部結合而為整體，然後就是世界的整體。但中國不是，因為中國還有一個「無」的世界，

學生：有無之外，還有一個可能。

老師：有無之外，還有一個可能。呈現整個宇宙的均衡性，也就是那個理的部分，那個理就是那個平衡性的基腳點。這就是一個時間的流程。

剛才有人說，宋代藝術是平民性。實際上它的平民性就展現在通俗繪畫中，就是民俗繪畫、風俗繪畫的呈現，因為它貼近民間，宋代是個平民社會。唐以前是以貴族為中心，但是宋以後中國成為一個散漫的平民社會，這也是從宋以後容易被外敵入侵的原因，因為它是地方性，沒有足夠的力量。在中國這麼龐大的社會中，如果地方沒有力量，外敵隨時可以入侵，唯一能依靠的是中央的領導，可是當中央政府一垮，一積弱，就沒有了。所以宋、元、明、清下來，外敵容易入侵的原因就在這裡。

你們走到這裡回頭看，那個水是清澈見底的。你看那個漁網的重量，它在濕了以後的重量還有它的彈性，因為這個是活的、有機的。你有沒有看到那個漁網的重量？還有水是清澈見底的。你看它的處理好厲害啊！不同於西方的寫實，基本上是寫意的，卻又完全合乎真實性。西方人只能捕捉到一個停滯的現象，可是中國人卻把它有機的可能性呈現出來。

學生：把時間性放進去。

老師：對，他把時間性放了進去。

〈蠟梅山禽〉宋．徽宗

看宋徽宗的字跟宋徽宗的畫，你可以做一個比較。宋徽宗要呈現出那個精準性，它有高度的寫生跟寫實，可是他仍然把中國那種生命的神韻放了進去，所以他整個作品表現出來的，仍然是一個富有中國特質的那種寫實。同時他對空間性的展現，站在這裡看，那個空是這樣透出去的。後面幾枝拉開，如此就是一個所謂的空的，一棵枝子出來，所以中國的藝術其實簡單講來，應該是一個「空」的藝術，展現空的藝術。它「有」的目的，其實是帶人進入那個「空」的世界，而空的世界就是一個無限的世界，就是一個永恆的世界，就是一個道的世界。很多畫家都是這樣，只是表現手法不同。透過有的展現，視覺性的處理，然後去呈現那個空的掌握，所以實際上魏晉南北朝認為無，有生於無。無到了他們就是空。然後他們如何去展現這個空？到這時候才真正成熟，也就是魏晉南北朝的哲學和美學，完全是透過藝術呈現出來。在魏晉南北朝的時候，繪畫沒有呈現這個部分，但是繪畫理論已經說到這個部分。

〈牧馬圖〉（傳）唐．韓幹

老師：這是韓幹的馬，好雄渾喔。

學生：腳那麼細撐得住嗎？

老師：細腳才能呈現出渾圓的身體。你看人和兩匹馬的胖身體，呈現一個緊密的、完整的結構體。這個結構體用後面的那個無和空來呈現它。所以宋代的繪畫以「空」為主，唐代的藝術仍然在「有」的表現上。他從這個山勢和平原把「有」襯托出來，這是唐代、五代的空間表現。到了宋代，就是透過「有」去呈現「無」。

學生：在這荒漠的宇宙中凸顯出人的溫情。

老師：對，沒錯，這是另外一種空有的辨證性的呈現，跟宋代的不同，所以不從空間性，抓不住中國繪畫的變化。

有的時候忍不住要說，在十世紀、十一世紀、十二世紀、十三世紀的時候，中國的繪畫成熟到這個程度，西方的繪畫才剛萌芽。

二、書法

〈隴岡阡表〉（拓本）宋・歐陽修

歐陽修有一個很重要的部分就是，他很重視碑。中國書法真正開始進入到有意識的藝術性的這個部分，是從東漢末年。因為東漢末年人們很喜歡立碑，可以說是一種公共藝術的一個審美的建構。那時刻字的人並不留名，可是到了歐陽修的時候，他要求刻字的人把名字留下來，這是他在當時一個很特別的表現。

〈隴岡阡表〉是歐陽修追敘他父母所寫的碑文。它實際上是一篇愛情的宣言。因為他的父親在他四歲就死了，他母親在當時是可以改嫁的，他母親雖然貧窮，但是並沒有改嫁，原因是他母親覺得：我這個丈夫好成這樣，怎麼就死了呢？回頭看看歐陽修這麼小，她想，這裡頭一定有什麼特殊的意思，所以她就想，我就跟老天爺賭一賭，然後看看老天爺會把我安排成什麼樣子？以及會把歐陽修安排成什麼樣子？所以她就立誓不嫁，然後依附到她弟弟那裡。她弟弟也很窮，就在他們旁邊辛苦地把歐陽修養大。等到歐陽修長大之後，六十歲做到副宰相，就寫了這篇文字追述。我們今天常常用道德的眼光看〈隴岡阡表〉，或者認為他是在表揚母親了不起的功德，這是錯的。他實際上是在談父母親的愛情。因為他對父親的認識完全來自於母親的敘述，所以這篇文章是虛實相應，寫他所有對父親的了解，他父親是這篇文章的主題，但全是來自於他母親的敘述。寫他的父親但最後真正的主角卻是母親，因為沒有母親，他完全不知道，而且也沒有他這個生命性的展現。在這個時候，他要求刻字的人留下名字，以示在這個墓碑、這個藝術、這個歷史文物的紀念中，有他們的位置，所以這幅碑文是很難得的。

這裡就可以看到歐陽修的藝術性極高。宋代著重培養全才，所有的藝術家和政治家幾乎都是全才。用西方現代的觀念說，都是貴族的藝術，因為只有貴族畫畫——它是個錯誤。它造就的是「文化人」而不是知識分子。藝術的展現是一個「文化人」最重要的表徵，所以他們本身可以有多方面的呈現，然後來說明人的可能性，所以宋代的理學是強調人的可能性。人的主體性就在人的可能性展現當中。你看他的文章、詞、書法，音樂、繪畫等各方面，他都可以做一個表現。而他的字是在芭蕉葉子上練出來的，因為窮得沒有辦法買紙，媽媽就叫他摘芭蕉葉，然後在芭蕉葉上寫字、練字。

學生：老師你說立碑是一種公共藝術啊？

老師：對啊，那個時代立碑，我們要從公共藝術的角度去看，它要跟周遭的整體環境達到和諧性。所以你看塔、碑，它設置的位置都有特定的地方，然後讓它成為那個地方的一個座標、一個景點。所以我們今天學建築的能夠從現有的遺跡上去尋找，可能可以看到那個時候它在設計上的一種重要依據跟觀點。為什麼它沒有一定的方法論上的問題呢？因為它是一種哲學性。哲學性只有 Attitude，它是一種態度的問題，是一種有機的變動，而不是科學的方法，一定要如何如何。所以我們常常說，要用心去體會，實際上就是要從西方哲學中的 Attitude 去幫助我們去了解。

學生：老師，這種東西（拓本）要怎麼看啊？

老師：因為殘破了，可是你還是可以看到剩下來的字啊！

學生：可是字不全要怎麼看？

老師：這種紀念性、嚴肅性的文字，從第一個字寫到最後一個字，氣都不能斷，字形也不能變，大小還要一致，整個的氣質精神性也要一致，這才合乎於一種慎重跟莊嚴的美。

看中國書法，一定要記得，不能只看每一個字，還要看它整條的字。就這個字本身來講，你覺不覺得它雖然小，雖然密，可是很通氣？它的間隔、比例做得剛剛好，讓你覺得它不是一塊死的東西，它不會壓得你透不過氣，讓你有呼吸的空間。整個來說，它是有旋律、有變化的。

學生：如果今天是司馬光來寫的話，又如何？

老師：他會有自己的表現。所以每一幅字展現出每一個創作者的心靈，以及對時間、空間的感覺。

學生：所以書法也是展現一個宇宙。

老師：書法也展現一個宇宙。宇宙的元素就是時間和空間，特別是空間，因為人存在於空間的世界中。

〈集古錄跋〉宋・歐陽修

你看這也是歐陽修的字，好秀喔！整齊而且秀。你要看他的秀，跟他的詞做比對，你就可以看到他詞裡的情感那麼豐富。所以再去讀他的《醉翁亭記》，你就容易懂。他是那麼一個具有高度浪漫情懷的人，而不是我們以為的那種道貌岸然的先生。我們對很多古人都有誤解。

學生：他的字看得出來是秀嗎？

老師：我現在就你們所能理解的地方去看。第一，你覺不覺得它非常清晰？當然用墨是用得很好。第二，你覺不覺得它當中有一種甜甜的感覺？它雖然莊重卻不是豪氣亢奮的，而是很沉靜的，帶著微笑的。這就叫做「秀」。輕，很甜美，可是不會膩，它很清明，而有變化，在規範中有變化。你看從下來的這一筆，到挑起來的這一筆，有沒有？它當中的變化很豐富，所以整篇文章不會呆板；同時它的行與行之間的距離、空間性，好像可以透氣。

〈書論書〉、〈致景文隰公尺牘〉、〈尺牘〉、〈蜀素帖〉、〈書識語〉、〈吳江舟中詩〉宋・米芾

這裡是米芾的字。你們剛才看黃庭堅的字很自由，開始有點豪放；然後再看米芾的時候就更自在。米芾在宋代來講，等同是宋代書法的最高代表之一，就是因為他的自由度。他的自由度展現出他的任性，他不是拜石頭嗎？他喜歡石頭，遇到石頭就去拜，他是一個狂熱的藝術愛好者，所以在他的字體當中你可以看到，展現在他身上的那種率性。宋代的字是唐朝書法的解放，這個解放是來自於自我的大膽呈現，藉著書法大膽呈現。

你看米芾的這幅字真是不得了。米芾的字自由度最大，在蘇東坡、黃庭堅、米芾這三個人當中，以米芾的書名最高，就是因為他的自由度最大。他大膽地將自己全然甩在紙上。但是中國的書法跟藝術的重要性就是，當他用這樣狂烈的方式呈現的時候，卻仍有高度的理性作為最高的指導原則，所以是不會亂的。就是在極度變化、揮霍的過程中，仍然有著某種宇宙秩序性發展。他在二度平面空間中，展現三度平面空間的出入，所以他的東西是不斷閃爍、前進著。這個不僅是技巧熟練而且真正是個天才。你看他這個「筆」字，到這裡頓，然後下來，挫，然後用力，然後輕提，再用力，然後一瞬間，再用力，勾上去。輕提，再用力勾上去。書法為什麼要不斷地訓練，因為這樣才能在人手、毛筆、紙和墨色的流動中合為一體。你看這個「無」字，這樣子用力出去以後輕提，到這裡用力抖出去，然後當這裡按下去的時候，就已經有個頓挫的轉折，再挑起。它的筆法的變化之多，所以才會層次豐富，節奏清楚，如戰鼓擂動，咚咚咚咚！他那中間很激烈而熱情，像現在的搖滾樂一樣，節奏性很強。蘇東坡的東西就不是這樣，而是一種解放，卻仍然溫厚。

米芾就在這前後的進展中，渾然天成。這是在無意識卻又有意識下進行，他不是純然的無意識。

學生：他有最高的審美性。

老師：他有最高的審美性。就像蘇東坡〈文與可畫篔簹谷偃竹記〉中說，文與可告訴他：「畫竹子必須成竹在胸。」換句話說，當你在寫這幅字，有一個空間的呈現時，就已經在瞬間有一個想表達的審美性在那裡，在那個指導下，就呈現出它。

〈書前赤壁賦〉宋・蘇軾

這是〈赤壁賦〉，蘇東坡的字。他說他沒有老師，實際上，他受抄經的經僧的字的影響，所以在抒放中有著一種慵懶，可是實際上卻是溫厚的，在頓挫間仍然保持某種規範性。但是，他已經從唐朝對書法的規範中解放，而呈現出他自己的那份慵懶跟自在，卻又跟黃庭堅的自由、自我伸張不同；到了米芾就完全放開了。

學生：對人完全信任。

老師：不能這樣說。米芾是將自己全然甩在紙上，但是卻有高度的審美理性作為指導原則。所以你從他整體的結構去看，他的整體結構的完整性是驚人的。米芾的字要一看再看。

學生：他的運筆完全不受打擾。

老師：對，完全不受打擾。他完全沉浸在自己的世界裡，可是在流動的過程中，他又絕對不會散亂掉。在輕重濃淡之間，他有他一定的節奏性跟旋律性一氣呵成。

學生：他開頭的時候好像沒有進入狀況，沒那麼放。

老師：通常是這樣。書法家通常一開始是緊，然後越寫越放，放到最後卻依然能戛然而止。

學生：〈後赤壁賦〉（喬仲常）畫，像連環圖一樣……

老師：他一定是一段一段的，把故事性透過繪畫呈現出來，到最後「鶴」戛然而飛。那個「鶴」就是展現自由與無限的象徵，所以〈前赤壁賦〉是解放，〈後赤壁賦〉是自由的獲得。

學生：在〈前赤壁賦〉蘇東坡的字非常溫潤，是否來自於他對內在的領悟？

老師：不，我們從蘇東坡的詩詞來看，他本身是非常溫厚的一個人，所以他自然會在字上，展現出一種溫厚性。

所謂領悟，各人的領悟會有所不同。像米芾透過書法所展現他的那份悟，就是他完全活在自我的世界中，將自我全面性地開展，他超越了所有物質性跟功利性的限制，他從這個角度去抒發，在書法上去呈現他的這份情感。但是蘇東坡不是，蘇東坡雖然也有所悟，卻在悟中肯定了人世間的那份溫情，他對爸爸的情感、對朋友的情感、對弟弟的情感、對妻子的情感，從他的各方面來講，他的字很自然就是溫厚，但這已經是一種解放。因為他不再受唐朝規範的限制，同樣地，人的主體性已經開展，他展現了自我性。根據研究，蘇東坡深受抄經者的影響，他一定要保持一份對生命的敬重、一份虔誠，所以他的字體始終有一份溫厚。

學生：所以他的溫厚是來自他的本質？

老師：書法展現本質。你別看現在那些學書帖出身的，書體很漂亮，可是不耐看，再偷偷觀察他的性格，呈現兩面的狀態，自我情緒很……他又可以做得很漂亮，實際上，書法直接展現一個人，他雖力道不足，卻還是努力臨摹著。

〈書黃州寒食詩〉宋．蘇軾

學生：〈寒食帖〉為何說是蘇東坡最好的字？

老師：因為他奔放。

〈書七言詩（花氣薰人）〉、〈自書松風閣詩〉宋．黃庭堅

這是黃庭堅的字。宋代的字從唐朝的規格中解放，強烈地表現出作者個人的個性跟情感的意態，用這個東西去呈現在書法的形體上。所以書法最後會呈現出一個作者主觀的情感，是所謂的「心畫也」，也就是因為它在宋代的時候，從規格中解放出來。我們講書法，強調那個法字，也就是強調在於唐代所建構起來的那種客觀形式的依據。到宋代的時候，個人強烈的情感跟個性，便直接呈現在書法上。

黃庭堅的書法，在藝術性上，他跟米芾可說是宋代書法最高的代表，尤其是他在筆法中的自由度，比起蘇東坡要來得更高。蘇東坡常常說他自己沒有老師，可是實際上我們可以看到，他深受唐代經文字體的影響。在那個字體當中，他雖然已經自我解放，可是他本身還是有比較多的規範。但是到了黃庭堅，他就是一個藝術家，完全開展他的性情，在筆法上，他的自由度、變化度比較大，所以他對後世的影響非常大。

中國的書法之所以具有藝術性，有幾個特質：第一，它是時間的凝聚。書法為什麼在魏晉南北朝才完成？就是因為魏晉南北朝透過道家思想的再發展，以至於有了時間意識，對時間的掌握於是就更清楚。在更清楚當中，它可以具體地透過線條，化為時間，把時間凝縮，成為一個有生命又有意涵的綜合形體。同時也成為個人情感的直接表達，是一種創作。此外，它不是平面的。它為什麼一定要中鋒用筆？因為在中鋒變化當中，它可以游走在二度跟三度空間之中，所以可以看到它前前後後的變化。一幅好字，不但可以看到行氣，看到字形，還可以看到它的空間性；留白的部分之外，還可以看到它就像撒在天上的星星，在變化中展現出秩序，在秩序中呈現出節奏和旋律。你看這些字的時候，你也在看這個人世、水流，它不是像你們寫字的時候，隨便一筆就下來了，它是一筆當中有好幾個波磔（折），所以我們剛才說，宋代的繪畫基本上完成了「書畫同源」的觀點，也就是它是用寫字的筆法來作為繪畫的線條，因而能展現節奏、展現速度、展現力道，也才有一種審美的情趣和某些藝術性的變化。

學生：老師，萬一他寫到一半寫錯了，他會重寫一張嗎？

老師：有的時候會重寫，有的時候就在旁邊加一個正確的字，或者漏一個字也加一個字。

學生：這樣不是很浪費紙嗎？

老師：有的時候他們是練、練、練不停……我們現在大陸老房子裡面還可以看到，他們有一種青磚，很多人寫字的時候是寫在青磚上。在上面寫完了以後還可以再寫，我們現在在大陸，還看得到有人拿個水桶在公園裡面練字，一直練到寫得成熟為止。所以書法不是一揮而就，實際上是經過千錘百鍊的發展。

學生：篆刻……

老師：我們籠統地講，書法藝術著重在線條的變化上，但是它也在時間的變化中呈現出空間的整體性。在篆刻上面，它同樣是一種空間跟線條的變化，只是在有限的空間中呈現。其實都是空間的藝術。

學生：大英博物館有展出日本的花鳥，看起來就跟中國的不一樣。

老師：我不曉得那是什麼時代的作品？

學生：一八多少年吧。

老師：一八多少年的時候，它比較要求精細和寫實。

學生：感覺類似西方的那種沒有流動性。

老師：對。它受西方影響很大，它是以圖案中發展。

瘦金體　〈詩帖〉、〈書牡丹詩〉宋．徽宗

這是「瘦金體」。從這裡也可以看出宋徽宗的創造性。他本來和前人是同樣的走向，循著柳公權一路發展下來，而後才開展出自己的風格。他有著強烈的自我性，在他的文字底下，有著強烈的自我性，同時也呈現他在藝術上要求的那種精準度。

這反映在他對畫院的嚴格要求上，常常他出一個題目，畫院的人就去畫，畫得不滿意，他立刻塗掉，要他們重畫。我們剛才看的那個李唐，就是當時他出了一個題目，題句是「竹鎖橋邊賣酒家」，就是用竹子所建造的一個酒家，被竹子遮蔽了。這樣的一個題目，很多人會去畫那個竹子，畫那個酒家，可是李唐卻是畫樹林，然後一根旗杆（酒簾）隨風擺動，宋徽宗看了大為欣賞。事實上在宋代，宋徽宗還設了繪畫的科舉考試，同樣有秀才、舉人、進士，一路考上來，所以在他那個時候，藝術大盛，畫家多得不得了。在這樣的情形之下，他在繪畫的題目上，展現出十足的趣味。我們如果從哲學上的觀點來講，他就是讓你就一個具象的形式，去展現一個抽象的意境。比如說：「萬綠叢中一點紅」，出這麼一個題目，畫家要怎麼去表現它？這就是禪宗的，實際上就是禪宗的影響。禪宗在宋代基本上仍然非常流行，其他各家則都沒落了，禪宗依然是宋代最重要的心理思想上的元素之一。雖然宋明理學已開展起來，但是實際上禪宗思想仍是一個最主要的流行，所以蘇東坡常常有跟人打禪的故事。

宋徽宗基本上是一個全面性的畫家。他在各種人物、山水、造型上都好得不得了，而且要求得非常精確。不過他最好的是花鳥畫，甚至牡丹花在幾時幾分開成什麼樣子，他都能很準確地在繪畫上呈現，

所以我們看他的書法作品時，就可以看到他是把書法本身當作一種繪畫的表現。或許用今天的說法就是他具有一種藝術字的創造力；另外還帶有某種哲學性，或是規整性。然而他的規整化為一個美的表現。

學生：為什麼他喜歡這樣鉤？

老師：他這樣才能呈現出那種力量。

學生：很像梅枝。

老師：對。他把這種梅枝的味道呈現在書法上，可以說這是藝術字。

三、瓷器

汝窯

中國是一個農業社會，且很早即欣賞陶瓷。我想，在此一定要意識到中國是一個世界上最完整、最成熟、歷時最久的農業社會，所以在原始藝術當中，中國基本上是人類以彩陶作為藝術表現最豐富的一個族群，也是一個文化。而後到了宋代，我們看到從陶器跨到瓷器的時期，他們所做的努力，而這有一個前提，就是如何將土變成玉。因為在中國有過一個特殊的文化階段，就是玉器時代。人類文化發展有粗石器時代，有細石器時代，然後進入青銅器時代。在西方的定義中，文明是從青銅文字跟城市開始的，但是在這中間中國有一個很特殊的時代，就是玉器時代。玉器實際上是石器時代跨入青銅器時代間的一個關鍵時代。當中國人從出土文物中發現玉器後，立刻驚為天人，認為是天地精華的濃縮，也認為是彩虹掉到地上的一種結晶，所以用之於祭天，用之於作為對天崇奉的祭品，甚至於從遠古到春秋時代士人佩在身上以為禮。以作為一個人的身分的展現，到了春秋則更是一個人格特質的呈現。所以我們看《春秋》、《左傳》和《禮記》上面說「家無大故」君子玉不離身，就是說家裡面要是沒有喪事，君子平時都必須佩玉以提醒自己的德行。瓷器在宋代，就是「化土為玉」，展現一個玉的世界。汝窯是「化土為玉」的最高成就。它是從五代的祕色瓷（周世宗希望能夠燒出雨過天青的色彩）演進而來，此後再燒出來的青瓷就不再是這個顏色。到目前世界各國還一直在研究，如何能夠做出這樣美麗而完整的瓷器，而更重要的是，它透過如此的釉色和器形，呈現人類高度的精神性，這也是西方人一直覺得最有趣的部分。也就是說，如何將具體的物質去呈現無形的、抽象的、不可確定的精神？而竟然能在汝窯中完全呈現。這後來影響到韓國，所以韓國的青瓷也成為他們的藝術代表。

宋代是一個極簡的時代，也可以說是極簡藝術的時代，為什麼呢？因為他們重新探索天地以後，化為幾個基本原則，然後呈現出來。就好像塞尚在繪畫的時候，把宇宙化成了幾個長方形、三角形、菱形、圓形，來作為一個宇宙的表現。汝窯也同樣是用這樣的觀點去呈現。所以我們看到它一點多餘的色彩和修飾都沒有，它呈現的是一個最簡單又完整的形象，同時看了它會讓人沉靜下來。

這也就是在中國審美中最重要的一個功能性。所有的藝術，都是從情感出發，然後將人的情感沉澱，加以提升，擺脫欲望的綑綁，走向一個更大的自由。有點像康德的那個自由性。人的自由從這裡才算是開始。

日本人不相信那是宋代做的，認為是清雍正時候仿製的，但是現在經過考證，發現是不可能的，因為所有清代做出來的都不相同，它的精神性不足，比較表象，釉也比較薄。汝窯的釉為什麼能夠那麼厚，它像玉一樣是內透性而不是外塑性。當我們這樣看過去的時候，透過光線好像有一個空間讓我們進去，然後與我們有互通的感覺，它展現了情韻和完全的潔淨，所以我們的心也會跟著平和下來。它的冰裂紋是自然形成的，它的結晶在某些時間或某些熱度，會自己迸裂開來，但是也形成一種特殊的美感。本來我們讀書的時候，老師說「祕色瓷」是傳說，後來大陸西安的法門寺地宮被打開，發現了好幾件「祕色瓷」，才知道確有「祕色瓷」的存在，也才知道，實際上汝窯是「祕色瓷」的延續。

學生：有些邊緣有彩虹的顏色，有些就沒有。

老師：有些有，應該是沾了某些其他的物質。他們的釉料為什麼用得那麼好，研究是它放了瑪瑙，放了寶石礦之後再燒製。

學生：什麼是「祕色瓷」？

老師：「祕色瓷」是一種祕密的顏色，也就是雨剛下過以後，雲散開來，那種帶點青、帶點綠，又有一點藍的顏色。這個顏色做出來以後祕而不宣，只能夠為皇帝所用，就是為周世宗柴榮所用，這是周世宗最喜愛的顏色，所以叫做「祕色瓷」。

瓷器帶有高度的神祕性。比如我今天做的窯、用的釉料都一樣，但是下雨天燒的跟晴天燒的，夏天燒的跟冬天燒的，做出來的成品它都會不一樣。因為任何風吹草動，在放入柴窯燒製時，都會產生無法預期的變化。宋代燒瓷的時候，只要不合格就打掉，後來成為官府燒窯的方式，也就是一定要達到那個目標，不達到就打碎。好的瓷器會讓你覺得，在力道上是都剛剛好的，不多一點不少一點，減一分太瘦，多一分太肥的那種力度就是宇宙中最完整的形式。你們可以到樓上去看那個定窯，宋代常用白色圓盤、圓碗，白色讓人有無限的感覺，好像涵蓋了一切。它能夠達到這種潔淨度，基本上是受禪宗影響。

韓國的青瓷帶藍、帶綠之外還帶灰。我這次去蘇州參觀貝聿銘的博物館，那裡有兩件「祕色瓷」帶灰，也是地宮出土的。朝鮮的玻璃釉比較強，宋代沒有那麼強的玻璃光，因為他們不要那個玻璃光，他們要內化的質感。換句話說，中國在藝術當中要求你可親，「親」就是你把它握在手上以後有好「窩心」的感覺。它要創造出跟你完全相親的那個感覺，因為在這個感覺當中，人的情感、情性、審美性才能夠完全被滿足。

你看這個〈紙槌瓶〉，汝窯是不要亮度的，宋代的東西基本上是不要亮度的，因為亮度就薄，它要內化，所以它的釉很厚，向內透。此外，因為瓷土含鐵的關係，所以燒出來的時候，那個釉必須厚才能夠把那個鐵色蓋住，也因此會呈現出一種溫潤感，至於在造型上則是極簡性，它是以構成一個完整宇宙的元素的觀點去做它的。可說是增一分太肥、減一分太瘦，達到最完整的形體和形象。瓷器的特殊性就在於，它的釉料變化性非常大，還有空氣的流動、溫度和濕度的高低都會使燒出來的作品不同。而現在用電窯，東西就比較沒有層次的變化。「天青色」是周世宗柴榮要求燒出來的顏色，就是所謂的「祕色瓷」，他說「雨過天青雲破處」，結果燒出來後沒多久也失傳了。本來以為是個傳說，結果西安法門寺的地宮在整理的時候，發現有好幾件「祕色瓷」，上面清楚地寫著「祕色瓷」，才知道這是事實。而後汝窯是宋代進一步的發展，「汝窯」是以地名汝州為名；「定窯」是指河北定縣。「天目」不在天目，是在福建燒完了以後，送到天目山的廟裡給和尚當茶碗使用。這種黑藍色的茶碗就叫做「天目碗」，也是以地名為主。

看東西要近觀、要遠觀，要左觀、要右觀，還要往上，再由上往下觀，要四面八方地去觀，要能夠看到它完整的結構。一個緊密完整的結構體就一定是個好作品。在宋代的時候就很珍貴，後來他們難得撿到這麼一片，就把它鑲起來掛在身上，當作玉片。這幾個大窯系，最受歡迎的是汝窯。由此可知中國人要「化土為玉」，然後展現一個玉的世界，這始終是中國人的夢想。

學生：為什麼中國人喜歡玉？

老師：玉有九德，有九種特性。第一，它的聲音非常清越，而且透過聲音，非常明晰地展現它的內在。就像一個君子，你問他，他會很清楚地告訴你某種思想性。第二，它很堅硬，可是又很溫潤。第三，它具有高度的內透性。在這種內透性中，它可以跟佩戴它的人互通有無，成為人們最親密的朋友。你身體的一切狀況，可從佩戴的玉的色彩變化跟光澤中一目瞭然。同時，玉本身也會展現它獨特的變化。第四，它可以磨得很利，也可以打得很薄，卻不傷人，因為它的質感不像鋼刀那樣會傷人，再者，它非常絢爛，卻不耀眼⋯⋯。其他諸如，它有充分的變化性，每塊玉都不一樣，是獨一無二的，一如每個人都不同。所以中國人到了春秋時代，對於玉的愛好，有了一個理論性的思考，得出這個結論。

遠古的時代，中國人希望讓使用的工具，變得更方便、更舒適的時候發現了玉礦，對中國人而言，這是天地的精華，甚至於認為是天上雨虹的結晶，是神仙的化身，於是就把它作為祭天，或是象徵王權的東西，並用來裝飾自己、保護自己的身體跟靈魂。中國從遠古時代就看重玉，到了春秋，就有意識地發展玉的審美理論，此後它就成為一個貴重的象徵，具有金錢與精神，雙重的價值性。目前汝窯就是「化土為玉」的最高成果。

定窯

定窯是民間的窯，可以看到當時宋代民間審美性的高度。雖然後來也用定窯來代替官窯，可是定窯本身一直到今天還在出東西，沒有斷過。

學生：跟剛才汝窯有不一樣的地方嗎？

老師：我想是不同的。除了白之外，我自己的劃分，就是覺得汝窯展現了高度的精神性，而定窯則呈現了一個最完整的「極簡性」。因為在民間自由創作的過程中，它有更大的自由去呈現這個部分，所以它每一個造型既豐富而又單純。相對於汝窯來講，汝窯比較拘謹，而定窯比較自然，因為它是民窯。

單看這些圓盤，每一個圓盤，雖然簡單卻非常豐富，感覺很飽滿、很圓滿，好像有一種無限的空間在裡面。

這件是江西景德鎮的瓷器，帶點隱青的特質，是南宋到了南方杭州（臨安）成為首都以後，才就近發展起來的。

這個我想是後來買的，就像我們剛才經過的唐三彩陶俑。故宮原本是不收明器的。現在認為已不再是一個皇室的博物館，便開始把整個瓷器的發展過程結合起來，所以就收了大量的明器。

耀州窯

我們從許多資料中得知，耀州窯與當時宋代人的生活密不可分。現在我們知道的日本人的生活，那麼美，分得那麼清楚，實際上是宋代人生活的方式。像這個耀州窯，實際上是民間的粗碗，在當時是專門吃豆花用的，因為豆花的白和粗碗的綠色搭配才美。現在所謂的和式料理，也是那個時候和尚廟裡一種設計的美感。比如喝茶，為什麼要用天目碗？也就是因為那時用的是茶末。沖下去的時候，那個茶末的白跟琥珀色的紅，配合醬油色的碗，展現出美麗、豐富的色彩，所以那時每樣東西都有固定的使用習慣，那個時代是達到了一個審美的高度，包括整個生活。為什麼能夠如此？因為它完全從人出發，重建以人為主體的文化性。它的整個審美性也都是從這裡出發，所以安排在整個生活中有著豐富的情趣。那也是《論語》中「游於藝」的完成。人是情感的動物，唯有從生活中安排，才能成就這份情感的完整性跟滿足。

龍泉窯

南宋的官窯其實就是龍泉窯，是屬於青瓷的系統。顏色偏泛綠，實際上是汝窯的變化，只是到了南方以後，在燒製的時候，沒有辦法再呈現原來那個顏色，便慢慢走向青瓷的系統了。因為釉料的調配非常細緻，它的化學性變化很難掌握。以綠茶為例，最能呈現綠茶清香的是福建德化窯的白瓷。

哥窯

哥窯用的釉料非常有趣，插上最容易發臭的薑花，不會發臭。這是因瓷器的釉料，插上了花，花期會延長兩個禮拜以上。插梅花甚至會延長到梅雨時節以至結出小梅子。這是含有「生生」之意，所以以前選瓷器有一套相沿成習的常識。

宋人在生活上陳設這些瓷器，就是人生活在一個如玉的世界。玉是人最完美的審美展現，中國人「化土為玉」，使生活充滿了溫潤之美，宋代是一個最完整的狀況。人們似乎從中獲得了天地的祝福。

選一個瓷碗，選一雙筷子，不要用日本人的短筷子，又短又尖。日本人是為了吃魚的特殊需要，才使用尖尖的短筷。中國人喜歡用長筷子，且前面是圓的。一定要學會拿筷子，我看現在的人都不會拿筷子，拿筷子拿起來要像鶴嘴一樣。筷子是最優美的食器，你們一定要練習，就像我們戴玉器一樣。有了這些瓷器，就讓我們整個動作會緩慢下來。在用這些東西的時候，我們所有的動作就如同修行一樣，我們急躁的心會放鬆下來。就像南傳佛教中講的四念住，講如何走路走得從容。藉著這些東西，就讓我們緩和下來，就不急躁。今天為什麼叮叮咚咚？就是因為東西不容易打破，打破了也容易再買，就停不下來，慢不下來。吃飯也是，拿了到處亂走。可是生活中一定要有一些儀式，因為這些儀式是讓我們從流動的、急躁的狀態中緩和下來，讓生活的節奏有急有緩，有動有靜，就像一首歌一樣，生活的美就自然而然地在我們的情性中呈現了。宋人從這裡去開展出人的可能的生活。

磁州窯

磁州窯也是在河北，不過現在陝西也還有出產，只是沒有這麼好看了。因為它更貼近民間性，所以更活潑，甚至變成民間藝術家呈現藝術的一種體裁。

孔雀藍受到波斯影響，它的釉料據說是用孔雀石磨出來的。最具有藝術創作自由的是磁州窯。

我們用硯台磨墨，寫毛筆字的歷史很久遠，但是漢人的硯台往往是用陶器燒的，到了唐代開發出歙硯跟端硯。這兩樣東西一方面是書房的用具，有實用性；一方面又成為藝術一個新的創作題材。中國的藝術品幾乎都是實用性的東西，但是就在實用性當中展現其藝術性的可能。

所以這是中國人非常了不起的一個生活藝術的創造跟表現，它不是為了藝術而藝術。除了繪畫中有為了藝術而藝術的創造性之外，所有的東西都是從實用性中出來，而實際上繪畫也有它的實用性。我們看到那些大畫，很多是裝飾性的。當時壁畫，畫在皇宮壁上，即有它的實用性，只是它的藝術性較強，實用性較少。所以在中國來講，它全部是從生活的實用性展現它的藝術性。換句話說，藝術和生活是不分的，美就是生活裡的一部分，而今天的生活中沒有美，這是我們近代生活的缺陷。台灣人病就病在生活中沒有美；或者說中國人病就病在生活中沒有美，失去了美，就像是不斷討論學術而忽略了對藝術專心欣賞。

這端硯後面有好些淡綠色的點，這叫做硯「眼」，稱「鸜鵒眼」，又叫做「枸杞眼」。古人說，「眼」出現越多，石頭越好。凡好硯石英不能多，要像嬰兒皮膚一樣，摸起來像絲絨，滑而有點阻力，再把手捂上去的時候，硯上的水氣不退，這就是一塊容易發墨的好硯。

鈞窯

我常常說鈞窯是瓷器中最具豐富色彩的東西，它就像是一個夢。它的色彩絢麗，卻又不失隆重，它使用的是高度的鐵釉，所以很厚重，要上更厚重的釉色，才能呈現出一種奇特華麗而又沉重的美感。

這嬰兒枕是人去世的時候放在棺材裡用的。人有睡覺用的枕頭，不高，太高脖子就完蛋了。但是人去世了以後墊在下面，比較高。宋代人因為重新談儒家的思想，儒家思想非常重生，所以宋代喜歡畫嬰兒。嬰兒畫、嬰兒的各種造型，在宋代非常豐富。

學生：為什麼沒有畫眼珠？

老師：有啊！只是沒有點黑而已，但是畫了一個小圈圈在上面。

學生：看到了。

老師：北宋也重新建立理學，所以他們仿了很多青銅器。同時因為瓷器的發達，所以他們也用瓷器去仿青銅器，用以祭祀。

相對應地看玉器和瓷器的光澤，就說明了化土為玉，因為玉器有內透的光澤。今天我們的瓷器是呈現了太多的光澤，所以比較亮；而他們那個時候是要呈現玉的光澤，所以比較內斂。內斂為什麼好？內斂是將人我的對立性削減。因為它的光澤內斂、含蓄，人可親近它，於是人我、主客觀就合為一體；如果它很亮，那麼它是它，我是我，兩個人的對立性比較強烈。中國人喜歡和合、圓融，而後化為一體，消除對立。宋代也很仿古，所以它的玉器，像這個是水盂，就它的色澤來講，應該是漢代的東西，但是這個可能是他們做出來的，他們有高度的仿古的能力。遼還保留了許多三彩，因為三彩是西域的。金人和遼人仍然維持著他們特殊的喜好。

學生：他們比較活潑，我們就比較官樣。

老師：不是官樣，是一種情感的內化，形成了深沉而永久，它自然就走出這個樣子。

學生：耐看。

老師：耐看就是時間的永久性。唐朝的白瓷就非常好，叫做邢窯。

玉器一方面成為中國一種帶著人的精神的審美物件，可是另外它也是藝術家的創作題材，以它跟其他世界展現不同的一個藝術創作的部分來講，它以小為主，而不是以大為主。我們如果用現在語言來講，它以微觀這個世界作為呈現的方式，而不是像西方必須以宏大的建築或雕刻展現。山水畫展現的是世界，玉展現的是微觀，就在手上，所以能舒放、能收，能縮能收。宋代的玉雕，在刀法上比較溫厚，在呈現上比較重視趣味性，它很強調那個 Cute，跟漢代的精巧和富麗，跟唐代的華美不同；明代比較粗獷，明代繼承元代，比較粗獷；清代則是精細、精巧絕倫。

（註：二〇〇七年二月寒假期間，辛老師帶領國學社同學參觀故宮博物院宋代書畫「大觀」展，為同學導覽解說。）

獻給青年朋友的好書

＊編按：本文中，辛老師評點經典特色，讓青年學子能找到不畏難的閱讀方法。

大體說來，世界上凡有文字的民族，都有他們傳世的經典。人們從這些經典中獲得許多智慧的啟發，也獲得一些共同的心靈默契。

中國最重要的經典——「四書」

「四書」分為《論語》、《孟子》、《大學》、《中庸》。這四部書可以說是代表中國儒家思想的書，同時也代表中國人面對生命、人生的一種基本心念與信念。

今天高中課程雖有據「四書」而編輯的《中國文化基本教材》，但它是另立題目、重新整合的新面目。如果我們重看原本由南宋朱子編輯的「四書」，從中也能獲得很多好處。

因為中國舊有的著作，都有其著作的體例，在體例中也含藏著深邃的大義。

譬如：《論語》以〈學而〉為第一篇，開頭首先點明在人生中「為學」的重要性。從「學而時習之，不亦悅乎？」開始，說明「學習」不只是外在知識的學習，也是人內在心靈的自覺。隨著這心靈的自覺而來的，則是一份屬於心靈自覺的喜悅。

「有朋自遠方來，不亦樂乎？」」是透過學習與自覺而有的「自我建立」，從這自我的建立中獲得相知的朋友，這份人群相與之情，不是很令人快樂嗎？

「人不知而不慍，不亦君子乎」，則是人生一重要境界，是在學習的過程中，對宇宙、歷史與人生有了深切認識後，對生命所產生的肯定與自信。在此境界中，或有不為他人所肯定時，也不因之而失去自身內在的喜悅與快樂。

第二章講「孝弟」，也講「仁」。所謂「孝弟也者，其為仁之本與。」這裡一方面說出「仁」字是「為學」的最高境界，一方面也說明「孝」與「弟」是達此「仁」字的入手。換言之，人要達於仁者的境界，當由「孝」與「弟」這份情感的體認開始。

《論語》二十篇，各篇有各篇的主旨；而每一章也都有它的章題主旨，而此主旨與主旨間也有其內在的聯繫。一如〈學而〉篇所重在「學」；其次〈為政〉篇所重，則在這人群政治的活動上，因人的學習離不開人群生活的社會。於是第三篇緊接著談〈八佾〉。〈八佾〉所言在「禮」，換言之，人群政治，最重要在典章制度與社會秩序，因而〈為政〉之後緊接著講禮，然而禮只是形式，賦予形式的當是人內心的自覺，故接著是「里仁」篇，言「仁」。如此到第二十篇〈堯曰〉，所重仍在儒家，同時也是中國人的人生最高理想——「天下為公」的精神與情懷了。

《孟子》一書也有其自己的體制。由「仁義」的提出，到「仁政」之始，一路下去直論「人性本善」。

在篇與篇之間、章與章之間都有此內在聯繫的關係。如此而《大學》、而《中庸》，朱子合為「四書」，以呈現中國人的理想與那份面對生命的情懷。而近人蔣伯潛先生的《四書讀本》（啟明書局）、錢賓四先生的《論語新解》（商務印書館），都是很好的入手書。

俯瞰人生的《莊子》、《老子》

至於《莊子》也是中國人非讀不可的書。前面所說的「四書」，或可稱之儒家；《莊子》則代表道家。其實「儒」、「道」原是中國人一體之二面，一如手心、手背，合起來才是完整的手一樣。「儒」、「道」的截然劃分，是後人的偏差。

儒家是中國人對生命、人生的正面肯定。道家則是從這正面肯定中超然而出。站在自然、宇宙的立場俯瞰人生，以求人的精神、意識的更大擴展與發揮。

是以《莊子》的文字、文章汪洋自恣、詼詭奇突，今天讀來倒有些難懂。如果能找到張默生先生的《莊子新釋》，則會有很大的助益。可惜他只有內七篇的講述，不過讀《莊子》若能掌握到內七篇的大義，其他的外篇與雜篇也就好解了。

談道家，當然還有一位重要人物，即是老子。老子是一位隱士，自古以來對他這個人不甚了解。而《老子》這本書則是完成於戰國中期，他最大的長處，即是提出了「無」的觀點，使中國人的眼光，從現象界、存在界，進而進入非現象與非存在界。而後他會合現象與非現象、存在與非存在，認為這才是宇宙的真相，才是所謂的「道」。

《老子》一書的文字古奧，其內涵與象徵的意義很大，今天讀來也仍會有些困難。同樣地，若能找到張默生先生的《老子章句新解》，或也可有些幫助。

維護人道精神的《史記》

《史記》也是我們作為一個現代中國人當讀的書。這不僅因其為中國二十五史之祖，更重要的是，太史公司馬遷這部書，文字優美、思想龐大，他根據歷史事實，進而陳述出中國人的最高理念——那份對生命的熱忱與至死不屈的人道精神。

要讀《史記》，在今天也有兩本可參考的入手書，一是李長之先生所寫的《司馬遷之人格與風格》；一是《史記精華錄》。

前者是介紹《史記》這本書的特質與各篇章之宗旨，後者是清代姚祖恩先生從文學的觀點，挑出《史記》中具有代表性的文章，加以批注，幫助我們認識《史記》的精彩處，而後再去了解《史記》，則較容易掌握《史記》的精神了。

概括宋理學的《近思錄》

而後或可再讀朱子的《近思錄》。這本書的特質，是將宋代理學做了一個簡要的概括。

兩宋理學，從文化的立場講，是中國文化經魏晉南北朝時的激盪與反省，再經隋唐佛教思想的創新與發展後的一重新整合。

當時宋代的理學家，從宇宙的認知與掌握，到生命的開發與肯定，最後落於實際的人生，也就是個人的確定和社會倫理的訂定，也建立中國向所未有的哲學、思想體系。重新將中國人的心靈帶入一新的方向，去關心一些新的問題。

朱子的《近思錄》，首篇即言「道體」，這就是談宇宙的問題；其次講「為學」之大要；而後講格物窮理，再次談性情的存養，然後是遷善、克己復禮——即個人的修持與鍛鍊，最後講到聖賢氣象，說明人在情感活動中的最高表現，也就是理性的最大呈現。

人常受制於本能、情緒或外界事物左右，因而常覺得不自由。其實若能懂得調整、平衡，這些痛苦與不安，都將隨風消失。聖賢氣象者，也都是這些在人生中重獲自由的人。

開拓生命力的大學問

王陽明的大學問，也是值得一讀的好書。陽明先生是明朝人，他的「致良知」，是想開拓人生內在真正的精神或生命力，而後建立起人的自尊。如果我們今天從西方浪漫主義的觀點來看，陽明先生具有高度浪漫主義的情懷。面對今天社會如此功利主義和工具主義的前提下，讀他的書倒也有一番振聾發聵的效用。

以上所說的書本多偏重思想層面，我們若擴大經典的意義，這些也都可說是中國的經典之作。青年朋友若肯從頭讀起，必會有所收穫的。

詩歌文學

以下所要談的是文學作品。中國文學作品從《詩經》開始，重點在點出人的性情。而後《楚辭》，就屈原個人的遭遇為主，呈現戰國，也是中國南方文學的風貌。

漢《樂府》以至《古詩十九首》，逐漸展現中國新的文學形式，同時也表達出中國人新的人生觀或人生的情味。

如此魏晉南北朝的山水詩和小品散文，都具有很高的可讀性。其中最令人玩味不已的是陶淵明的集子，坊間有所謂的《靖節先生集》，可以一讀。

至於唐詩，有《李白集校注》、《杜詩鏡銓》（杜甫）、《王右丞》集（王維）、《玉谿生詩集箋注》（李商隱）。都是可以一讀的好詩，而挑出他們，主要是因為他們可代表中國人在情感上的四種典型。當然青年朋友，若覺得太深奧，則坊間的《唐詩三百首》，或金聖嘆批注的杜甫詩《聖嘆選批杜甫詩》及《聖嘆選批唐才子詩》，都可作為讀詩的入門。

宋朝除了各家的集子外，由彊村先生編選、唐圭璋先生箋註的《宋詞三百首箋注》，也是可讀的入手書。

而文章方面則可先讀清代林雲銘先生評注的《古文析義》，了解古文的基本章法，再進而去讀唐宋八大家各家的集子，會方便得多。

名家批注的小說注

再來談及小說類。在小說中，我個人是主張能讀一些有前人批注的小說，容易把我們帶進門去。譬如金聖嘆批的《水滸傳》，目前好像只有三民書局有保留原來的木刻版本，其中的批注是現在坊間最完整的，值得一讀。《三國演義》則以學海書局的毛宗岡評的《繡像全圖三國演義本》最好。而《東周列國志》則有蔡元放的評點本，以前是由文政出版社印行。《紅樓夢》若能看「脂硯齋」的評本，則更能深入其中的精髓。有這些評本，再讀其他小說，則容易掌握書中重要的寓意。

今天讀中國前人的著作，當然會有許多的觀點、新的讀法，我並非要求一味地守舊，只是我們若要認識一個人，是要先就他自身的一些特質開始呢？還是只就我們單方面的認定開始？

不可否認地，從民國初年以來，中國遭遇一大變動，此變動一方面是來自——中國內在自身的僵化而需要更新；一方面是來自外在世界的衝擊，以致我們今天處在過渡時期之中。

過渡時期，一般人物個性的特點，或而趨新，或而守舊，或而徬徨，以致偏執一方，失其中道。目前我們的社會，趨新徬徨者日多，而所失，則都在對自身認識的模糊，因而此時讀一些我們民族歷史中的經典作品，實際也是對民族以及我們自身個性的認識。

掌握中國文化的特質

近代史學大師兼思想家錢賓四先生，他有一系列的著作，也可幫助我們認識原有的中國文化、歷史、民族的特質。

青年朋友們若從錢先生的演講本《中國歷史精神》、《國史新論》、《中國歷史研究法》、《中國歷代政治得失》、《中國文化史導論》、《中國文化精神》、《中國文學論叢》、《民族與文化》、《孔子與論語》、《中國學術通義》、《現代中國學術論衡》等依次序讀起，對中國歷史將有一整體、聯貫性的認識。

當代中國人對中國的歷史常是割裂來看，且強調其間的差異性、變動性、對立性、衝突性，以致當我們讀完一些現代歷史作品，常不知中國人何以能活數千年，以致成為人類史上的奇蹟。

錢先生則根據當代人所強調的這些差異性、變動性、對立性、衝突性，進一層看其間的：一致性、整體性、聯貫性、和合性。一如《老子》以至《易經》所說，**我們也當從宇宙無限的變化中，去掌握那永恆、無限的不變性，如此我們才能見到宇宙的真理**。

當埃及、希臘、羅馬等古老民族衰微不起時，當近代西方列強英國、法國、德國等帝國從興盛走向沒落時，中國仍能繼續前進。而這份屬於中國的一致性、整體性、聯貫性、和合性，才是中國之所以為中國，能屹立於世界，仍將再起的原因。

值暑假之際，青年朋友在娛樂、休憩之餘，或許想看點有益於自身心靈的書籍。除了現代科學，西方文學新思想、新著作外，中國古老的經典也是值得欣賞、閱讀的。更何況作為中國人，最重要的就是在於有一份中國人的心靈，這些古典書籍，都將是我們認識中國、擁有豐富生命情懷的憑藉，我特此推薦，以饗青年朋友們。

青年與文化

＊編按：本文由一九八八年的五四前夕之授課講稿整理而成。辛老師回顧六十九年前新文化運動的知識分子，並期勉現今的青年懷抱理想。

明天是五四運動第六十九年的紀念日。往年這是被稱為青年節的一日。這一日，中國知識青年在列強壓迫，以及在當時北洋政府喪權辱國下震醒，並發出怒吼，使中國代表團拒絕在巴黎和會上簽字，保護了山東權益，爭取到中國從十九世紀四〇年代鴉片戰爭始，到二十世紀四〇年代抗日勝利，整整一百年間所未有的「國權」與「國格」。

而抗日勝利到今天又過了四十多年，在這四十餘年間，世界有了極大的變化。當年發動鴉片戰爭，逼清廷簽下五口通商、割讓香港的日不落國——英國，今天已決定要將香港放棄，還給中國（英國於一九九七年歸還）。當年同時稱霸世界的神聖法國，今天也失去昔日的光彩。十九世紀後期稱雄歐洲的德國也遭二次大戰的失敗，今天仍然分裂成兩個國家（德國於一九九〇年，東西德統一）。整個歐洲已不再是世界的舞台，而退居到舞台的邊緣。而後，代之而起的美國與蘇俄，轉瞬間，前者也從世界的政治、軍事、金融的超級強國，逐漸沒落；而後者也從一代梟雄中，逐漸改換面貌，在國內政治制度上更走向修正，在外在軍事與外交上也採取較溫和的路線，以求改變世人對他們的印象。歐洲的這種變化，實際可說是「帝國主義」的崩潰、「資本主義」的沒落。而此二者本是歐洲之所以為歐洲、白種人之所以在近百多年來凌駕一切其他各民族之上的憑藉。

今天有些文明地區，都認定日本將成為世界舞台的中心。而日本也以此自許，且有相當的自信。回看當年第二次大戰結束，美國在日本擲下人類世界第一、二顆原子彈，日本幾乎淪為廢墟。然而四十年來，日本從此廢墟中站起，並且攀登上今日世界文明的頂峰，如今將走向廿一世紀。這一切的變化，在這短短的四十年間的發展，稍微用心的人目睹此景，都將瞠目結舌地為這激驟的轉換嘆息。同時也驚覺人類社會所夢寐追求的財富、權勢，是有其時間的限制啊！

而中國在這一百多年中從極弱，到今天海峽兩岸的對峙與各自發展，台灣亦曾一躍為亞洲四小龍。如果單從數據上來看，確實進入經濟「開發中國家」。而大陸的毛澤東雖能取得一時之政權，但四十年來慘痛、悲絕人寰的結果，已足以證明人們的無知、愚昧與殘酷。現在噩夢雖已過去，但巨大傷痕仍在，人們何時才能從這種傷害中真正復原？使人們心靈、情感、人際關係、以及社會制度重新走向寬廣健康的道路，我們實在無法預知。

台灣在這四十年的穩定發展中，政經上的成就，甚至被美國NBC電視台的評論家視為人類的奇蹟。他們根據西方歷史、社會的發展，從農業、封建社會，邁入民主、工商社會，歷經了至少四百年的歷史。而台灣竟然在四十年間完成。可是在這政經的成就上，長期以政治的需要，經濟的利益為前提，而忽略了文化、歷史、學術的教養，以致社會流於粗暴、淺薄、欠缺高遠的人生理想。而所謂價值取向，也只以工具主義、實用主義以至實利主義為導向。

當然這種觀念，不只台灣，凡發展商業，以經濟利益為主的社會皆有這種價值取向。以這次在新加坡舉辦的台灣大學、上海復旦大學、香港中文大學、新加坡南洋大學的辯論賽來說，其中決賽題目：「儒家能否抵禦西方歪風？」雖然只是一個辯論題目，但也相當地反映出在近來知識分子心中的要求與疑惑。而有這種想法產生，其中就是工具主義、實用主義、實利主義的結果。

這題目我們其實也可替換成——「蘇格拉底或柏拉圖、或亞里斯多德的學說，是否可以抵禦西方近代共產主義？」而若就社會現象論，其答案是否定的。但在學術上、人類文化上，是否因無法抵禦就失去其學術價值、文化價值？稍用點心思其答案，當然也是否定的。

但近代社會上，一般人在通俗的科學萬能主義、通俗的達爾文主義，以及通俗的商業實利主義的影響下，對一切人類屬於精神文明的高級作品也都以是否有工具效能、達到實用成果、求得實際利益，或者市場是否有需要作為考量的標準，以致社會雖然教育普及，人們的心靈卻益趨粗浮，生活也益趨單調、機械。

於是人們越來越靠感官性的聲光等刺激，來尋得一些生活的調劑與變化，生命也越來越沒有目的。人性的價值，自身的尊嚴則更是人們不及思考的部分，可是又無法除去這種需要。因為這本是人類生存活動的天性，同時也是人類憑以為生，屹然存立於世的憑藉。

因此，這種心理本能的需要，會轉化為各種其他的形式。比如在國中無法勝任課業的學生，逐漸走向結黨、反抗、學習不良行為，從這裡建立自尊心以求自我肯定；黑社會的人們則要勇鬥狠，進而暴力恣睢以建立他們的尊嚴與社會地位；而一般的社會人士，則追求財富、名位、權力，甚至不惜以非法手段攫取目的。至於會讀書的學生，雖比較單純，但讀書到某一個程度，也常問：「為什麼要讀書？讀書的目的是什麼？我何以要如此的去追求分數？」是以整個社會很少有人能快樂地享受屬於他的生活，而是充滿憤懣、怨怒與不平，而大家卻又不知道其根本問題出在哪裡？

問題在於：人們已將自己當作工具，藉著自己的努力、奮鬥去取得財富，求得名位與權勢。生命不再以自己為目的。生命的目的，只是利用自己的身體去追求外在的事物；於是，外在事物的取得與否，便決定了自己與生命的價值標準。但今之世上有幾個是真正的成功者，能全然求得自己所希望的呢？因而活得有意思、沒意思，有價值、沒價值，就成為今之人們的問題。

從政治自覺到文化反省

隨著五四運動興起，中國青年從政治的自覺，進而到文化的反省，發起新文化運動。領導者陳獨秀、胡適之，他們舉拔出四川一位老秀才吳虞，說他是隻手打倒孔家店的老英雄，並提出「萬惡孝為首，百善淫為先」、「打倒吃人的禮教」等口號，以求改善當時從滿清閉關自守、鎖國政策以來，到北洋軍閥當政時期，頹靡、腐敗的社會風氣。

只可惜領導者都是一些有熱情、有理想，但在學術、思想上仍有所不足的新青年。

他們或接受來自日本學習西方過程中的某些思想，比如黑格爾、如叔本華、如尼采。這三人固然是西方思想界近代劃時代的大師，但他們的思想，也是針對長時期以來，西方基督教文明所給予西方社會束縛的批判，也有他們極大的破壞性。譬如：

黑格爾想擺脫單純的上帝信仰，建立理性思考。他根據物理科學實驗過程，說明世界是一個有秩序的運動體系。只是這秩序是透過正、反、合的運動規則進行。這就好像說世界有正面的事物，也有反面的事物。於是在這正面與反面的對立中，發展出新的事物。而這新事物又代表一個新的正面，於是又與新的反面對立，如此再產生新的正面……。他認為世界從物質演進到有機界，再從有機界發展到生物界，再從生物界發展到人類，也就是依此正反合演進的方式達成的。是以戰爭是人類發展上的必然過程，是人類從野蠻到進步必經的途徑，而「人類歷史只是一部相砍書」。在這個演進的過程中，東方諸國君主政治，是屬於亞細亞、靜而不動的政治；是壓抑個人，幾乎達於不知有個人的政治，當然這也是最落後的政治。而理想的政治則是如西歐基督教的近代的政治，這才是人類文明的高峰。

而叔本華根據黑格爾的哲學，進一步說，世界的發展與存在，全來自一種「存在的意志」，不論無生物，或有生物，只要存在於這個世界，都是這種「盲目的求存意志」推動，湧現出來的結果，而世界一切鬥爭、憂患、罪惡也由此而起，所謂弱肉強食、利己害人、自私不德，也都是自然的結果。因之，歷史是一連串的殺戮、劫盜、陰謀、謊言的記錄。人類一切的善德、勤儉、堅忍、忠貞、節欲，不過是洗鍊後的自私。而知識的進步與發展，不過是人類在新需要的前提下，新的自私方式而已。所以人生是充滿苦痛的，即使奮鬥求生也無法挽救這種悲劇。

尼采則再從叔本華的思想更向前跨一步。他根據達爾文的進化論認為——生命是直線的上升，是強者克服弱者的勝利，而進化過程則由意志決定。所以人只有一種義務，即是力圖伸張其一切權力達到可能的極限，讓自己成為「超人」，而生命的本質就是求權力發展的奮鬥。知識有沒有價值，就在於能否發展生命，或保存種類、發展種類，所以真實世界是充滿變化、雜多、反對、矛盾、戰鬥的。在這樣的世界裡，「慈悲乃是罪惡，同情則是殘酷」，因生命是一種實驗，是一種優勝劣敗的程序。人類天生就不平等。所以傳統社會中所謂的和平、幸福、慈悲、節欲、柔順、靜寂、無抵抗、平等，以及一切宗教、哲學、文化都應當全部擯棄，因它們全是違反真正的生命本質與法則，無助於真正人性的發展。因此倡議要推翻一切歷史傳統，丟棄背上沉重的歷史包袱，努力參與鬥爭，經歷戰爭的苦痛，戰勝弱者，成為真正的超人英雄。是以「戰爭的價值勝於和平，和平則是死亡的徵兆」。

回看我們近百年的思想史，從康有為、章太炎、王國維，再到魯迅、李大釗、錢玄同、顧頡剛，（民國十年）有哪幾位的學說與思想不受這些思想的影響，或則竟是這些思想的實踐？尤其是尼采「否定一切歷史傳統」、「戰鬥」的思想，更是透過魯迅的筆，瀰漫整個社會。

陳獨秀認為，文化的革命仍不足以改造中國，因而接受俄國革命的指導，成立共產黨，想模仿蘇維埃列寧的共產革命模式來建立新中國。

而共產主義的思想論乃是十九世紀中葉，猶太裔德人馬克思所提出，而後列寧再加以強化。他們的重點在於「物質是決定一切存在事物的根本因素。是與人類精神、意識對立的」。整個世界的歷史是物質的展露，心靈則只是一種物質的器物，是人類大腦的副產物。自然、宇宙以及人類生命的演化是沒有目的的，只是一種純粹因果性的關係。世界既無目的，也沒有意義。盲目地前進乃是世界中唯一的永恆法則。在這法則以外，世界再也沒有別的東西，當然更沒有上帝。人類的文化活動只是社會經濟生產關係的結果，所以不是人的精神決定生活，而是人的經濟生活決定精神。因此每一時期中，人與人之間一定會因經濟利益而產生衝突，而這就是階級鬥爭。一切歷史就是階級鬥爭的歷史。近代就是無產階級與有產階級的鬥爭時期，這就是社會革命。

社會革命是要歷經一番大犧牲、大破壞。換言之，將經過一段流血的赤色恐怖；要徹底摧毀原有社會中一切的法律、道德、宗教、價值觀等文化成果——因為這些都是有產階級用來保障自身利益的工具。所以社會革命的目的，乃是用武力推翻一切社會制度與習俗，使原本的有產階級戰慄在社會革命之下。而從事無產階級的革命者，絕不能視此為殘酷。

大陸經過這四十年來的不幸情況，該是毛澤東及其同伴徹底實踐這番觀念的結果吧！

而胡適之則以美國的實用主義、工具理論影響了我們台灣自由地區。一切真理知識必須像有效的工具一樣，可以實際解決問題、產生效果，或者有如銀行的支票，得拿到銀行兌現才有價值。他反對西方哲學，認為那是無意義的語言與思想。他也反對宗教，認為那只是單純的迷信。一切只求實效與應用，其餘都不值得聞問。他把人類文化、學術的歷史淵源與複雜的社會關係，全部簡化到一個單一的實用價值上，而後，在這理論基礎上談民主與科學。中國在這些理論上交錯進行。今天台灣雖有經濟奇蹟，但是社會人心的不安也是有目共見，我們該怎麼辦？

六十九年前，熱血的青年知識分子，面對內在昏庸無知的北洋政府、外在虎視眈眈的列強，還有從有清以來長期以政治壟斷學術，將教化變為教條的僵化社會，發出振聾發聵的吼聲，爭取到長期以來已喪失的「國權」與「國格」。只是再進一步，想帶動社會文化、促進全民覺醒的行動中，因欠缺完整成熟的學術、思想及知識，無法深入西方近代思想深厚的內在世界，只能膚淺地掇拾一些僅切合於我們當時社會的部分說法，然後激情地擯棄中國自身原有的一切，誤認清末這一段時期的社會現象為長時期的中國歷史狀況，甚至誤以為這就是中國的傳統與民族性，於是全面誣衊自己。從當年魯迅的《阿Q正傳》，甚至到今天某作家著作的《醜陋的中國人》，都秉承這一思想線索而進展著。

今天大陸以馬克斯、列寧為本的理論試驗已失敗，台灣在政經上的一些成就是否能繼續前進？想來又得看我們今天的知識青年，是如何決定我們的未來了。

欣見學生懷抱高遠理想

建青編輯希望我談一些有關建中同學們文化素養與活動。

而我沒有擔任建中的正式教學有將近六年的時間，對於建中同學此時的狀況已不甚了解。只記得民國六十二年十二月二十五日那天，被大同國中升入建中的學生邀請來校，看光復後建中二十五週年的擴大校慶。見到當時建中各班所表現出來的特色，以及他們對文化的關心、理想的追尋、生命奧祕的探究，使我非常感動，於是在六十三年元月中，鼓起勇氣來拜望黃校長建斌先生，並陳述我見到建中學生的感想及想來教學的意願，沒想到黃校長竟然答應，這份知遇之恩真是沒齒難忘。

進來建中後，在課堂上，見到同學們對中國文化問題的關心；我擔任國學社的指導老師，學生們更是要求有系統地閱讀中國古典學術作品，甚至有的同學也有系統地閱讀西洋哲學的作品。當時許多人都想為未來會通中西文化的可能打下紮實的基礎。後來他們從建中畢業進入各大學，也在課餘建立一些有關學術性、思想性的社團，如交大的思研社、清大學思社、台大庠序社等等，在這十多年裡帶動各大學校園中閱讀中國學術思想著作的風氣，甚至到美國留學在研究尖端科學之餘，仍閱讀、研究有關中國思想文化的問題。他們越大越有感於近代中國在學術思想過於否定自己，使中國人失去明辨事理的能力。

當時在學校下課時，常看到一些老師被學生圍著問各種問題，有的當然是功課上的，有的則是學術、思想、文化上的，甚至有的更深思冥索許多形上學的問題，並配之以物理上的各種理論。有一年美國一個學者，根據考古資料，提出西方的上帝大概是外星人。學校同學似乎為之風靡，下課到處都有人在討論。大概是民國六十七年底中美斷交，同學們也從各方面表示關心，進而探討立國之道。我走在校園裡常被攔下問各種各樣的問題。在建中的這些年，該是我教學最快樂的時光，因見到如此多聰明有才氣、有智慧、心地純正、懷抱著高遠理想的青年，從他們身上我似乎見到國家民族未來的希望。

現今我們社會各方面都在變，從政治、經濟到許多價值觀上。我不知建中學生有沒有跟著改變，只知道學校中一些純學術性社團參加的同學比起以往，人數變少了，我個人擔任指導的國學社同學人數比以前也少得多了，流動性也比以前大，問其原因，同學們說：「要補習」，或說「功課已退到十名以外，得加強了」，或說「所教的課程無補於聯考，而且過於古老或浮泛沒有實用性」，有的甚至為了得繳社費而不來，不知這些觀點是否可以說明今天建中同學的一般狀況？

只是看看這幾年外界出版社所標榜的暢銷書排行榜，大體也都是一些實用、實利性的書籍。這裡我們似乎看不到任何一本較有深度、關心人類整體的作品。

時代確實在變，只是整個社會似乎更趨向功利，及眼前的個人享樂。而黑格爾在他的歷史哲學中雖說：「人類歷史只是一部相砍書。」但他也說：「一切歷史的治亂興衰，皆由其人民的思想觀念為之主持演變，而高度的理性是歷史的原動力，是實現理想國家的一種行動邏輯，而未來的世界，是具有高度文化者才能取得勝利的。」

六十九年前新文化運動的知識青年，雖有熱情，惟因對中外學術、學養的不足，對中國雖有正面的貢獻，卻也為中國帶出一連串的問題。六十九年後的今天，知識青年關心的事物，很可能將決定未來整個中國的動向與民族文化的發展。

民國六十三年，我進建中任教，驚訝欣喜於建中學生幾乎個個都是天才。他們聰慧、多才藝，又懷抱著高遠的理想與對民族文化的關心，我覺得中國的前途，甚至人類的前途，似乎在他們身上閃現。

今天我離開建中的教學工作已將近六年，不知建中的同學是否還依然如當年建中青年的光芒？還是已被近來越來越熾盛的工具主義、實用主義、實利主義所誘引，而走向膚淺的人生理想？我實在不知，只有在此衷心祝禱，望建中青年仍有著往日的輝煌。

輯　二

經典教你看人生

漫談中國學術特質

＊編按：本文中，辛老師為青年人提點方法，說明中國學術特質，其重點在開發心智與行為能力，並需懂得在生活中運用。

如果我們瞭解，人可以憑藉著自身行為換取成就，並且藉著成就樹立起自我的肯定和尊嚴，是自然的事，但人也會受制於內在自身理智和情感之間的矛盾、衝突，而無法開展出人原本所具有的無限可能性。換言之，如果我們無法妥善處理「理智」、「情感」這兩樣支配人的原動力，我們只會一步一步地把自己推向尊嚴與自信蕩然無存的深淵；同時人一切的努力，也被情理之間的矛盾所否定吞滅，接踵而來的是無止境的空虛、追悔，還有對自我的絕望。一旦我們不想再陷入這般悲慘的情境，和做一大堆無謂的努力，**藉理性、感性的融合而啟發自身所擁有的潛力**，絕對是重要的。希望下列的對話能給你們一些啟示。

請問為什麼孔子是中國學術的創始人？

孔子以「仁」作為人的普通基本定義，然後才能以「人」作為研究的對象。一如物理學以物質、力、運動、空間為其基點，從此發展出物理學；化學以物質、化學元素為基點，而發展出化學；近代心理學也是在佛洛伊德提出「慾望」為人的共同基點，而後，現代心理學得以建立。孔子以「仁」作為人的共同基點，而後發展出以「人」為中心的中國學術。

孔子的「仁」是道德的基礎，中國學術是否就是談道德？

孔子的「仁學」不只是道德的提倡。而是孔子根據歷史的發展、生命的經驗、社會的變遷等因素，促成了孔子對「人」這一問題的意識和覺醒，於是從孔子開始探討什麼是「人」的問題。從孔子、墨子、楊朱、孟子、莊子、老子、荀子如此而下，都圍繞著這個主題，各就自己的觀點發揮，逐步進展，其中包括了人的認知問題、知識的建立等問題，因此不只是「道德」的問題。

他們是否都是在談「做人」？

這個「做人」的意義不是一般通俗的解釋，或是只把它與「道德」的問題混為一談，這還包括人的認知問題、知識的建立，以及人如何拓展自我認知的能力等等。

認知這點怎麼說？

如果我們就「自我認知」的部分，說包括：一是自我的認識力，而後是客觀事物的認識力，第三為綜合性的認識力。一個人愈能將此認識能力發揮，那也就愈能發揮人的特質。因為世界上的動物只有人才有豐富的認識力。此外，中國人在認知的部分，這亦是西方人重視的部分，即認識後的實踐。中國人認為，當人掌握到真正的認識時，實踐力也自然產生。這就像王陽明所說的「即知即行」。當人真有所知，馬上就會有所行動，也就是說中國人不僅是重「知」，也重「行」。

西方人認為「行」在「意志」，「知」只是知識，也就是說「知」、「行」是分開的、獨立的兩件事。中國人認為「知」其實包含兩個部分。一是知識部分，也就是理智的部分；一是感情的部分。一般人常有一種經驗，理智說這不可以做，但感情無法接受。如明天要考試，即使今天是假日，也不能出去玩，但感情卻控制不住地想出去玩，心情真是矛盾極了。或經過理智的思考決定不出去了，但卻坐不下來，心中煩躁不安；或是聽從感情，索性出去玩吧！回來以後，那股勁過去了，於是開始痛苦了。常人經常矛盾在這兩者之間。王陽明認為，如此就不是真有認知；真正的認知，乃是我們既有理智的思考，同時還能有感情的認同。理性的思考是在於我們確實看到問題——是考試的問題，還是想玩的問題。如果說，看到自己真想玩，同時若不去玩，就根本念不下書；如此，不去玩其實也不會讀書。真看清楚了這點，然後再看，如果索性去玩，考壞了自己能承受嗎？自己能承受考不好的後果嗎？自己能彌補考不好的後果嗎？這樣逐步去想，逐步深入自己的內心，了解自己真正的需要，情感與理智就能逐步接近，人的行為能力也就自然產生。人如果常能如此深入了解自己的需要，也清楚了解客觀現實的條件與狀況，人也就自然能找出最好的辦法，解決問題。就如人真正知道自己想要些娛樂活動，又確實知道功課該有的進度，然後妥善安排、分配時間，原來理智與感情面臨的問題也就迎刃而解，於是人的「行為能力」自然出來，矛盾自然消除。

因此中國人理智、情感、行為能力三者是合一的，它們沒有對立，也沒有衝突，而**當理智、情感合一時，行為能力——實踐力也就自然產生**。

理智情感「合一」的好處是什麼呢？

世界上凡是談生命的智慧都可以說是從這裡出發。因為你的人生中去做的事，去做的抉擇，如果都是「知行合一」的選擇，就會是出於自己生命正確的抉擇，這就是「智慧」的抉擇，人能有此智慧的發展，就有健康人格的發展，而將此人格發展到完整的地步，就是所謂的聖賢。中國所謂的聖人，只是「通人」而已。而通於什麼？就是通於心、通貫知，分這兩個部分。而當在自身沒有矛盾、沒有衝突、沒有對立，進而幫助大家解決人心中的各種矛盾、衝突、對立，如此，真正的自我也隨之開展，人生命的主動力量也就更為強大，人的生命也就更為充實。

中國人的學問重心在人嗎？

可以這麼說，中國人學問的主體在人、在生命，所以有人稱中國人的學問是「人學」，也就是以

「人」為中心的學問，而「做人」也就是「做成一個人」，即是把人特有的特質，如何全面開發出來，那不只是成為一個有規矩的人而已。

為什麼今天大家一說「做人」即指「道德規範」？

這是近代從元明清以來的發展，特別是清朝以異族入主中國，要求政權穩定的前提下產生出來的，其目的在箝制人們的思想與行為，以至於到今天一談到中國學問，似乎只有道德教條和規範了。至於對「道德」一詞也不反省。

如果我們問什麼是道德？我想說得清楚的人不多。其實「道」和「德」，是不相同的兩字。「道」、「德」合為一詞有深沉涵義。「道德」兩字連用而合為一詞，基本是出於道家，特別是「老子」。「道」指的是大道、天道，用今天的話可說是全宇宙、全人生或說是大自然；而「德」則指的是個人的一種行為，也就是說，中國的「道」和「德」原本是兩個完全相反的詞。

「道」在道家是指大自然；在儒家講，孔子原是指人人可以共同行走的大道，譬如在一個人群社會裡面，你要吃飯，我要吃飯，他也要吃飯，這就是人人共同行走的人生大道。雖然有些人可能愛吃麵食，有些人可能愛吃米飯，不過大家都要吃飯以維持生命。這就是一種大道、共同的大道層面。所以古人說：「道者由也。」由就是路，什麼是路呢？就是人人所共由、共行的，像一條大馬路一樣。而後到道家擴大到整個大自然，其一指自然運行的軌道，甚至還進一步發展，把自然和人生合一。所以這個

「道」基本上好像就是一個 unit，一個整全單位、一個大宇宙、大人生，是一個整體，廣大的範圍。

至於「德」呢？古人解釋這個德，「德者，得也」，指的是心得。而這個「心得」的前提，就「個人」而言，個人面對什麼都會有個心得，譬如讀書會有心得，工作會有心得。凡心得必有前提、對象。而「德」的對象乃指「道」，即面對整個大宇宙、大自然，或者說你面對整個人群、整個社會、整個人生、整個生命，然後你有所體得。一如今天你們考上建中，經過了一連串的考試、用功，度過許多低潮，憑著毅力，終於上了建中。然後想該如何做個建中生？想想全中國十二億人口中，有幾個能上建中？台灣如此多的青年有幾個進了建中。如此，有了對生命的領悟，此即為「心得」，而謂之德了。甚至我們再說進了建中，又有多少人來國學社呢？這樣突然有點領悟——即得道於心，然後我們將這個心得，又自然地表現出來。古人解「德」說「得道於心，而現之於行」。也就是說，德與得的不同，一在指心得，一在有了心得而後自然呈現在自己的行為上，此包含「即知即行」的意思。

同時道是「公」的、「德」是指私人的心得與隨心得而來的私人行為。老子《道德經》一書，合此二字成為一詞，其中有深沉的涵義，而非今天泛指「道德行為」或「規範」而已。這裡不只有「行」，還有「知」，人特有的「認知力」，認知於這個大自然、大宇宙、大人生的認知力，**此「認知力」即在「心」**。因有這個「心」，我們可認識世界，且做適當的判斷與抉擇。

認知力是否可屬人的理性範圍？

認知力是可屬於人理性的範圍，但心還有感情的部分，而「道德」是包含兩個完全相反的部分。「道」是寬廣的、是整體的、是廣大的、是公共的，而「德」呢？其實是個人的、私人的。那麼兩者結合起來，變成一個嶄新的名詞，中國古書難讀就在這裡。今天我們把「道德」含糊籠統地說，只以為道德就是德，使得我們不了解所謂的「道德」是什麼，以至於今日我們用「道德」所解釋中國的學問就都有了問題。你們以為中國學術、經書中好談做人，就以為做人只是要人遵守規範，這只是西方人所說的「道德」問題。

每個人對「德」的體會不同，會不會造成衝突？梁啟超說公德心，難道他用錯了嗎？

對「德」的體會不同，是的，是會有衝突，所以從前中國人還講「公道」，台灣話還說「做人要公道」。「公德」確實是梁啟超說的，他的確用得不對。今天我們說的「公德」的部分，都在「公道」或「公義」的範圍裡。今天我們語辭的複雜性就在此，今天我們對「道德」的這個詞的解釋，其實是根據英文「moral」翻譯而來，而不是中國「道德」的本義。

又譬如「文化」這詞，中國的「文化」與西方的「culture」就有很大的不同；又如中國的「文明」與西方的「civilization」亦有差距。在中國，「文化」的「文」就是人類所創造出來的花樣，凡提「文」字，在中國多是極好的字眼，一如「聖」字，所以「文化」乃是人類創造的精彩花樣。它使得我們能將人類的野蠻化除，所以叫「人文化成」。化成什麼？「化成天下之美俗」，這是中國文化的基本意義，而文明呢？文明就是人文化成的結果，這兩詞都出於《易經》。

如果每個中國知識分子都讀一點基本經書，會發覺現代一些非常通行的詞語，都是出於古書，但古書有古書的意思，當然英文也有它特定的意思。你們今天高一、高二的同學讀書該去買些工具書，譬如牛津的《英英辭典》，待生字查完《英漢字典》後，再查查《英英辭典》是怎麼解釋的，你至少會精確地掌握英文的意思，這樣也可使你的思想走向精確和清楚，而後再能讀些古書，使自己也有能力駕馭中文的文字。這樣累積起來，有一天可能就會有「人文化成」之效。

不然像今天，社會一片混亂。許多人認為那是因為社會價值紊亂，觀念不清，思想欠缺精確所致。如果追究更根本的原因，基本上是我們對許多事物的基本認知，也就是對代表這事物的語言文字欠缺精確的掌握與了解所致。

請問國學社是否就以講中國學術為主？

國學社基本所繼承的是中國學術傳統，而中國學術傳統，我們上面曾說這是以「人學」為主；而「人學」，則是如何啟迪人的心智，而後將其淋漓盡致地發揮出來。實際上我們所做的工作，是以啟迪人的智慧為主，特別是建中同學。

為什麼？

因為建中同學在經過目前的高中聯考制度，確實被篩選過，我們暫且不論此考試是否絕對公平，我們只就目前已考上進入建中的同學說，建中同學是非常優秀的，如果建中同學不只為了升學，運用在校時間，以高一、高二這兩個階段，把功課做完之餘，利用時間有計畫地看課外讀物，或再培養一些特殊技能，那麼未來的天地與發展一定特別開闊。

國學社基本上確以中國學術為例提供同學們參考，而中國學術，其重點是**開發人的心智與培養人的行為能力**，是以我們也不止於中國傳統學術的教導。我們在時間的配合上，也提供西方基本的學術思想，此外還有一些藝術鑑賞的活動。我們希望建中同學能以自身優異的天賦，而後有機會充分發展自己，成為社會的精英。

讀論語學做人

＊編按：辛老師以習《論語》談做人與處世之道，提出要點：《論語》的教育之所以成為人類的聖典，是因為它最直接擺脫了所有宗教上神祕的部分，而直接肯定「人」，然後告訴我們，如何成為這份生命中最美好的意義。一部《論語》就是學習「如何覺醒」，然後真正完成愛的尋求的一部書！

中國學術文化的大前提——從「人」開始

目前看來全世界到今天，仍然具有活力的學術系統、文化系統、哲學系統，共有三大系統，若簡單地加以歸類：一是古希臘以至於到今天的西方，其是以「物」作為系統，研究一個外在的、物質的世界，希望從這世界中探討一個宇宙的、生命的最根本的本質。另外一個是印度的，或者包含希伯來的古文化系統，在這裡面人們要去留意那個創造神、那個宇宙，使人走向創造的最根本之關鍵。只有中國，是從「人」開始。

譬如像佛洛伊德，他雖然對「人」下了定義，可是我們仍然可以看到，他認為人本身具有兩大分裂性特質：一個是本能的自存衝動；另一個是毀滅性的死亡衝動。這影響到整個西方人認為——人本身就是衝突的，甚至於長時間以來，西方人認為「人」不可能被下定義，「人」是無可作為知識對象的一個對象。即使今天將「人」作為知識對象，也盡可能地的客觀化或者量化，以作為研究方式。而實際上「人」能不能被量化？這是一個非常重大的問題。

全世界最早把「人」當作是「知識體」來作為研究的是中國人。在中國文化的發展過程中，很重要的是，中國人發覺這個宇宙系統本身的完整性；即中國人認為，這個世界如果離開了人，離開了人的認識，還會有完整的世界嗎？世界沒有人的認識、理解，世界還可能具有意義嗎？如此之下還有所謂世界的存在嗎？我想，這也是每個老師可能需要思考的問題。

今天在科學的影響下，我們覺得一定有一個絕對客觀的世界。的確！從人的認知中：太陽先於人而存在，月亮先於人而存在，當這一切都先於人而存在，那麼，怎麼可能沒有絕對客觀的存在？但是，中國人認為，當我們離開了對「人」的這個認知，這些「存在」和「不存在」的分別是什麼？在這個前提底下，到底什麼是「人」？孔子比亞里斯多德的時間早一點，亞里斯多德說：「人是理性的動物」；而孔子是全世界第一個說：「仁者，人也。」換言之，「人是充滿情感的……」即使這裡加上「動物」兩字亦可。

什麼是「人」？

《論語》說：「仁者，愛人。」

我們都懂中文，看「仁者，愛人。」一點也不稀奇，但其實裡面包含了幾個大問題：第一，人一定需要愛，人一定渴望愛！「人」已經從萬物中發展出來了。這是以「人」為前提的思考及探索下說：「仁者，愛人。」人是能愛的，而且情不自禁地會去愛。第二，我們一定會發覺，人跟物不同，我們對物的愛是單方面的，可是「人」有感覺、有自己的需要，也因此，人在被愛和渴望愛的過程中，有他的特殊性、個人性。

我們能不能愛人，以及我們能不能接受愛，不是因果的絕對關係，也不是邏輯的關係。我們常發現，「愛」不是「種瓜得瓜，種豆得豆」！或許有時候，種豆得了瓜；或者，種了大瓜卻沒有結果；更可能是天上忽然掉下來一個禮物，突然一見鍾情，其間變化非常大。這使人們在追求愛的過程中，逐漸醒覺，人們會問：「什麼是愛？」然後會問：「為什麼得不到愛？如何能得到愛？」在這樣的前提下，含藏著的是覺醒的問題。

人有自我意識

近代西方心理學說：「人不同於動物！」佛洛伊德以至於很多西方大哲學家，或現代的科學家，對「人」下定義的時候，他們都是從把「人」當作是生物或動物的前提去談。可是，人不只是動物，甚至於佛洛伊德也說：「人的痛苦就在於，人既是在一個本能的、動物性的衝動的推動底下，卻又有另一個Super ego——一個超越自我、追求理想的強大的衝動。人在這兩個強大的衝突中掙扎著。」人這種複雜性，也促成人的覺醒。

近代心理學家馬斯洛，或者是認知心理學上說：「人不同於動物，重點在於人自我意識的開始。」什麼是「意識」？「意識」是一種醒覺、一種甦醒的狀態；在定義上，「意識」是一種高級心理的活動，不同於一般的動物，這個說法就跟孔子當時說：「仁者，人也」、「仁者，愛人」的前提相近似。

換句話說，在「愛」的過程中，人逐漸醒覺，進而發覺愛不是單一的，愛一定是雙向的溝通，哪怕是自己本身，都是一種身心的調和，更何況人不可能絕對孤獨地存在，人要跟社會有關聯、人要有家庭的牽繫。

「五倫」展現人的完整生命狀態

記得錢先生告訴我們：「中國人沒有西方的個人主義，因為中國人認為，人不可能是一個個人的狀態，雖然人可以保持個人的主體性，可是人絕對不可能是個人主義前提下的個人。」因為在這個世界上，真正的我，不是一個絕對的個體的我。譬如說，我在這裡向大家報告心得，這一個「我」，對父母而言是一個「我」，對子女又是一個「我」，對朋友也是一個「我」；想要了解一個人，我們必須綜合著這些才能看到一個人大致的整體狀態。《論語》中的「五倫」，就是展現一個完整生命體的狀態。從這個角度中，人們逐漸醒覺、逐漸發現，人們的自我意識也逐漸開展，然後尋求人與人之間的和諧。

「仁」為什麼會成為孔子哲學的核心？

《論語》教育之所以成為人類的聖典，是因為它直接擺脫了神、擺脫了所有宗教上神祕的部分，而直接肯定「人」，然後告訴我們，如何成為這份生命中最美好的意義。

「仁」與「和合性」

上一堂課有老師提問：孔子的哲學是不是以「和合」為主？孔子的哲學中很重視「和合性」，「仁」這個字就具有「和合性」。「仁」，从「人」、「二」，兩個人代表溝通、雙向的交流、搭配，也代表搭配後的和諧。

以前老一輩的學者說：「甲骨文中沒有『仁』字」；今天的學者說：「甲骨文中有『仁』，不過只是作『人』講，就是人類的『人』字。」我們看鐘鼎文，也可以看到當中好像有「仁」，因為古體字非常相近，也還是做「人」字講；《詩經》中好像也只有三處有「仁」，不過它也做「人」字講，或者作美、美好講。可是當我們看到《論語》中的「仁」字，從此「仁」構成中國人所追尋的理想，它成為一個最高的價值系統中最高的那一部分，而這個「和合性」卻一直要發展到戰國，以至於秦漢才完成。老師們若看《禮記》〈樂記〉，看《易經》〈繫辭〉或〈大象〉中談「和合」，以至於《呂氏春秋》、《淮南子》，並不是孔子思想的中心；不過，「仁」成為所謂「和合」最重要的一個前提與核心。

「愛」的覺醒與學習

孔子的哲學、思想，是從「仁」開始。孔子以後，「仁」成為中國學術思想的重心。如果站在哲學的立場，透過孔子，「仁」成為一個重要的哲學課題，哲學最重要的知識系統的開頭。就如同希臘的第一個哲學家泰利斯問：「什麼是萬物的根源？」他說：「水是這個萬物的根源。」此後，整個西方到今天都在探索一個宇宙的本質和根源。這種徹底的探索，中國基本上是從「仁」開始，作為一個追求「仁」的哲學系統。說到這裡，有點不好意思，因為錢先生老說我的腦袋已經是西方腦袋，老要講哲學、講定義。因此，我們可以說「仁」字在本質性的陳述上，對於「人」有了一個規範，讓我們看到人有愛、人必須活在愛中，同時，人在愛中會逐步覺醒。

近代心理學家佛洛姆寫了一本重要的心理哲學著作，叫做《愛的藝術》，教導大家如何去愛、如何適當地去愛！「從人性最根本處來看：『愛』是構成人、完成生命，最重要的渴求與本能。」佛洛姆又說：「如果沒有愛，我們能不能想像人生會如何？『愛』是人的生存問題中，唯一能讓人滿足而且覺得活著有意義的答案！可惜，大多數的人都不能發揮自己的這項能力，使愛達到真正的價值和最高的理想境界！」換句話說，就是：「人有愛、人需要愛，可是，人會不會愛？」

真正的愛——「己所不欲，勿施於人。」

孔子說：「仁是愛人。」所謂「愛人」是「己所不欲，勿施於人」。小時候讀書，老師對我們說：

「中國人太消極，所以中國會積弱、會落後，主要原因就是我們不能像西方人一樣『己之所欲，施之於人』」。我不是在批評基督教喔！因為那時候，台灣基督教的宣傳車常用喇叭廣播「神愛世人」，我們走在路上就會有人來傳教，老師就說：「你看！這是我們應該學習的：『己之所欲，施之於人。』」可是，慢慢長大後發覺，以「己之所欲，施之於人。」這樣的宣教方式很可怕，那是具有高度的強迫性啊！而真正的愛就是：「己所不欲，勿施於人。」

我是人，你也是人，我推想：「我有不喜歡的、我有自己的感覺、我有自己的需求、我有自己的各種……在這種情況底下，從自己推而想之，你也是人，我不知道你要什麼？但你一定有你之所要，不過，至少我尊重你，提供你選擇的空間，我不把我不要的推到你身上！也不要勉強你，不要增加你的為難之情。」換句話說，真正的愛，就是一種體貼、一種尊重、一種留出空間才能完成的，而這就是「仁愛」的「仁」。

生命成長的喜悅

關於「學而時習之，不亦說乎？有朋自遠方來，不亦樂乎？人不知而不慍，不亦君子乎？」在此也提出說明。

自我認識——「學而時習之，不亦說乎？」

記得錢先生跟我們講《先秦思想史》，他第一節課就拿起《論語》說：「你們大家都讀過《論語》

吧？」我們當然都說：「讀過！」「那你們能來講講《論語》吧！」大家就講啊講……他聽後哈哈大笑，把桌子一拍，說：「你們都是外國人！」

錢先生說：「《論語》其實很簡單，就是生命喜悅的學習！《論語》開宗明義第一章『學而時習之，不亦說乎？』而什麼是『學』？這固然有知識的學習，其實也包含了『覺醒』！按照文字學：『學者，覺也。』當我們覺醒、意識到，並開始去做一種生命的探索，讓自己生命成長，難道還有比這更快樂的嗎？所有的快樂都有時間性，唯有這種覺醒、探索，看到自己生命成長的那種喜悅，可以讓我們擺脫很多我們認為不自由的巨擔。」先生又問：「你們知道什麼叫做自由、不自由嗎？你們想過這個問題嗎？生命要求的自由，其實也須透過學習。」

自我建立——「有朋自遠方來，不亦樂乎？」

在努力學習的過程裡，我們慢慢會有所完成，很多人看到我們逐漸成長，很可能就會好奇說：「你是怎麼做到的？」學生們或看到老師面對困難時，以正確處理的方式、態度，解決了難題，覺得很了不起，就來跟著老師學習；或者一些朋友也都齊心來學習，這不就是「有朋自遠方來，不亦樂乎？」嗎？「學而時習之，不亦說乎？」是藉學習而「自我認識」。「有朋自遠方來，不亦樂乎？」則是藉群體講「自我建立」。

自我完成——「人不知而不慍，不亦君子乎？」

當自己一直不斷成長，可能有一天，到達的境界太高了，你可能突然發覺，很多時候別人並不了解你，那你悶不悶呢？「人不知而不慍」的「慍」就是問：「你悶不悶？你孤獨嗎？寂寞嗎？會不會因此而引起焦慮呢？」「慍」是內心的憤怒。如果不會，你不就是一個獨立自主、自我完成的君子了嗎？

所以，一部《論語》就是講生命的喜悅，然後談如何去學習、獲得這份喜悅，讓自己成熟，以至於成為一個人。

追求成熟的愛

我們常常覺得「仁」不似以前想像得那樣老古板、八股，實際上它是一種生命喜悅的學習，以及自我獨立、自我完成的學習。《論語》這一部書就是一個生命喜樂的享有！雖然我加了一些自己的語詞，不過，大體上錢先生是從這裡開始指導我們如何去讀《論語》，而這個觀念正好就像佛洛姆所說的：「這是一種成熟、自知而有勇氣的愛。」

佛洛姆說：「『成熟的愛』是一種主動的、積極的活動；不是完全被動的情感，也不是盲目的沉迷；它是勇於給予而不會一味地索求；同時也是一種對所愛的人、生命成長的主動的關心。」這其中含藏著：**責任**、**承擔**，**還有尊重**，並且願意深入了解，就像我們做老師的，不會把學生變成一個一個的罐頭，讓他們毫無個性！

孔子真正的教育，也就是要讓每一個人依自己的個性來成長，使其健全而且成熟，願意深入了解與體諒。所以，成熟的愛可以保持人的個性和個人的完滿性，又能摧毀人的封閉性，使人能夠克服來自自身寂寞和孤獨的焦慮。換句話說，人唯有在「愛」中才能自覺、才能自我肯定、自我發展、自我實現，也才能自我完成，如此才能感到幸福和快樂，及生命的完滿性。所謂生命的完滿性，是指即使我們到生命的最後一天，會覺得了無遺憾，會覺得我們真正享有生命。如果從西方學術領域來講，其實這是一個審美的完成。什麼叫做審美？什麼叫做美學？美學基本上就是一個人的生命完善性的感受，也就是讓你覺得：「我們活著真好」，在這個前提底下，整個中國人的文化和學術生命，以至於中國人的個性，都充滿了這個活潑的生命性，以及**對生命完滿性的追求**。

仁與《論語》德目

近代新文化運動以來，因為歷史的因素和條件，讓我們總覺得這些具道德性的字眼，是八股、是規範、是限定人的拘束，甚至扭曲了人的原性，認為我們應該回到自然！我們不能否定在某一個歷史的階段當中，人們逐漸將它規範化、規條化，甚至於成為某種法律的延伸，達成律法的效果；於是清朝以此為規範，達成嚴密的滿州政府政治，並求得社會穩定，以至於到民國初年新文化運動的全面反彈，但我們從《論語》本身來看，孔子對這些觀念的提出，有其深奧的人性的覺醒。

《論語》德目

「仁」——「忠」、「恕」

我們深入去看「仁」。孔子曾說：「吾道一以貫之」時，有人問：「『道』是什麼意思？」曾子說：「忠恕而已！」那麼，什麼是「忠恕」？

「忠」是「盡己」！「盡己」就是將自己淋漓盡致地活出來！同時，在活的過程中試著認識自己；那是個人局限的突破，也是個人對自身了解的過程。

「恕」是「推己及人」，以及「己所不欲，勿施於人」，剛才我們講了「己所不欲，勿施於人」，我們進而講「推己」，也就是根據自己曾經有過的歷程，然後去推想別人可能有的狀況。比如我們曾經餓得發慌，好高興終於可以吃飯了，一坐下來，沒有先問候大家，拿起飯來就自己吃，同座中若有人如此，很可能我們就會說：「唉呀！這個人沒規矩，真是粗野！」可是，如果我們換一個角度想：「唉呀！他餓了！」我們回到自己曾經餓過的感覺上去推想：「難怪他會這樣吃起飯來！」這就是「恕」——推己及人。尤其我們作老師的，有時面對學生的提問會有直接的反應：「這個你也不懂！」這就是不知覺地有了主觀的要求或從自己認定的標準出發。這不是「恕」，「恕」要回到基本的生命經驗上。

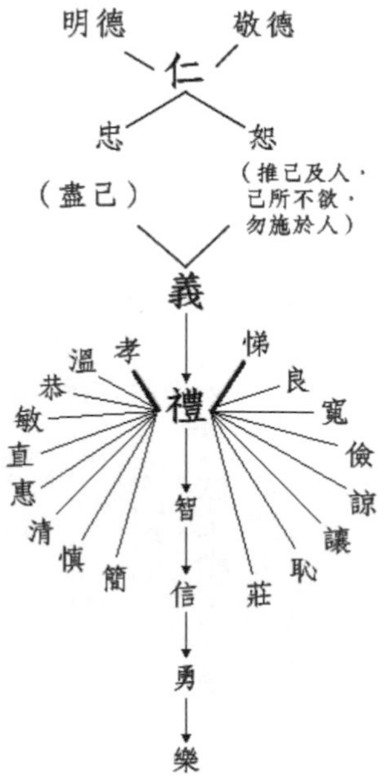

換句話說，「推己」是自我的突破，進而

去認識別人的開始，「己所不欲，勿施於人」表面上是消極，實際上是更寬廣地去走進別人的世界，也是一個外在的世界！所以「忠、恕」是內外相互交融，而完成一個完整認識的開始。進而從這裡我們才能夠真正地了解什麼叫做「義」。

「義」，从「羊」、「我」，古來就是殺羊祭祀，「我」原來是斧頭的象形。我常說，將來如果大家都能認識「正楷」、認識繁體字，就會很清楚很多中國原始基本性的哲學非從正楷出發不可。「義」自古以來就是作為「適宜」的宜，也就是「適當」之義。這其中有裁決之義，而殺羊以祭祀天地神明有其適當性，故「義」有「適當」之義。而當我們有了「忠」、「恕」的生命經驗以後，自然就能夠做出適當的裁決，這就是成熟的愛的表現！

「禮」——從「孝」、「悌」、「溫」、「良」……，談到「莊」

禮，指的其實是適當分寸，並得體地表達，也是一種適當的、外在行為的表達。

「孝」，當我們面對父母，或者我們長大以後，仍能夠保有著我們最初的那份情感，這就是「孝」。因為人最直接、最早、最原初的情感，就是我們對父母的依戀。所以當有弟子主張不守「三年之喪」，孔子問他：「你心安嗎？父母懷抱我們三年，現在父母去世了，你都不紀念一下，你心安嗎？」

「孝」是愛的教育，同時是適當的一種情感的保存，保存了對於父母的那份愛的維持。按照生物的本能，通常我們會全力以赴地愛下一代，可是，我們對上一代，會隨著時間的推移而忽略了。曾經有一部紀錄片，報導北極圈裡面的原住民，他們仍然維持著一種依循生物本能的習俗，因為食物不足以養活三代，當第三代被生下來的時候，年老父母就留在原地，子女將食物留存，然後子女就帶著新生嬰兒尋找新的生活天地。待父母把食物吃完以後，就交給自然去決定，這就是生物的本能。但是，人不是生物而已，中國「人」的前提就是：「人不只是生物」，人是「人」，是一個特殊的「類」。透過「人」對自我意識的覺醒，人以愛與智慧改化自然，建立人的生活與社會。

「悌」，則是有了「孝」的這份「愛」。有了這份愛，推而廣之，成為對於兄弟的友愛——「悌」。悌從「弟」從「心」，再擴而大之，是與這個世界、這個社會的交往，而一切都由兄弟般的感情出發。

「溫」，有了「愛」為前提，我們對待人隨時回到那份溫柔、體諒的當中，這就是溫柔的泉源。

「良」，如此我們自然就充滿了善意，「良」就是一種善意。

「恭」，在「良」的前提底下，我們很自然地會自我要求——「恭」，那是對自己以及對人、對生命的一種尊重。

如此心懷「寬」，我們很自然在心理上也就會比較寬廣。

我今天用這種說法，沒有絕對的外在邏輯性關係，但有內在心理性聯繫，我想，老師們能了解我的意思。

「敏」就是勤快，就是有生命行動的力量。

「儉」，同時我們會珍惜每一件東西、珍惜我們每一個際遇，「儉」有收斂的意思，引申作珍惜，其中也是一種自我的掌握與自制。

「直」，同時我們會很真實地去面對一切事物，這就是「直」。

「惠」，當人有能力去體諒，同時我們也就有能力付出愛、付出關懷，這就是「惠」。

「讓」，當有愛的時候，人自然就能「讓」。

「恥」，所謂「恥」，是一種高度的自覺，尤其對自我沒有做到好的一種反思性，這保持了自我對完滿的追求。

「簡」，一切在最真實的狀態中，要求真實的情態呈現，它自然就簡單，不需要太多的修飾。

「莊」，那麼在這樣內心充滿自覺性認知中，也就自然產生一種莊重從容穩定的儀態，其實那背後還是一份深情，一種對人、對事物、對自己最適當自然情意的表達。

「禮」，而在這一切理性與感性的交融中，就能做到「禮」。

「智」、「勇」、「樂」——

「智」，能夠完成這些德目就是「智」。智慧，就是在高度醒覺後的一種成果。如此，我們的生命才能夠真實，然後才能夠建構起自我的主體性。

「勇」，這樣我們才能擁有生命的「勇」氣、自然去承擔，而不是視其為加諸於我們身上的一種被動的責任。

「樂」，然後，我們才能享有生命的快「樂」！

這種心理與行為的完成，就是「仁」。「仁」是一種完全的覺醒，是理性與感性交融的統一心理狀態和認知，是人能適當愛人的表現。

談仁

孔子為什麼說：「巧言佞色，鮮矣仁！」

「仁」既是代表一種完全的自覺、一種成熟、一種愛的認知和掌握，其實是一種主體的建立。所以，當人們只是一味地討好人、說些討好人的話，一味地做出諂媚的神色，就是缺少了真正的自覺、真正的獨立，還有真正的能愛人的表現。

子曰：「唯人者能好人，能惡人。」

仁者是「仁愛的人」，只有真正的自覺者，具有高度成熟愛的人，才能夠真正地去愛人，或者不喜歡什麼樣的人。我們會以為一個仁者就像菩薩一樣什麼都愛，其實儒家跟佛家的愛不同。

(1) 佛家的慈悲是從「空性」中出發

從空性出發就是：看世間的一切事物都不確定、一切都無可掌握；這個世界在一切流動的過程中，剎那之間一切事物都在變化和消失；人的痛苦，則是來自於渴望把這些事物當作永遠的、固定的、堅定的，而造成許多衝突，產生許多痛苦。等到我們看到了這個空性，從這裡頭覺醒，我們不再留戀、不再堅持、執著在某一處，然後回過頭來，我們理解到了：「唉呀！原來大部分人的痛苦都是從這裡來！」而內心所產生的那份同情，叫慈悲！

(2)儒家的愛從人性出發

在真正的愛當中，人會排拒那種不夠寬廣、那種具有條件性、具有控制性的愛。常人的愛很容易走上條件性、交換性，如家長常對自己的孩子說：「你考到九十分，我給你一百塊。」來鼓勵小孩子，實際上，這是一種交換的條件，會讓孩子在慢慢成長到某個階段的時候，不相信這份愛，因為他覺得這份愛是交換的、是有條件的。

人們對於無條件的愛的嚮往與追求，是人天性中的一個部分。唯真正能愛人，懂得愛人的人，能好人，能惡人。

「不仁者，不可以久處約，不可以長處樂。仁者安仁，智者利仁。」

「不仁者，不可以久處約。」一個沒有真正覺醒的人，他絕對沒有辦法長期處在某種無法發展的地方。我不知道各位老師選擇教書，在自己內心真正的感覺是什麼？在台灣經濟發展的過程中，有個階段，全社會似乎都從商業活動中發了財，只有公教人員沒有機會。這種情形最近好一點，因為最近經濟不夠好，不然的話，許多老師就覺得自己是社會中最沒用的、最不能開展的一門職業，所以形成一種流行的看法，教書只是「沒辦法！」於是很多老師就想辦法來解決這個困頓，然後去賺錢、去兼差求發展……這也是無法長處約的情況。人不能長處約，其實也是沒有真正看到自己的性情在哪裡，工作、職業都只是為了一時的生存要求，而無法全力透過自己的性情去發展完成自己；如此也就「不可以長處樂」，即無法享有真正的喜悅，總是患得患失，有很多憂慮。

「仁者安仁，智者利仁，苟志於仁矣，無惡也。」

「仁者安仁」一個真正的覺醒者，他完全可以安於他那份自我性情的享有當中；「智者利仁」，而真正聰明的人則是會努力有利地走向讓自己完全覺醒的路上。「利仁」，即是做有利於「仁」的努力跟活動。「苟志於仁矣，無惡也。」當我們真的全力以赴地走向覺醒的時候，我們不會去做傷及於這份覺醒成長的任何思維。你看這個「惡」字——「亞心」，換句話說，人就是這個心，還做不到這個心就叫做惡！它跟西方的那個「邪惡」是不一樣的！

什麼是「志」？

我也記得錢先生那時候問我們說：「你們有沒有立志？」當時有人說：「立志做大事」嗎？還是「立志做老師、做教授」？他老人家說：「這不是立志，只是決定做一個職業，只是想要在某一個專業底下發展！」接著又說：「什麼是志？古人說：『心之所之』，即人心中最深沉的那份嚮往、那份生命的嚮往。所以是「士心」為志，而「士」之意是覺醒者！」

一部《論語》即在生命的覺醒，自我覺醒後談「士」、談「君子」、談「儒者」。

「人而不仁，如禮何？人而不仁，如樂何？」

沒有仁，禮的意義是什麼？不過就是個形式而已！一個沒有愛與情的形式，那也只不過是個規範；同樣而沒有愛與情的音樂，那也只不過是一種聲音的花樣而已！

子曰：「禮云，禮云，玉帛云乎哉？樂云，樂云，鐘鼓云乎哉？」

「禮」，難道就是供著玉器、燒點紙錢嗎？「樂」，難道就是一個單一的交響樂嗎？換句話說，這裡面得有深情。沒有深情，沒有禮樂。

子曰：「詩三百，一言以蔽之，曰：思無邪！」

如果整個藝術，或說整個禮樂展現在《詩經》作為代表，以一句話來概括就是：「一言以蔽之，思無邪！」民國以來，認為「思無邪」……我記得魯迅先生對這個問題批判得很厲害，他認為它箍住了中國人的自然天性，是造成中國衰落的根本因素之一！

其實，「無邪」的這個「邪」字，就是我們今天繁體字寫的「斜」字，所以，「無斜」也，此即是「直」的意思。而「思」依照《詩經》裡面的意思，是「無」之義。這句話的意思是《詩經》三百篇，可以用一句話來概括，就是「直」出於人的性情，是人情感的直接表現與反映。所以，我們打開《詩經》來看，很多人都會覺得：唉呀！該都是些道德性的規範吧！其實，它不是！我們可以看到，尤其是〈國風〉當中就有很多情感的紀錄。如一開始就是：

「關關雎鳩，在河之洲，窈窕淑女，君子好逑。」

這是講人有歸屬性的渴求。人渴望一個伴侶、一個相知的伴侶，這是人的天性，它如同本能的渴望是一樣的強烈！如同「它是我的！我擁有這個世界」的那份感覺、感受，是真正的相知相伴，也是最滿足人的。

「窈窕」，一個能知心的女孩子，加上又充滿善意，那個「淑」是充滿善意，古人說「淑者，善也」。而「窈窕」是女性的特性，女孩子心思很細，有時男孩子想法一動，女孩即可依直覺馬上就看到、立刻就知道他要幹麼，女孩子要真發揮了這種本能，也就有大智慧了。今天「男女平等」其實應該真正從這裡講起，男女各自發揮自己的好特性！

今天講「男女平等」，也可能讓女孩子做個假男人，是不是？如果是用男人的標準去規畫，這其實也不平等！西方自古男女不平等，到莎士比亞還有：「女人，妳的名字叫弱者。」或者，「弱者，妳的名字叫女人。」而他們中世紀逐漸發展出來的騎士精神，其中一項要保護女孩子！在《聖經》中說：「男人是女人的頭。」這些是因不同的生活習性和生命經驗中所發展出來的觀點。

在中國來講，一個君子在《論語》中已是一個覺醒者，他不再只是一個貴族，而是一個覺醒者的名稱；一個生命的覺醒者，他真正的伴侶該是怎樣的伴侶呢？該是一個非常體貼的、具有女性特質的，諸位，這樣的女性特徵不是嬌弱，而是能發揮女性的直覺與智慧：對自己所愛的人有些什麼心思，能有所關心和了解，而不是只有責備、批評，是人的一種相知與相親，否則生命的步調就不能一致，將來必有衝突！這裡講的是一種生命的步調，這也才是戀愛的條件。戀愛是建立在男女雙方的個性上、相處上，所謂的條件也是在這天性上！

可是我們再看《詩經》其他部分，也有很多變心的、背叛的、出軌的愛情。《詩經》絕對不是要把我們的情感框住，而是讓我們看到什麼是情感，所以孔子要我們讀詩，因為唯有讀詩，才能認識人的情感，從人的情感中，我們才能認識人，然後才能認識自己，那是一個情感教育的重要範本。

所以，《禮記》〈經解〉篇當中說：「詩教，溫柔敦厚。」就是教我們怎樣適當地處理我們的情感，達到恰到好處，這就是「溫柔敦厚」。

子曰：「小子！何莫學夫詩？詩可以興，可以觀，可以群，可以怨。」

「詩可以興」，情感是人類群體的共同性，所以，我們從這裡可看到藝術所帶起的情感，雖然有各自的發展，但是情感的感動有其共通性。「可以觀」，可以讓我們看到什麼是人性？可以了解社會人類，同時也可以看到人類情感的悲哀處，這是對人性的了解與觀察。

子曰：「求仁得仁，又何怨。」

子貢問老師伯夷、叔齊這兩個歷史人物，當年他們互相讓國，逃出自己的國家，聽說文王那裡生活很好，就跑到文王那裡去，結果沒想到運氣不好，他們尚未抵達，文王就死了。這個時候武王正好拿著文王也就是他爸爸的木主，就是神牌，以文王向國際提倡的「愛」與「和平」政治主張為號召出征。當時，三分之二的諸侯都支持他去攻打商紂。

他們兩人在路上攔住武王的馬，問武王：「以暴易暴，可以嗎？你想用戰爭的手法換取和平，可能嗎？當你提倡『和平』跟『愛』的時候，卻用戰爭去完成，對嗎？」等到戰爭結束，西周取得了天下，他們更拒絕受封、拒吃俸祿，就是「恥食周粟」，現在說：「拒吃周朝的米。」有的小孩問我：「拒吃周朝的米？那他吃草也一樣啊！那也是周朝的啊！因為『莫非王土』啊！」其實不是這樣解釋，他是「拒絕俸祿」。因為西周建國的政策，是讓所有的諸侯恢復自身的國家，曾經存在過的諸侯，也都會讓他恢復身分；如此，王天下為天下。所以在古史上，一直從孔子到唐朝，甚至到宋朝都覺得西周封建制度是上古時代的良好制度，孔子讚美周公，不是守舊地想恢復西周，而是把西周這份「還天下於天下人」的理想呈現。但當時的伯夷、叔齊拒絕了，他們從基本上的原則反對周武王的戰爭政策，所以，即使周武王成功，他們也不接受！不肯定這份成就！而後隱居到首陽山，逐漸因營養不良而死。

這也是錢先生特別要我們學會讀文字，要懂文字的本意，文言文不是日常語言，有很深厚的生命性在裡面。在這樣的情況底下「求仁得仁，何怨？」有人問孔子：「他們怨嗎？」孔子說：「這是他們自己的選擇，最後，他們完成了這個選擇，雖然從現實的生命來看，這似乎有一種悲劇性；不過，那是他們自我的選擇，就生命的完成上，沒有任何遺憾！」也因此，才能有「樂」。

子曰：「飯疏食、飲水，曲肱而枕之，樂亦在其中矣。不義而富且貴，於我如浮雲。」

有了生命的自覺，我們才能超越人的功利計較、超越人的本能原始衝動，這時即使吃個粗茶淡飯，然後得到小憩，就能享受到生之喜悅，樂得不得了！

我記得杜威來中國時，羅素其實也同時來了；後來羅素寫了一本《中國印象記》，讚美中國是全世界最美好的文化，不過，在當時被大家罵得半死，尤其是被主張西化派的人罵，怎麼說呢？他們說：「這是觀光客看異國情調的心理，不要中國人進步。」

其實羅素怎麼說呢？他說：「他從來沒有看過一個文化可以成熟到，即使是一個苦力、販夫走卒，在他們生活的活動中，始終保持自我喜樂的那個部分！」三〇年代，那時候的中國很貧窮，許多苦力、拉黃包車的、挑夫等做完一天辛苦的勞動以後，到井邊打盆水、洗把臉，然後從口袋裡掏出一個已經幾乎發黑的饅頭，吃著，吃著，吃著，然後就哼起歌來。他認為人類應該朝著這條路上走，讓人享有自己的生命而不是工作八小時，睡眠八小時，然後讀書八小時的機械性分割。一如今天像西方人一樣平常忙極了，到假日又衝出去玩，但這也是另一種忙碌啊！

中國人在生活上講的是一份「閒情」，「閒情」的「閒」就是對生命的享受，是一種歇息，它沒有目的性，是一種回過頭來，享有自己那份對生命的感受。所以才能夠「飯疏食、飲水，曲肱而枕之，樂在其中矣！」這樂就是對生命本身的享受。

「不義而富且貴，於我如浮雲。」如此才能超脫出功利性的限制、一個來自於本能衝動的局限！這就如同西方哲學家康德在美學上面所講的：「人，天生不自由。」人在現實的人生中，天生受制於那原始的生存衝動，為活著而奮鬥。西方基督教《舊約聖經》中講的 guilty（罪惡感），其實也是指來自於人一出生，就沒有辦法脫開那個要活下去的強大念頭，人因此自然會有對死亡的恐懼。人類隨時隨地的一切努力，甚至包括人類文明百分之九十的努力，其中，多是為了保障生存所做的努力，在此之下，人天生的不自由，而生命的本身就是一個負擔。

這在中國傳統文化中很難想像，所以西方的戲劇和藝術都是以悲劇為中心、為主軸。人唯有超脫，才能取得真正的快樂！而超脫就是超越這種功利性，享受生命的本身。

「不義而富且貴，於我如浮雲。」這個「義」字，如果老師們把「仁」字拿來放在裡面思考，就很清楚。如果沒有真正覺醒、沒有那種覺醒後的完滿性，即使得了富貴，也不會快樂！理解到這一點，有了富貴對我們來講也沒有太大的意義。換句話說，金錢不足以決定我們幸不幸福，幸不幸福決定於，我們能不能意識到什麼叫做幸福？

所以，孔子稱讚顏回說：「賢哉，回也！一簞食，一瓢飲，居陋巷，人不堪其憂，回也不改其樂。」

當年讀《論語》，錢先生問我們：「你們知道『居陋巷』嗎？什麼叫做陋巷？你們知道貧民窟嗎？你們懂貧民窟吧！」陋巷就是貧民窟，顏回居住在貧民窟，「陋巷」今天即是貧民窟。先生要我們從生活中，從最真實人生的經驗中，去理解所有古書中所呈現出來的生命的狀態、生命的問題，也因此讚美顏淵。

而讚美顏淵，不是要求守貧。後來很多學者把它說成：「中國人不要發財，只要守貧，所以，造成中國經濟的敗弱。」其實不是這個意思！「人不堪其憂，回也不改其樂」，不是守貧，而是他並不因為外在條件的好與壞，影響到他對生命喜樂的享有。

開發生命中內在最中心的力量

一部《論語》基本上就是學習「如何覺醒」，從覺醒中開展自己，然後真正完成愛的尋求的一部書，是「愛」、「學習」與「快樂」的一部書！有老師提出：「讀《論語》看不到愛！」我們可以說，讀《論語》，我們看到的是：「**理性的愛**」，它不是今天人們所說的激情，也不是今天所說的那份熱烈的熱情，它是一種：「人在高度地審思、理解生命問題之後，將那份熱烈的火燄轉化成爐火純青的部分。」那反而展現生命最大的熱力，它可以把鐵化成了鋼，可以讓生命產生最大的能量。

從覺醒中開展自己

我們再回過頭來看「學而時習之，不亦悅乎？」這句話，當我們真正的覺醒，而後，在生命的體驗的過程中去自我發展、自我成長，這不是很快樂的嗎？今天在場的老師們都很年輕，而我癡長大家幾歲，我就忍不住多說，這也是錢先生提的，他說：「你看，古書後面都是『乎』啊、『乎』的，都是疑問詞，為什麼？」「他是在問你，而不是在規範你！『學而時習之，不亦悅乎？』他問你，快不快樂啊？當然這也在提醒——如果不快樂，是為什麼呢？這給你多大的尊重，多寬廣的空間和範圍呀！」

「有朋自遠方來」，今天我能有機會在這裡跟大家報告我的讀書心得，樂不樂呢？其實滿樂的！緊張不緊張，當然緊張！但有機會跟大家報告我的讀書心得、一點體驗，是很樂的！可是要是我說出來後，大家都不同意，我會不會嘔氣呢？哎呀！不會嘔氣，時間未到，因緣未定，這不就是「不亦君子乎？」「君子」在孔子已成一個具有獨立人格的人了。不就是一個獨立者嘛！

跨越時代的隔閡

有人說：為什麼今天我們不讀基督教的《聖經》呢？當然可以讀；為什麼今天我們不讀西方的哲學呢？當然可以讀；為什麼我們今天不讀印度的《奧義書》呢？也當然可以讀。只是，我們長期以來歷史的生命經驗，從老祖宗以來的生命經驗，是直接從《論語》中，我們會有一個完全的理解和掌握！重要的是，今天我們因為有時代的隔閡，有如何學習、理解的問題。

當拋開我們原有新文化運動以來的各種成見，然後真正從文字的背後所呈現的部分去理解，就會發覺，《論語》其實是對生命的一種說明。也因此，中國的學術，包括「經、史、子、集」，都以「人」構成，全部都是在「人」的前提底下所完成的。

《論語》是探討「人」，也是全世界以人為主體，最完整的哲學。今天，西方人開始看見他們自身的瓶頸，然後向東方文化來尋求解決，其實所找尋的就是「仁」、人的和諧性的問題。而這個部分，中國本身所做的探索、經驗非常豐富的，這些提供給老師們做參考。

「德行教育」自然完成

「人，只要給予自己一個機會，就能發揮特殊的人類潛能」。我們剛才所說《論語》所造就的人、和提煉出來的情感，其實是要開展人類最大的潛能、最大的可能。「人要有能力深入自己的情感、思想、慾望和興趣之中，人才能夠開發自己原本具藏的資源。」這些其實就是逐步深入探索自己的情感、思想、慾望和興趣。

西方人說：「人的感性世界是一個非理性的世界」，的確，因為它有潛意識的層面、有無意識的層面，也有被我們故意遺忘的層面。但「理性」是進入探索「感性世界」最好的一個方式！

西方人把理性跟感性對立，而不斷製造衝突；但中國人認為，理性和感性同是人類認知，「知」、「覺」是一體的。當人類的認知之中只有思考性，無法做到全面的認知。人的認知之中，如果有更深層的感受性，「人」就可以完全的展現；這不僅是認知上的明確性，同時還可以展現在認知中所發生的力量！「德行教育」，基本上是在有了這個認知之後自然完成。

所謂「唯仁者能好人，能惡人。」「苟志於仁矣，無惡也。」當人的情性開展後，所追求的一切，只有讓自己的生命不斷提昇、不斷地完整。這是「人」另一種巨大的生命追求，就是自我實現與自我完成。

在今天近代馬斯洛的心理學當中，也特別從這個角度，尤其在教育的這個部分，去說明「人」。《論語》則從實際生活中教我們如何成為一個「人」。

所以，我們如果能夠了解到自身的資源，我們的意志才能堅定，我們特殊的能力與天賦才可以發揮，才能夠充分的展現自己的潛能，然後用最自然的情感和人世打交道。同時，我們能回過頭來確定自己的價值和生活、生命中的目的，如此就能開發出生命中內在最中心的力量。

這是我在受錢先生教誨中，所讀到、看到的部分，也提供給各位校長、各位老師做參考。我做過初中、也做過高中的老師，在全台灣最好的中學——建國中學；我用以此方法去做實驗、力行，當時創造相當高的升學率，也因此我才有這麼大的一份力量來向各位老師做報告。其實，在整個升學的過程中，升學的結果應是學生自然成長的收穫，而我們提供的是：讓他們健康、自然的成長、學習，及開發他們本能的一把鑰匙。所以，今天談的不是理論，而是實務性的經驗。幸虧我有教中學的經驗，我從這當中進入到傳統學術當中，也發覺了這個生命的意義，因此報告給大家！

愛、學習與生活——《論語》所探討的心靈世界

*編按：此文為辛老師談《論語》應用於生活的重要性之節錄，從《論語》談關係、自覺、慾望，其實五倫背後呈現的是愛與情，此為人類生存的最高智慧，盼青年能有所啟發。

我們已經上過《論語》的前四篇，從〈學而〉到〈里仁〉。新來國學社的同學或許會擔心，前四篇沒上過，接得上嗎？其實用不著擔心。

中國的東西，有一個特點，即是從什麼地方都可以開始，因為它像是一個圓圈，任何一地方都是頭。就像生活，我們可以從任何一個階段來看，最後，必然歸向於生命的本身一樣，是以，我們可以從任何地方開始，而後回到原來開始的地方去，同學可以不必擔心。

我們講《論語》的原因有二：一方面是接續前面講；一方面《論語》是中國人必讀的一本書，不然就不算是中國人，這是非常重要的一點。因為《論語》在中國文化中扮演非常重要的角色，它告訴我們——你何以成為一個中國人，甚至進一步說明——你何以成為一個人。

當然，今日講「人」的學科很多，我們可以從生物學、經濟學、社會學、文化人類學來看一個人，

或從倫理、宗教的觀點談人，但最後你仍然會問：「這些所說的人，是不是真正的人？」

生物學上說人是由單細胞進化到猿猴的，這點我們不能否認。今日西方受達爾文進化論影響，認為人是動物，可是在此前提下，人與動物到底有沒有差別？在以往的歷史中，人跟動物的差別是一個大問題；往後，還會有個新的大問題出現，就是機器人和電腦。日本正研究第五代電腦，希望透過所有人腦的生化組織反應，發展一套能自創程式的電腦，如果這種電腦研發成功，那麼人跟電腦的差別在哪？這是一個未來的問題。

從前人有「人與動物」的差別問題，現在則是關注在「人與電腦」的差異問題。

同學如果有興趣，可以去看美國名作家亞西摩夫的科幻小說，他假設不知多少萬年後，人類生存在太空中遙遠的大星球上，而地球早已成為遙遠如上帝般的傳說，甚至變成一種信仰。那時機器人和人幾乎沒有分別，於是，機器人分為兩大派，一派是想徹底毀滅真的人類，一派希望保護人類；這兩派發生大鬥爭，希望把僅存的人類找出來。這是他的小說中非常重要的題材，預言人和機器人的問題，也是未來學中人類學的重要課題。如果機器人有創造性的思維，與人如何分辨？這是西方目前面臨重要的問題。在西方文化中，原來人的價值是被肯定在基督教《聖經》中上帝創造人類上，而今隨科學的發展，上帝造人的解釋開始動搖或衰退。甚至有人認為上帝是外星人。十年前有一本書《來自太空的播種者》，作者從古代印加馬雅文化的遺跡中，發現許多類似科技產物的痕跡。所有古代典籍描寫創造者的降臨，都是一團火光，這火光代表什麼意義？是不是幽浮？因此就大膽假設，上帝是原始高度進化的人類，這說法今天雖已淡化，但仍有他的影響力。

而不論是未來學中，人和機器人的差別，或是人和動物的差別，其中都產生一個問題：「人該把自己放在什麼地方？」這也就是人的位置問題。像希臘文化中，人也是神所創造的，必須先解決諸神的問題，才能解決人的問題，人的命運完全交託在諸神的喜怒哀樂中。基督教說，人是依上帝的形象所造的，人必須遵守上帝所規定的事物，於是有了「十誡」，人要遵守十誡，才是一個「人」。印度的宗教，也同樣探討神的問題。全世界只有一個文化是直接探討人的問題，說明神和人的不同，進而要求神得像人才是神，那麼像什麼樣的人，才是神呢？

我們看看台灣的保護神——媽祖，還有關公，也就是恩主公，他們究竟是神還是人？

大家都知道，他們曾經是人，憑這點就夠了。換言之，在中國，神是由人而來的。如「仙」字，從「人」從「山」，人跑到山裡就成仙了；「神」呢？「神」代表祭祀的意思。一張桌子供一塊肉就成了「示」，另一邊是「申」，申的本義是「閃電」的意思，表示在一片霹靂和閃電中，生命於焉誕生。今天地球科學講地球剛開始時，一切都是混沌一片，而後經過不知多少歲月，剎那間，在幾萬分之一的機率中，透過雷電交加的形式，竟然產生出生命來，這實在是一個妙不可知的事情。中國人給予這種生命的誕生一種崇敬的表示，就稱這種妙不可知的狀況為神。因此「神」就是妙不可言或妙不可測的意思。媽祖的孝行帶給當地的居民那樣大的感動，超乎我們一般人所想，這實在妙不可言，因而後人尊她為「神」。關公一介武夫，也能帶給後人那麼大的感動，使我們了解什麼叫做朋友的道義。我們感佩他的了不起，也將他算為「神」。

以人為本位的文化體系，身心的關係密切

全人類的文化中，只有中國是如此以「人」為本位的體系，這是人類的奇蹟——中國先決定人而後談神。在如此的前提下，我們才面對人與動物的問題。進化論說生物的演化過程，到了人進入最高點，從這裡，我們把人歸於動物的範圍，然而有沒有可能，從人開始，生物有了新的進化？聖人乃是從人進化，而後再進化成為神？因此，人是來自動物，但超越動物，不再是動物了。

我們再看看人和機器人的問題。一旦電腦機器人有自創性的思維，開始有人的感情，那麼我們能不能說它是人？那麼人跟機器人如何分辨？面對兩個時代的問題，我們怎麼給予最適當的判斷，而不致產生疑惑？看看全人類的文化活動、哲學宗教，都無法討論這個問題，但是如果你們讀了《論語》，進而讀《孟子》，會發覺這問題實在非常容易解決。人的確是來自於動物，但人也超越了動物的限制，為什麼？

生存的心理本能

構成人的生存，有幾個本能，這些特殊能力是與生俱來的，以往只談到生理上的本能，例如飲食問題、性的問題，近代通常以這兩點說明人的本能或天性。如此，在生物學上，人和動物是沒有差別，可是最近的心理學，從新佛洛伊德心理學後，進而發現單純的這些本能的滿足，無法真正解決人的問題。換言之，

今天發覺人實際上還有心理本能：第一，如權力慾。第二，如占有慾。第三，如成就慾。第四稱為快樂慾。人類是需要尋求快樂的，假若人長期處在不快樂之中，精神將會崩潰以至瘋狂或死亡的。我們或說生理本能屬於動物的範圍，而心理本能是動物所不太具有的，即使有，也僅是一點點，不如人類的複雜。

舉例來說，每個同學都做過值日生，不知道有沒有這種經驗？把地掃完了、拖完了，然後會不斷看著地板，心裡充滿成就感。我們若進一步地來看，人類身體上的許多疾病，都和心理問題沒解決有關。我曾有過這種經驗：先母是因癌症去世的，我在醫院裡照顧她快兩年，在她所住醫院病房的那層樓，都是各類癌症病人，經我粗淺地觀察後發覺，每個病人都有極倔強的脾氣。於是，我向許多醫師及癌症病人的家屬打聽，似乎大家都有這個共同的看法，好像所有癌症病人都有這種共同脾性——倔強，甚至可稱為頑固。而最近我看了一本有關心理學的書，上面談到癌症病況，甚至包括心臟病、腦充血，都有可能是因心理的自我決定所影響的。所謂人類的一切疾病，基本上，先是在心理上產生某些問題而引起的。

這本書上說，我們的腦分為兩個部分，一部分是屬於腦的部分，其負責通知我們，並透過我們的感覺，讓我們知道去尋求生理本能的滿足；另一部分叫做皮質層，則能引發我們心理、情感的活動，以進一步達成人所特有的生命形式。這個問題包括兩個層面，一個部分是因我們心理、情感沒有被滿足，於是我們情緒上有了焦慮、不安，進而影響到我們的內分泌，以至於增加了如膽固醇之類的物質，阻塞我們的血管，影響我們的心臟，而後引起其他種種疾病或問題。另一種是情緒負擔太過頭了，如有的同學，突然當了班長，老師賦予他某些權力，本來他不知道什麼是權力，一下子突然可以管理同學，於是每天都盤算著，明天要如何管理同學？甚至進一步去追求如何得到更多的權力！又有些同學，成績有了好的表現，於是就拚命想維持下去，一方面滿足自己的成就感，另一方面完成自己的權力慾，因為唯有如此才能快樂，也因而不眠不休地工作，造成體力透支而病倒。

以前我在建中教書，就有很多所謂天才型的同學，每天在校內又說又笑，說今天怎麼玩，明天怎麼玩……表示他不須勤奮讀書，仍然可以有好成績，可是，他父母卻打電話來說，能否幫忙勸勸他們的孩子，孩子每天都讀到清晨四、五點才睡，第二天七點半就來學校，他們真是擔心。這種學生到月考拿到好成績，別人羨慕地說：「你是一個天才。」他自己也沾沾自喜地認為：「我是一個天才。」以至於當大腦、生理的本能已通知他說：「已經太疲倦，不能再勞累了。」但為了滿足心理情感的需要，仍然強打精神，或開始借助喝咖啡、喝濃茶來提神，而忽略了生理本能給我們的警告，因而造成身體上的問題，引發身體的疾病。

說到這不得不讚美一下中醫理論，希望念醫科的同學將來不要排斥中醫的理論，而能試著去研究了解分析。中醫講人的病有四種原因：第一是來自外感，如空氣中的病毒或者受寒、發冷。第二是來自飲食，如暴飲暴食等。第三是屬於情緒性的，常常暴躁、憤怒、焦慮等。第四是過勞，此包括各種過度的活動。後兩類即屬於心理性的問題，而此在中國兩千年前的《內經》中，談得非常清楚，今天二十世紀的西方心理學才開始碰觸這個問題，說明造成疾病，除了病毒等細菌性的原因外，還有心理性的因素，由於人的慾望不能滿足所造成。

而人的慾望不只有飢、渴、性而已，還有心理上的，這類慾望是人所特有的，現代西方心理學家以這個作為人與動物的分別。這種心理性的慾望即權力、占有、成就、快樂這四類，是人類生命構成的重要因素，也因此當我們單純地獲得了物質上的滿足時並不一定快樂。

我以前有個同學，什麼都好，也很聰明，初高中是念建中的，大學考上自己的志願哲學系，讀完了又考進台大哲學研究所，他與一位家境很富有的女孩結婚，妻子非常賢慧，當時大家說他人財兩得。他研究所畢業後也不必做事，就可以過很舒服的日子，他每天只是沉思在哲學的思維裡，因此同學都很羨慕他，但他自己卻一直覺得很無聊，後來自費去美國念書，直到現在還在讀，也不想畢業，而且日子仍過得不開心。我們問他：「你什麼都有了，為什麼不開心？」他說：「就是因為什麼都有，才不開心。」這個問題，其實就是人的問題，是動物不會有的。

換言之，當人什麼都有了，不一定快樂。有些人甚至會做些瘋狂的事情，使自己走向毀滅，像希特勒占有歐洲後，如果不繼續戰爭而能保住歐洲並且重建新秩序，他就可以成為一個正面的千古人物，像毛澤東也是，他們都是自我毀滅型的人。這對一般人來說無法理解，但站在心理學的觀點看，則是由於權力慾的伸張所造成。

《論語》將人的慾望導向正面發展

而人的問題既然這麼複雜，我們該怎麼辦？

中國人在《論語》裡就已碰觸過這個問題，跟今天心理學、生理學最大不同的是，它沒有做如此詳細的分析，不過已把人的各種問題都包含在內，然後提供一種認識、一種認知，告訴你怎樣調整自己，使這些慾望，不再是往負面的發展，而是真正把你帶進一個越來越好的道路，讓你因為有這些慾望，而真正享受到屬於人的生命。中國人之所以能夠活幾千年，特別是在孔子而後兩千五百多年，其他民族到了這個節骨眼上，埃及衰亡了，希臘羅馬結束了，印度某些王朝已被滅了，而中國人卻依然可以轟轟烈烈走完兩千五百年。為什麼？就在於中國整個文化和學術活動。基本上，就是圍繞著「人」打轉，我們幾乎可以說中國的學問，就是「人學」，中國的書可以說是一本本「人書」。那麼，什麼是人？全人類的所有經典，沒有一本像《論語》那樣如此簡單直接地告訴我們：「人者，仁也。」

而什麼是仁？

從「仁」的相互性思考

剛才有同學說過，仁包括兩個部分：一是我們，一是人類。他說得很好，但不夠完整。雖說，我們對於人類，人類對於我們，中間的關係就叫「仁」，然而，為什麼？

「我們、人類」，的確，他把「仁」中的某個重要意思碰出來了，因「仁」確實是包含兩方面的意思，我們按仁字的構造來看，「仁」字是从「人」、从「二」，表示兩個人或兩類人，「我們、人類」是「兩個人」也是「兩類人」，是「仁」字的基礎。

換句話說，仁字必須有相互性，要兩個人才能產生完整的「人」。為什麼兩個人或兩類人才成「仁」？

這裡代表著兩層意思，一層意思就是說明人之所以為人，並不是被生物本能支配帶動的東西，他是有權力慾、成就慾、占有慾、快樂慾的，然而我支配你，我占有你，達成我的快樂，而你呢？你也有權力慾、成就慾、占有慾和快樂慾要支配我。若人單純如此，那麼就會打成一團，現實社會的複雜性就從這裡產生。

昨天我看報紙，台灣現在的離婚率，從十五歲到三十五歲，幾乎要到一半了。為什麼會離婚呢？大家都是自由戀愛而結婚的，怎麼又突然彼此憎恨起來？為什麼當初相親相愛，到現在或者非致他（她）於死地，或者非離婚而後快呢？其實，就是這四種慾望，產生了問題。我想支配你，但你必然有反應；我想占有你，每一分每一秒都跟著你，你一定受不了。如此全面占有性的愛，你無法忍受。設想有個女孩愛上你，每天都到教室門口看著你，她即使非常溫婉、柔順，你受得了她嗎？而女生也同時設想，一個男生同樣如此對待我，我是否喜歡？而這就是人的反應。

在心理學上，你們現在是進入一種自我建立的時期，又稱反抗期，於是對媽媽的叮嚀，常視之為嘮叨而加以排斥，對爸爸的命令也常視為權威加以反抗，這是為什麼？因為你們開始要伸張權力慾，開始要發展占有慾，進而會再追求你們的成就慾，然後去獲得你們的快樂慾，因為這樣你們才能完成一個「我」。因而在這個時期，即使親如父母，我也必須表現「我」的意志。這四個慾，基本上，可稱為「自我意志」的問題。

人的自我意志的成長有幾個階段，就像剛學會說話的小弟小妹，常以「不要」回答別人的問題。你給他東西吃，他說：「不要！」但一會兒他就吃光了，這並非矛盾，而是因為他沒有意識到「不要」真正的意思，卻光學會了以「不要」來建立他的「自我」。當八、九歲時，媽媽叫你們吃飯、洗澡，你們會說不要，進而你們會有自己的遊戲，而後從十五歲又開始有「自己」的感覺：我需要有一個房間，我要自己聽音樂，我不希望被弟弟、妹妹打擾，我開始安排我的生活，我寧可跟同學出去玩，甚至寫信給沒見過面的筆友，拚命傾訴內心的一切……但當爸爸、媽媽問你，卻回答沒什麼事，然後關上門，哇哇地哭。在這種痛苦或快樂中，感受到「我」的存在，過癮！

這種狀況大約要到三十歲才能定下來，這就是《論語》中的「三十而立」；到了四十歲，人就會覺得，我大概就是這樣子吧！沒有什麼疑惑的了。因此我們可以用一個「我」，來貫穿「吾十有五而志於學，三十而立，四十不惑，五十知天命，六十耳順，七十從心所欲而不踰矩」、「吾道一以貫之」，貫什麼？就貫起這個「我」。

這個「我」既成我，一方面成了我們個體生命價值的基礎，一方面也成了我們很多事物的限制——才能的限制、事業前途的限制，許許多多的限制，就從這裡開始，人的關係、人的問題也都從這裡開始。這些問題一方面是與生俱來的，一方面是為了要有「我」，還有「人」才能呈現。如果僅一個人做魯賓遜漂流，這問題並不嚴重。西方講人，是就絕對的個體而言，有兩本小說很重要：一本是《魯賓遜漂流記》，這是西方十八世紀進入個人主義時代，第一本以人的問題為題材的小說；另一本是盧梭的《愛彌兒》，他假想真正的人必須完全離開社會的影響，單獨成長，才能真正呈現出「我」，他把一個人放在孤島，完全不受別人的影響，然後觀察這個人的成長。透過這兩本小說，我們可以看到近代西方個人主義的指標。

從對偶關係中產生自覺

西方人經過很長的時間才進入這種個人、個體的思想領域，並以此擺脫宗教上帝的限制；而中國則認為單獨的個體其實無法呈現，你去哪找一個完全與他人無關的地方？既然有關，人的問題就在這關係中呈現。當我意識到有個「我」，基本上來自「你」的影響，沒有「你」，我怎麼會意識到「我」？同樣是「人」，你和我怎麼有這麼多差別？在這種比較中，我們開始逐漸意識到「我」，因為意識到了「我」，才能生存下去，沒有「我」，我們就活不下去。「我」，是一個生命的開始。當小孩子意識到我與外界是一個整體時，他首先說的是「不要」，他那時不會說「我」，用「不要」來分割你和我、我與外界，而後到了你們現在這個年齡，開始說我需要什麼，這時你們的「我」，才開始正式建立。這要從群體中才能產生，群體就從兩個人開始，就從一個對偶的關係開始。

從對偶關係中，我們有一個自覺：我要什麼？雖然你們是我的爸爸、媽媽，但這種對待的方式，我現在不想要了。你們早上起來不想吃飯，有的時候是表示有了自己的意志和主張，以往，被媽媽強迫吃早飯，現在對你來講，變成「我」的要求了。

這個自覺，在今天，結婚後可能成為另一個問題，因為今天的女孩子也是這麼被教養長大的。女孩子說「我」，男孩子也說「我」。

以前中國教育女孩子，要她們不說「我」，而用另外的方式，完成一個大我。《詩經》裡說：「關關雎鳩，在河之洲，窈窕淑女，君子好逑。」要知道「窈窕」，不是瘦的意思，而是指非常深遠、含蓄，且能包容男子。女孩子用特有的性格或說是天生的母性，去擴大而成一種非凡的包容性，以包容整個家庭中心的成員，因此，在現實中，中國母親在家中的地位非同小可。雖然不講話，安安靜靜的，可是到最後，一切都按照她的計畫進行。就如一些家庭的客廳裡，爸爸在大聲發號施令，媽媽說這件事問你爸爸吧，在臥室裡，爸爸卻問：「這件事，妳看怎麼辦？」她用女孩子的母性，擴大那份包容力，把男性融合進來，組合成一個家庭。

可是今日教育是根據男性社會以往的經驗，用屬於男孩子的特性和需要，去教育女孩子，讓女孩發展出如男孩子的能力。這對女孩子雖然不錯，但在家庭中，女孩可能失去原有的包容力。因為每個人都在訴求一個「我」，然而世界並不是由一個我構成。

我們即使把世界簡化，也得由「我」和「人」，或是「男人」和「女人」來構成，而在有了「我和人」、「男人和女人」，就會產生剛才所說心理性四大慾望所引發的各種問題。從這裡，人類在認知上，自然會有所比較，有所「警覺」。

由於這種「警覺」，可以進而發現，你我原來是有些不一樣；原來我認為這麼好的方式，是我單方面一廂情願的想法，不是你全然能接受的。而你有你需要的方式，那麼，是否能請你告訴我——這就是溝通。在這種溝通當中，真正的愛才能滋生、發展。

所以「仁」有兩層涵義。第一層，是剛才所說的「警覺」，甚至可以說「驚覺」；第二層涵義是在警覺中，進一步溝通兩個人的意識，傳達出一份最適當的愛情。父母驚覺於把你當小嬰兒的愛法，已經不適合現在了。媽媽突然驚覺：我的兒子長大了，當媽媽再進入你的房間幫你整理東西時，發現門鎖上了；或者做兒子的說：「媽，下次再進來請敲門。」又或者，當你告訴她：「你不要看我的信。」「你不要亂翻我的東西，我有我的私生活。」她會突然驚覺，你開始注重隱私了。而爸爸的驚覺則通常在你開始剃鬍子時，你需要用他的剃鬍刀了。他們於是意識到你們已經長大，開始按你們所需要的，給予你們關愛，這使得人與人之間的情感，能夠更進一步地溝通交流。由此，產生人間真正的愛與情亦如此發展，包括男女戀愛、朋友交往，如此，才構成一個人類的社會。

孔子說：「仁者，人也。」「仁」有兩個意義。其一包括了警覺，人與人之間不同，即使是親兄弟姊妹也如此；其二就是愛與情。中國人用「愛、情」用得非常好，英文只有 Love，但沒有「情」字。他們有 Enthusiasm 熱情、Mood 情緒，但是「情」或「情意」就沒有了。什麼是情？情就是真正的愛，它不只是男女間的 Love，「愛」是本能的，「情」是從本能中提升。因了解你的需要而調整我的本能，給予你所最需要的方式，這就是「情」；「愛」是要支配、占有，是要成為權力的；「情」則是尊重對方，體諒對方，認識對方，進而適應對方。

學習人類生存的最高智慧

《論語》這本書，講的就是「愛」和「情」，並教導人們如何去學習愛和情。

而《論語》講的是人類整體的愛與情，也就是中國人所說的五倫。五倫雖是五種關係，而其實背後呈現的只是一個愛與情的問題。父子間要沒有這份真正的愛與情，單單只是血緣關係，也可成陌路，甚至為仇敵，甚至致他於死地，朋友那就更不用說了。兄弟又何嘗不是如此？最近才演過的《美國淪亡記》，先生是個愛國主義者，而他太太接受蘇俄統治，幫助俄人打擊先生，要致他於死地。在日常人生中，如僅僅為了滿足個人的權力慾、占有慾、成就慾、快樂慾，就不會有真正的愛、情，人際間就沒有真正的愛情與關心。《論語》就是針對愛與情的問題及學習愛與情所著的，因而也成為中國最重要的一部經書。這本書中，呈現了真正人類的愛和情——這也是人類生存的最高智慧。

所以我們目前課程仍要從《論語》開始。同學不要擔心從第五篇講起，前面仍然會隨時引用，來補足後面要講的。

一開始時即說過，中國的思想就像個圓，隨時都是起點；印度講「輪迴」，無始無終；西方人來自上帝、回歸上帝，有始有終。中國人講「終始」，「終」前面含藏了一個「始」，「始」後面又含藏了一個「終」，終始、終始如此永遠不斷。我們歡迎隨時進來聽，隨時加入，隨時進行，隨時都是站在一個新的開始。

中國文化之精神——《論語・學而》第一章試解

＊編按：文中辛老師將《論語》以人為中心的思想為開展，從個人自覺到自我完成，說明人生幸福的追求方法與人生的真諦。

人類任何學術的發展，一定有它的歷史淵源與文化背景。如果從書本談起，也一定有相對應的基礎書籍。

我們泛觀西方，構成西方學術的發展——在希臘有柏拉圖的《對話錄》、《共和國》，及亞里斯多德的眾多著作；在希伯來有所謂的《聖經》。《對話錄》、《共和國》等影響知性的，或說是屬於科學性的學術發展；而希伯來的《聖經》則影響了人文學科。直到今天，我們看到在自然科學中所追尋的客觀世界和基本問題，仍在希臘早期哲學的範圍裡。而民主法治亦建立在宗教性的「天賦人權」的前提之下。

至於印度的《吠陀經》及而後的《奧義書》，至今仍是印度人基本生命的信仰與價值選擇的標準；此外，中東的阿拉伯民族則仍依《可蘭經》為一切行事之中心。

我們不談這些書，則不知他們的學術根源，不知他們文化性格特質，更不知他們的民族性格。一如我們今天也說「民主政治」。而對「法治」一詞所給予的定義，通常只是「依法行政」。其實「神權時代」也是依法行政，「君權時代」也是依法行政，然而此法非彼法。

民主法治的「法」，是已預先蘊含主持「正義」，維護「正當」之義；而正義與正當的前提，則在「天賦人權」上。換句話說，上帝予人以基本的生存權，此生存權大體說來包括了：財富、居住、遷徙、言論以至政治、社會、學術、文化等權利；從基本生命的存在，到物質生活、精神生活的享有。這是上帝亦是上天所給予，是人與生俱來的，凡人皆共同擁有，任何人不可剝奪的。為了保障這個權利，人們才制訂法律加以維護、加以保障，或透過法律的途徑加以達成。因此若說「法律之下人人平等，法律之下人人自由」，是不完全正確的。人生存的平等與自由是天賦，是與生俱來，而非法律所給予。法律是人達成此天賦的工具而已。如果社會法律中無此精神、目的或無此條文、能力，則當加以改善、制訂。

我們若不讀希伯來的《聖經》，不讀他們的重要經典著作，如何深知這一思想的根源與脈絡？而不知這一思想的根源與脈絡，又如何深入了解並掌握民主法治的精髓，且加以適當地學習與實踐呢？

而回頭來看，《論語》則是中國學術的根源。

孔子繼承前人文化的活動，**以「仁」一字為中國知識、學術的基礎**，將中國自古以來的經驗、應用性的知識，混合而成學術，建立起理論的基礎。

「仁」可說是一種心靈的自覺

孔子以「仁」界定了人的性質，使中國以「人」為研究對象的知識，有了最根源、本質性的依據。「仁者，人也」、「仁者，愛人」。人從「愛人」的情意活動中最能意識、反省到別人與自身的種種需要，進而了解到生命的問題。因此「仁」，我們可說是一種「**心靈的自覺**」。透過這「自覺」，人會意識到「自我」，進而認識自我、建立自我，以為自我的肯定，最後進而完成自我。

換言之，人生真正的幸福，是建立在認識自己開始。因為當我們真正認識自己，我們才會知道自己的長處與短處，並學習接納真實的自己。

孔子用「仁」說明了人之所以為人之特性，並用之含攝了「人」從自然人而成為「人」的心理成長過程。**整部《論語》以此「仁」為中心，開展人全面嶄新的生活**。

「聖之時者」與胸懷

孟子說孔子是「聖之時者也」。孟子把聖人分作三類：一是聖之任者，即積極負責的一類，如伊尹；一是聖之清者，即清高自守的一類，伯夷、叔齊為代表；另有極其隨和而又有自己原則的一類，如柳下惠。

伊尹不論國家上不上軌道，為政者清不清明，他都積極負責、全力為國。

伯夷、叔齊則要待政治清明，為政者當是君子、人民有教養才肯出來擔任職務，不然寧可隱居不出。根據《史記》裡的故事，伯夷、叔齊是殷紂王時孤竹國的王子。父親認為小王子叔齊賢能，死時想傳位給他，但父死後，叔齊不肯受，認為於禮、於法不合；而哥哥伯夷則謹遵父命也不肯受，兩人於是逃出國去，聽聞周文王尊賢下士而歸往；在半途，周文王死，武王載著文王之木主（神主牌），以文王的和平主張為號召，率領大軍攻打紂王。

兩人於是叩馬而諫，並提出他們的質詢：一、父死不葬，且以父的名義興兵作亂，此可稱得上忠與孝嗎？二、人類以武力、戰爭的手段以求解決爭端、達成和平，有可能嗎？當時在武王左右的人即因他們的反對而想殺他們，只有姜太公說：「此義人也。」扶他們離去。

待武王統一天下，他們仍堅持原來的主張，希望人類能以高度的理性解決人類的爭端，拒不受祿，隱居首陽山，採薇而食、終於餓死，死時對自身之選擇毫無怨言，孟子讚他們真是「聖之清者」。這份清高能使貪婪的人知道，人世間尚有人可一無所求地堅持理想；使懦弱的人知道，有人竟能為真理面對大軍，毫無所懼，甚至奉獻出一己之生命。

柳下惠則是「聖之和者」。他亦是不論外界如何、職位大小高低，只要人們需要他出來做事，他就出來工作，不過所做，得依自己的理想與原則，絕不妥協。柳下惠說：「爾為爾，我為我；雖袒裼裸裎于我側，爾焉能浼我哉！」他的意思是，「你是你，我是我，即使你脫光衣服，在我面前，又何能侮辱到我！」

這三者同是聖人，同代表人類的一端，而孔子則是集大成者。因為孔子是該清的時候清，該和的時候和，該任的時候任，隨時進退而不失其正，是以為「聖之時者也」。

儒家之道，是以「仁」為中心，以「時」為行事、行仁的依據——這就是「義」，也就是「禮」；一切不失其正，用心不失其正就是「智」；仁、義、禮、智而後，再加一「信」——確實不移，內外一致，「仁、義、禮、智、信」五者皆成儒家的中心德目，而「孝、弟」則使人們學習自覺、達乎仁道，知道如何適當的認識自己，適當處理自己的情感、情緒，不使自己因個人情感的好惡、心理的成見而受影響，引發對自身或外界的誤解。而後根據這份清明的理性，處理事務，盡忠職守，信實不渝地走完自己的人生道路。

據史書記載孔子當年為魯司寇，三月而魯國大治，路不拾遺、夜不閉戶。齊國大恐，怕魯國強盛而成心腹之敵，於是派出一隊女樂如同派出當今才藝皆佳的歌舞團作文化訪問，用來蠱惑魯國上下的君臣。孔子雖然反對，但無效，魯君與執政季氏流連忘返，孔子知「道」不可能再行於魯，於是絕不戀棧而辭去官職。

齊國知孔子辭職，想用重金禮聘孔子前去，但因晏嬰反對而作罷。晏嬰是站在齊國的立場說話，然而從《論語》中，我們看不到孔子責備晏嬰，反而有讚美晏嬰的話語，譬如「晏平仲善與人交，久而敬之」。

孔子的偉大，或也可經由這裡了解。孔子乃是**站在人類的立場看世界**，孔子的偉大乃在於站在世界性角度看世界。當然當時的世界不是今天的世界，不過當時，整個中國也就如同今天的整個世界，因當時整個中國分數十個國家，似如今之歐洲。**孔子面對這個世界，固然不離其魯國的立場，仍也超越了魯國的立場，經天下人類來審觀世界，提出主張。**

擁有自覺、時時學習，再以獨立精神通往喜悅之路

「學而時習之，不亦悅乎？」

整個人類的活動都關乎這個「時」字。我們今日看孔子，不只從今日的立場去看，亦當回到那個時代去看，我們才能更了解孔子、了解孔子提出「仁」字在中國學術上的重要性，甚至在今天的人類世界中的重要性。當西方「上帝」，因自然科學種種實證的要求、達爾文的進化論對人類演化的說明而動搖；及佛洛伊德從慾望的立場對人性的分析；商業價值對宗教道德價值的摧殘，帶來整個西方世界對人性善良的根本懷疑之際。孔子的「仁」，人性中與生俱來的自覺能力，即可為人類帶來一良心、良知的指導，對人類自身恢復起碼的自信。

人不會因上帝的隱去而淪亡——只要人不失去自我審視的能力，並能了解自身情感的需要。

沒有人不需要愛，不需要被肯定；沒有人不需要生命，不需要愉悅的生命。有此意義，人世間即能有是非、善惡的分野，即能建立其適當的、合乎人心、人情、人性的道德標準。同時也能從此基礎，建立真正有益於人類知識、學術等凡一切科學的活動，最後皆能用之於人類正面的建設，以增進人類的

幸福為依歸。

「學者，覺也。」學術的建立，即是一自覺的活動。人類從此自覺，建立知識、發展學術、提升文化、促進人類的進步。這一連串的活動即是一「時」、即是一「習」。

「習者，行也。」朱子說：「習，鳥數飛也。」即是如小鳥習飛，反覆練習。人類從個人，到群體，從自我的認識到整體文化的活動都是此一「習」的結果。我們面對此結果，進而從我們自身學習，時時學習，溫其故而知其新，了解人類的大進程、大方向，這不是一令人愉悅的事嗎？然後進一步再將我們所習得的智慧，隨時而習、而行，以求更深的體驗與心得，同時用之於正確得宜之處，這不又是一大喜悅嗎？

從此自覺的喜悅而生，進而建立自己的見識，從此見識，建立自信，肯定自己，不為外界一時的榮譽與褒貶而受寵、受辱，天地再動盪，內心自有一和平寧靜的世界。**如此的堅定自立，呈現了自己獨立的精神與風格，這就是所謂的「德」**。「德者，得也；得遂於心，表之於行。」這是個人獨立的表現，又是人類之所以為人類的天性之一，是人「堅持自身的存在，維護自身的存在」的自然又必然的表現。德性乃人性自身和實現。

《論語》：「德不孤，必有鄰。」在這個自我實現的過程中，人與人從自身、心靈的體驗裡，有了共同的經驗，引發人性內在的共鳴，相互肯定，甚至不遠千里而來，所謂「同道曰朋，同志曰友」，濟濟一堂，以文會友，以友輔仁，這不也是人生一件大樂事？一如今天大家肯來國學社，共同研討《論語》以及其他中國經典，甚而西方經典、人類思想，不也是一件快樂的事？

從我們內心說起，**《論語》既是論「道」之語，亦是論「心」之語**，是孔子與其弟子相與論道之語，亦是他們相與論心之語，朋友之交心心相印。師生之間即在亦師亦友、亦兄亦弟，或而父與子之間，此關係之釐訂，即在道、在心。人生能有此朋、此友、此兄此弟、此父此子，或一師生；不是一大快事嗎？今天有誰能超乎此情意之外，不要朋友或不要知己呢？

然而朋友、知己之相契於心固是一樂，人生際遇則又不可強求。從個人內心的自覺中，我們一天天成長，在整個學而時習之的過程中，我們一天天進步、深入，我們的知解見識，與生命意境愈來愈高。或有一天，只有極少數人能了解你，此極少數人又不易相遇，甚而無法在今生今世相遇，面對此孤寂，漠然的世界，你將何以自處？漢揚子雲放棄賦的寫作，而寫《法言》與《太玄》，人們看不懂，勸他放棄，他說：「後世復有揚子雲，必好此書。」宋歐陽修提《易經．繫辭傳》非孔子所著，人們也勸他放棄這種主張，他也如此答之。這是何等自信！現之於他們的生活，他們亦不失原有的愉悅與快樂。

「人不知而不慍，不亦君子乎？」這是從自信中來的生命境界。到此超乎一切世俗的榮辱，寵驚之外，安然獨立，而又不失原本的愉悅與快樂，心中無一絲慍怒與遺憾。這不就是一獨立自重的君子了嗎？君子所重在**人格的獨立與精神之自由**，惟其「人不知而不慍」方有此獨立與自由之可得，而這也就是一自我之完成，亦即是「仁」的完成。

「仁」從個人的自覺始，以至自我的完成止，其間乃一人格的逐步成長與完成。此人格兼含內、外。內，是內心；外，是外在世界，包括社會人群一切現實事物。我們如何調理得當，以求一均衡、和諧的內心，也經營出一均衡與和諧的生活世界，從中我們獲得真正生命的喜悅，享受到人間真正的愛與快樂。

孔子象徵人類理性的光輝

《論語》開宗明義即以「學而時習之，不亦悅乎？有朋自遠方來，不亦樂乎？人不知而不慍，不亦君子乎？」點出此人生之真諦。**而一部《論語》即以「仁」為中心，教人如何去獲得愛、理解學習、認識真正快樂的生活**。

畢竟人活著不能沒有愛、沒有學習、沒有生活。

國學即將此人類自始以來之消息，用今日人的認識與解釋傳達出來，而這即是中國文化的中心，也是不同於其他民族的原因。孔子當時將其整理、歸納，賦予新的意義，且用之教導人們，使之承先啟後，建立了中國學術，發展文化。

在人類有文化的活動中，各民族都有其偉大的民族英雄，或崇拜的偶像與權威，他們代表一種理想的人格或人生。透過這樣的理想，我們若欠缺一種自覺，則往往會硬性地把這理想的框架套在自己的脖子上，而將自己誤導到並不十分正確的自我成長的道路上，造成自我影像的幻滅與傷害。人世間的挫折、沮喪、自卑以至對外界的敵視、仇恨、攻擊，常常是來自自我影像的破滅。

因此一個人要有「心靈自覺」，透過這自覺，認識自己、接納自己、發掘自己潛藏的能力，而後建立自己，將自己帶入一個真實的人生之中。從這真理，我們將有一新生命之開始——人不再像動物受制於自然的規律，也不再受制於自己、社會的心理習慣；人從被動，轉向主動，進而參與人的命運，開創出新的天地；人因而擁有了自由，享受自由；擁有了獨立，享有獨立。

以致後世稱孔子為大成至聖先師，是以，孔子至今象徵的，乃是人類理性的光輝。

《大學》——也是大覺之道

*編按：本文節錄辛老師對《禮記．大學》篇的闡述，期勉青年可覺察自身，並懂得修身之道，走向自覺、自尊、自信的道路。

《禮記．大學》第四十二篇

大學之道，在明明德，在親民，在止於至善。

知止而後有定，定而後能靜，靜而後能安，安而後能慮，慮而後能得。

物有本末，事有終始。知所先後，則近道矣。

古之欲明明德於天下者，先治其國。欲治其國者，先齊其家。欲齊其家者，先修其身。欲修其身者，先正其心。欲正其心者，先誠其意。欲誠其意者，先致其知。致知在格物。

物格而後知至，知至而後意誠，意誠而後心正，心正而後身修，身修而後家齊，家齊而後國治，國治而後天下平。

自天子以至於庶人，壹是皆以修身為本。其本亂而末治者否矣。其所厚者薄，而其所薄者厚，未之有也。

中國古人好讀《大學》，什麼是「大學」？大學基本上是與當時的「小學」相對。小學大約是七、八歲入學，十五、六歲畢業。受灑掃，應對、進退、書數的基本訓練，而大學則是深造的地方，因而我們可說大學也是所謂的「大人之學」。

那什麼是「大人之學」呢？《易經》上所說：「大人者與天地合其德，與日月合其明，與四時合其序，與鬼神合其吉凶。」也就是大人當具備與天地一般能化生萬物的能力，並具有日月般光明磊落的心胸與智慧，同時能如四時般的明確和持之以恆，最後則與先祖們共存亡。這裡所謂的「大人」，其實指的是領導者，而一個人如能做到這種程度，他一定是個大徹大悟者，所以我們也可說：「大學者，大覺也。」「學者，覺也。」因此大學之道者，就是大覺之道也，而什麼是「大覺」？就是**徹底的覺悟之道**。

「大覺」之道，從認識、發現自我開始

「大學之道，在明明德，在親民，在止於至善。」

大覺之道？從什麼地方入手呢？從「明明德」入手。什麼是「明明德」？

「明明德」——用今天的話可說是**認識自我，發現自我**。「明明德」的第一個「明」字是動詞。第二個「明」是形容詞，形容這德是光明的。「明德」這兩個字合起來可解作人先天特有的能力。這個特有的能力，用孟子的話，就是「良知、良能」。

而什麼是「良知、良能」？良知就是先天的認知及做正確判斷的能力。像小孩子，當把牛奶放在他嘴邊，他就會咕嚕咕嚕地喝下去；到了一歲前後便會自己站起來，然後開始學習走路；跌倒了，也會自己爬起來。在這時小孩跌倒是不太會哭的。他們跌倒了，再站起來；再跌倒了，又站起來，他們可以反覆做好幾次，不知疲倦，這是人天生成長的能力。在此，「明明德」基本上就是去發現自我先天的秉賦與認知的判斷，這其中從發現自我，到認識自我，再到建立自我、肯定自我，是一連串自我成長的努力。

「在親民」。親民者，可說是「與民相親」。民，指人，也可擴大指整個「社會」。大學之道，第一，重要的在於如何發現自我、建立自我、肯定自我。同時，還要能與社會有著正面的互動關係，所以我們可以說：「『明明德』是建立個人，『親民』是與人、與社會相親近。」也就是如何在這兩者之間取得一個平衡點。

人要怎樣調整自己，使自己與社會間達到一個平衡的狀態？在這樣一個平衡的狀態中，逐步成長、發展，然後能夠停在一個最好的狀態上，這就是「止於至善」。

「止於至善」這裡有深刻的意思。譬如：今天建中進來的新生，在第一次月考中，可能沒有考好，至少不如初中時的成績。那怎麼辦？是不是想重新調整步伐出發，或者再想一想，檢查一下考試題目以及現在讀的課本，是不是和以前不太一樣；現在是否不能只靠背誦記憶，而是要理解、研究；是否需要把考試題目重新再做一遍，說不定會發現在應考的方向上要調整等等。這不能一味地責怪自己，也不能一味地責怪題目，同時還當了解建中乃是各方好手的聚集處，但也不能因此害怕膽怯。當一步一步調整、發掘自己的長處，解決自己的問題，逐步地走到最好的狀態，就在這一點上充分發展，這就叫做「止於至善」。在這探索中，就是大覺之道的重要過程。

能達成這樣的過程，並清楚知道什麼是「至善」，以求「止」之，這就先要求能「知止」，要能知道什麼時候該適可而止，這在中國學問上是重要的學問。

西方人一般說來，在追求不斷地前進。比如：經濟一定要不斷地、無止境地發展，他們認為這才是推動人類文明進步的原因，只是，這樣會不會導致將來人類物質的缺乏，以及地球資源的全面枯竭呢？今天這種消費經濟的全面發展中，其實有一個假設作為前提，即是人類的聰明是足以解決一切缺乏的物質資源，到時候人類的科學一定有辦法，但是如果沒有呢？這本來是一個很嚴肅的大問題。今天環保的興起，就是開始警覺到：如果不能無限取用呢？環保觀念就從「如果不能」開始。假如有一天人類發現人類所有的努力，其實是一種自殺的行為，跟鯨魚衝上海岸一樣，怎麼辦？環保說地球只有一個，物質是有限的，污染必須停止。在這個前提下，回看中國以往能使用這塊土地八千年，全世界只有中國在這塊土地上使用了七、八千年之後，仍然可以不斷生產養育十數億的人們。這是以往祖先們「知止」，知道「適可而止」的結果，中國以往耕種常是採「休耕制」，這裡耕，那裡就要休耕，並提倡節儉，他們是這樣地分配資源。

「知止而後有定，定而後能靜。」

中國人說我們當要能「知止」，而在日常生活裡，知止的重要性在哪裡呢？在我們「知止」了以後，心情就能「定」下來，也就是我們的情緒就能定下來。譬如你們要是考不好，要天天懊惱、焦慮呢？還是先接受，並進一步分析：「我剛考進來，一切還在適應中。現在這樣的成績，是什麼因素造成的？我應該檢查一下。」有了這樣的思考，並接受事實，這可說是一種「知止」。當你接受了，心自然就會定下來，就不會一味責備自己，不會焦慮、恐慌，待情緒「定」了，而後就能「靜」。**「靜」是指思慮澄清而安靜**，這是「靜」之意。

「靜而後能安，安而後能慮。」

思慮靜了，人的全身自然就能緩和舒泰下來。這個「安」就是指身體的鬆緩，心理的舒展，當人全身放鬆，不會緊張，身心自然舒泰了，人在舒泰從容的狀態下自然就能「慮」。

「慮而後能得。」

「慮」是什麼？「慮」是深沉的思考，就是能做深沉的思考。舉剛才的例子：考試為什麼會考不好，那是要去試著做分析的，並找出它的問題與因素，人能夠做深沉的思考，才會真正找到答案這個「得」，就是找到真正的答案，也就是真正的「心得」、「收穫」，與正確的答案。

我們可說這是一種向內的探索，也是找尋自我的方式。這種內在的探索，其實就是我們平日所說的「反省」，也就是我們通常講的「內省」。換言之尋找自我必須透過「內省」、「反省」的過程，「反省」最重要的目的是要尋出真相並讓自己的情緒能穩定。

在你們這個十五到十八、十六到二十歲的年齡，情緒特別容易波動，因為這是生命最激烈的成長時期，任何人的一生在這階段都容易有情緒，而我們成長真正最大的困擾與阻礙我們前進的力量，其實也就是「情緒」。目前市面上有一本書《EQ》很有名，是暢銷書，它就是講應當如何調節我們自己的情緒。它說：「一個人人生最大的成就在於你能不能掌握自己的情緒，調整自己的情緒。」前面我們曾經說過，你們今天參加聯考能考得好成績，很重要的是你們在平日的時間內，至少在考試的時間內，能掌握自己的情緒，然後不失常，考出了水準。而這乃是從小不受情緒的影響，能靜下來讀書所致。你們基本上都是能專心、定靜安慮下來的人，你們自小到現在有了最好的基本訓練，因此遇到考試，你立刻就能定靜下來，**「定靜」乃是人生不得了的財富**。

以「定靜」面對挑戰

記得我以前在建中擔任高三老師及導師，每年升學率都極高。許多人認為這或許是有考試的訣竅，其實當時也就是讓高三同學心情安定，專心而已，而我用的方法即是這篇「大學之道」。而後這些升上大學的同學，大多一路順風，因他們學會此「定靜」的方法，許多人之所以失敗，即遇到關鍵時刻慌了手腳，而人一旦建立真正的自我，就都是能接受挑戰的。在接受挑戰中思慮仍能夠沉靜，如此身心就能舒泰從容；身心越舒泰從容就能真正去深思熟慮，這裡「思慮」代表深沉的思考，即能做精細客觀的分析，然後看出狀況，如此自然就有答案。

「物有本末，事有終始，知所先後，則近道矣！」

這是說**透過知識的學習**，例如：我們學物理學、學化學，甚至學生物，**可以看到這種自然、宇宙中，有一定的秩序**。

「物有本末」，「物」，是指客觀世界，即是在客觀世界的知識學習中，我們可以看到事物的本末。「本」，可說是「開始」，說是「根本」；「末」，是指發展，就是從這裡我們可以學習了解到一切事物必有它開始與發展的程序，以此來幫助自己做分析事理的憑藉，也可以用來了解「自我」的依據。

而「事有終始」，「終始」也同樣是一種秩序。任何事情，有開始有結尾，換句話說，就是有段落、有階段，也是連綿不絕的。

「知所先後」，我們能夠知道這種先後的秩序；「則近道矣」，那麼我們就能夠接近大覺之道了。

這裡一個說的是內在自我的反省，一個說的是外在客觀世界正確的了解，內外相合即是「大覺」

之道的方法了。

「古之欲明明德於天下者，先治其國。」

中國古代歷史中的聖王，他們之所以建立理想的社會與國家，都是先使天下的老百姓自覺，以提升人民素質。注意：「明明德於天下者」是要使老百姓建立自我、能自覺、有尊嚴，這是中國政治的理想，也是中國教育的理想，即是使天下老百姓能自覺、有尊嚴、有自尊，以此提高全民的素質。只是要依程序達成這個理想，是一定先把自身國家人民的素質提高。

古人說「治」是「水平曰治」即把水弄平了，沒有洪水，就叫做「治」。換言之也就是能讓全國老百姓沒有不滿的情緒，古人說「不平則怨」，而此是沒有了不平，這在乎行政的超然與公平，而要達成這結果，則要「先治其國」，就是得先懂得人性所需。

「欲治其國者，先齊其家。」

治國從哪裡開始呢？先從家裡開始——「先齊其家」，得先要懂得家裡人們的供給需要或情感所需。這個「齊」字——即是使家人的步調一致、情感一致，有共同的認同，在這裡就是建立「同理心」。譬如做父母的能了解孩子的感情與感受，而不是一味責備或要求，否則就是上下不通情。如果做一個領袖上下不通情，則絕對不能了解社會人民的心，就容易把自己的意識強加在別人身上，這就會有不平，所以要先「齊家」，先要能夠在家中培養出「同理心」，懂得家裡的人的不同需要、不同感受。並做適當、正確的處理；或能尊重家人不同的需要與感受，使家中每一個個體，都能安心，這就要「齊其家」。所以「齊家」是建立「同理心」，能體諒別人，是「親民」之始。

「欲齊其家者，先修其身。」

而要達成「齊其家」，則先要有能力「修其身」，「修」就是調整，調整自己的身體行為，這個調整自己的身體行為是很重要的。例如：晚上十二點了，頭有點暈了，自己的身體已很疲累了，但卻不想去睡覺，或說：「我現在捨不得睡，現在好安靜！這正是讀書的時候，我要撐下去。」結果長期下來，使得自己睡眠不足，身體受到傷害。因此這種「修其身」的能力——是能聽從自己身體的指示，累了就去休息，餓了就去吃飯，該動就去運動，就是聽從身體的需要，做最正確、最有益身心發展的活動。要知道，人們很多疾病，就是不聽從身體的需要而導致的結果。

「欲修其身者，先正其心。」

而聽從身體的需要：知道自己累了、餓了、冷了等等，是懂得珍惜保重自己，而要達成這一點當先「正其心」，即要能夠有能力調整自己的「感覺」與「成長」。這個「正心」即要能協調平衡自己的感覺，這個「正」作動詞，有端正的意思，即端正到自己有正確的感覺與認知。像有的時候覺得自己好餓，其實並不餓，有的時候明明吃飽了，但覺得還沒有吃飽，看到好吃的，又刺激了食慾，大吃一頓。當然你們這種年齡容易有這種狀況，因為正在長大，不過能不能試著調整自己的感覺使之正確，並做出正確的解釋與正確的認知。

「欲正其心者，先誠其意。」

而要能「正其心」，便先要「誠其意」，「誠意」便是很真實地面對自己的需要；如自己現在很睏了，或現在很害怕、很脆弱……但我們能很誠實地面對，面對這些內在深層的問題，並學習接受真實的自己，因為能這樣，人才有真正的力量與勇氣。「誠意」簡單地說，便是接納、接受自己，不要逃避，就像許多人常常會問說：「老師，我的缺點是什麼？請您告訴我。」固然，你們在這年齡中，在做自我的調整，但是，從另外一個角度而言，你們害怕自己有缺點也有必要，因為當你們能夠接受自己的時候，你們才真的有勇氣，才真的有力量，才真的不會害怕，才真的開始建立自信。

「欲誠其意者，先致其知。」

「誠意」必須先怎樣呢？必須先「致其知」，也就是說要能真正發展自己內省的力量：也是自己先天認知的能力，也就是我們剛才講的，你要能夠有能力面對並客觀地認識自己，以及自己所看到的事實。有如你看到自己的成績這次只有五十分，這不要害怕，不要說：「是不是我眼睛看錯了，明明是八十分，怎麼會少了三十分呢？」同樣也不要說：「國學社的老師說不要害怕，好，那我現在不怕了，我絕對不怕了。」其實心裡還是很害怕。而是能知道自己害怕，並且自己從來沒有拿過這樣的成績，真難為情，待難過完了以後，喘口氣，能仔細分析、探討，看看問題出在哪裡，不尋找任何不正確的藉口，這叫做「致其知」，「致」是「達到」的意思。「其」是指「自己」。

客觀看待真實、認知世界

「致知在格物。」

而要「致其知」呢？就要先「格物」，也就是說致其知最好是從什麼地方訓練起呢？其實，你們已經有很好的訓練了。你們學物理、學化學、學生物、學各種科學知識，甚至文學、歷史等等，用這些就是去幫著你們看到這個世界的秩序，藉著看到世界秩序的訓練，回過頭來，用同樣看到這個世界的客觀方式，來看自己，因為自己也是這個世界的一部分，我們也可用這客觀的方式看看自己。例如我只有三十六公斤重，但卻有一百七十八公分高，是瘦了一點，這就是一個客觀看待的事實了。在這樣的狀況當中，當我們真的能夠認識客觀世界的真實狀態，也就能夠有能力面對事實，去認知自己與世界。

「物格而後知至，知至而後意誠，意誠而後心正，心正而後身修，身修而後家齊，家齊而後國治，國治而後天下平。」

接著「大學」說「物格而後知至」，也就是說**等到我們真能夠客觀真實地看待世界，自然能客觀地面對自己**，當我們真能夠真正認識自己、接納自己，我們就能很清楚地看到，我們的「心」在哪裡，即內在真正的感覺。「知至而後意誠」，現在心理學上有句話——學習「傾聽你內在的聲音」，即是去真正知道自己的心，如此才能跟著感覺走，因為，通常那種內在的聲音，是我們最深層的感覺，常是我們最正確的指標，是指導我們走上成功之路的起點或動力。如此「心正而後身修」，有能力調整自己內在的感覺以求正確，自然有能力調整外在的行為活動。「身修而後家齊」，等到能夠調整自己的行為，就自然會知道每個人的個別需要，自然能尊重每個人的需要或獨特的需求，使全家能夠共同滿足在各自的需要上。「家齊而後國治」，如此，你才能夠以此經驗「治國」；「國治而後天下平」，並以治國的經驗幫助全天下人民，走向自覺、自尊、自信的道路。

今天這樣一個開放的世界，我想我們更應該讓全民自覺、自尊、自信才對。

兩千三百年前的EQ理論——《中庸》

*編按：辛老師提出《中庸》乃用衷、用情之道，更是一種愛的方法。而人的情感亦是生命的中心，為經典珍貴的寓意。

當人們來到美國首都華盛頓時，只要略加注意，一定會發現它與全世界的首都相對的特殊之處，今要跟同學談談我的歐美觀察，再來談《中庸》。

目前中共建都北京。北京建城而成為國家的重要城市，你們猜猜，有多少年了？我想你們會嚇一跳，它幾乎是世界最古老的都市之一——三千零三十四年，北京成為邦國的首都已有三千零三十四年。

今天去北京，看到北京的建設很氣派，是有國際都市的氣息，只是絕對看不出已有上千年的歷史。我們去巴黎，卻一看就知道它已經有數百年，我們走在巴黎的大街小巷，會感覺到歲月歷史的光輝，可是我們走到北京城，會覺得它像是一個全新的都市。這不是說一定要保留舊的，重要的是，當我們去巴黎，從他們的都市景觀中發覺，現代法國人，何以會以藝術的創造和文化的關懷作為他們的立國情懷、立國情思。再到英國去看倫敦，倫敦都市景觀亂一點，沒有巴黎的規整，它比較新舊雜陳。法國則是舊區全部保留，新都會則在另一區，不過英國雖有點亂，但在英國，你仍可以感受到他們強調的是理性，這理性來自於他們的歷史，甚至若到了劍橋或牛津，人們可能會不捨離去，因那種校園之美，似乎可以把知識的芬芳透過建築物傳遞。

當我們到了華盛頓，你就會看到，在美國最輝煌的建築物跟歐洲不同。歐洲最輝煌的建築物是教堂、是皇宮，可是在美國呢？它最輝煌的是圖書館，任何地區最漂亮的都是圖書館，所以我們常看到他們的國會圖書館的圖像。在華盛頓從國會圖書館有一條筆直的大道直通出來，通到他們開國領袖紀念館。不過其中有兩位並非開國領袖，這紀念館中有傑弗遜、布蘭克林……還包括林肯，甚至甘迺迪。甘迺迪是位近代總統，在事務性工作上，他不是一位能幹的總統，但是閱讀甘迺迪的言論集，他的文章中充滿了對現代美國的理想。此外，大馬路的兩旁都是大博物館，有美國歷史博物館、自然科學博物館，每個博物館多半是免費的，參觀一個博物館大約要兩個禮拜左右。

作為一般政治中心的白宮在哪裡？白宮在這大馬路旁邊的一個較小的路上，說來不甚起眼。這強調什麼？就是「知識」。美國人重視知識，一般說來，他們建立一個新社區，大約二十五戶人家就得設置一個圖書館，他們服膺英國大哲學家培根所說的「知識就是力量」，甚至是蘇格拉底說的「知識就是智慧」。最近大賣座的美國電影，史匹柏拍的《搶救雷恩大兵》，在整部電影情節鋪陳的過程中，一方面是人類對生命價值的探索，此外也是一個探索生命的旅程，結尾負責救援的上尉，告訴被救援的雷恩：「你必須活下去。」以此肯定生命的價值，其實救援過程也展現上尉智慧的運用，電影中展現的不是英雄，而是「智者」，解決難題的智者，賦予事物新意義的智者。看了這部電影，覺得美國人較往日成熟，對生命似乎開始反省，並且也透閃著知識、理性的重要性。

人一旦能反省，重視人的知性，發揮人的理性，人就能重啟自身的命運，並使人從只是服從生物的本能、遵守自然的規律的角色，轉變為主動的創造者和規劃者，而這才能有真正的成就。

調整情感的能力

世界上許多有成就者，據了解，其ＩＱ不完全一致，但大多ＥＱ卻都非常高。而ＥＱ就是自我調整情緒的能力，並把知性、理性發揮到最高層次的能力。人類兩千三百年前的ＥＱ理論，大約以《中庸》最具代表性。

古典的西方哲學中，他們最重要要談的是宇宙的問題、知識的問題，很少談「人」，特別是具體的「人」的問題。他們甚至認為人的感情是非理性的部分，是人痛苦、混亂的根源，但《中庸》裡則透過人的自我認識，然後來說明情感的調理，並依此作為生命和宇宙秩序的依據。

大概在當時的世界沒有這麼主張的，就如蘇格拉底。他被西方公認為哲學之父，他談到愛，其中重要則是對知識的愛，也因為他認為人的生命最重要表現，在於對知識的追求，所以才會有 Philosophy 這個詞出來。哲學是兩個字合起來的，即 Philos 動詞就是愛，Sophia 就是智或知，可以作為知識和智慧解。蘇格拉底把人提升到對知識的熱愛追求中，也就是要強化人的理性，或者談人的理智。在蘇格拉底年代的希臘人，覺得人的情感是非理性的，既是非理性的就是混亂，既是混亂的就有危機，從蘇格拉底及亞里斯多德的作品中，我們都可以看到他們把人的情感排除，亞里斯多德說人是「理智的動物」，要人用理智面對世界。西方人認為──理智和感情基本上是對立的，這後來也構成西方文學上像莎士比亞戲劇中悲劇的最大衝突──自我、理性、情感的對立，然後產生衝突後的結果，你們從這個角度去讀莎翁的悲劇，很容易抓到莎士比亞戲劇的重要核心。至於基督教的愛是指上帝的愛，不是人的愛，人的愛也同樣是危險的。

我們看到所有古老的文化中，很少有肯定人的感情是生命發展的中心，這是第一點。第二，也沒人說明人可以將感情提升為高度理性。所以《中庸》大概是人類在兩千三百年前唯一的一篇，這麼清楚直接，說明**感情是生命的中心，同時是一切生命發展的動力**，並且認為感情與理性是一體的，而不是對立的，不但如此，還說當我們有能力調整我們的感情，這就是世界新希望的開始，同時也是人類文化的開始，今天就從這麼一篇文章說起。

大家有沒有注意到最近一則社會慘案？一個男孩子殺了他的父母，他計畫了一年，砍了他的父母各五十多刀，只因他父母以往太溺愛他，甚至在他十八歲時就買了上百萬的名牌跑車作為生日禮物，後來因父母看他太過揮霍，不想再給他太多的金錢，讓他覺得不能在他的朋友中做老大，於是他開始計畫殺掉他的父母。

今天搭計程車來學校時，計程車司機發現我是老師，就跟我談起這個新聞。計程車司機聽說我要到建中，馬上就問：「建中的學生好教吧！」我說好教，司機又說：「我想建中的孩子是比較好教的，現在的孩子，他們到底在想什麼？我們現在做父母的都好害怕，怕睡夢中就被砍死了。」一路上他跟我談這件慘案，問我對這件事有什麼看法，我說這孩子的表現當然可怕，他應該要負法律的責任，但是他的父母其實是直接造成這個悲劇的根本原因。

他問為什麼？我說：一般來說，人基本上是一個生物、一個動物，而人不同於動物的是，隨著本能的發展，人的自我意識也會隨著發展。在自我意識的平衡下，本能的發展會受到社會性規則的節制，這就如佛洛伊德所說的，人有本能的我，而當「本我」受阻，逐漸發展「自我」——Ego，當有了 Ego 以後就能在人的本能衝動與 Super Ego——超我（理想的我）尋求協調與平衡。這即是說人一生出來，基本上是一個動物，而動物是依照本能存活的，這個依本能存活的原則又稱為快樂原則。

所謂的快樂原則，是建立在本能欲望的滿足下，所以你們看一歲以前的小孩看什麼就拿什麼，這不能說是自私的行為。有的拿了就往自己的嘴裡送，此外，他餓了就哭，吃飽了就快樂，不過有時，他拿了不能拿的東西，往嘴裡送，大人不准，他就哭，他的快樂被打斷了。當這快樂原則受阻時也就是他學習自我控制的時候，而在本我逐漸收斂中，就自然發展出一個所謂的「自我」，這是與外在世界分別的一種意識，而「不能拿這個！」「不能拿那個！」其實強化了我與外在世界的分別，自我的意識是在這種強化中建立，在這個「自我的意識」逐漸形成之後，才會有人與我之間的分別觀、分別意識。當在這種情況下，人才開始去認識人所生存的環境，所以為什麼以往認為一定要管教孩子，不能溺愛的原因，就是因任何一個被溺愛的孩子，他多半只停留在一種快樂原則的本能滿足上，而自我的建構不完整、不強，如此控制自己本能衝動的能力也不強。這樣的情況，他近乎是個動物。

我想這對被孩子謀殺的父母，他們可能非常放縱且溺愛這個孩子，如此一路到十多歲，所以這個孩子實際上還沒有真正發展成為一個人，他始終停留在一個動物本能的滿足要求上：他的分辨力非常弱，自我與世界的分別力也非常弱；此外，他的父母一定相當忙，根本沒有時間陪他，因此始終給他金錢上的滿足，讓他以為這就是愛。他並未意識到父母和他之間會有真正的愛存在，而只有金錢的存在，再說很可能這孩子從小並不是被父母帶大的，所以對他父母沒有相互依存的一種親情。在這種情況下，父母只成了生存資源的提供者，等到一旦切斷了這個資源，他自然就像一頭野獸，為了自我的生存而掙扎，進而就會想要滅除阻擋他生存、活下去的障礙。基本上這個悲劇的根源，很可能是來自他的父母對待他的方式，當然這問題還可以再深入到他的父母何以喪失了正確對待孩子的能力？當然我們可以這麼說，所謂「他之所以喪失」那是因為他對「愛」失去了正確的理解，以為金錢可以替換愛。

「愛人」是需要學習的

如果確實是這樣，我們可以看到，當我們不懂得什麼是「愛」的時候，當人不能處理有關「愛」的問題時，人容易陷入混亂的狀態，但人天生就有愛、就需要愛，只是人不是天生會愛，即知道愛人的方法。

愛是出於本能，「會愛」是一種能力，是出於教育或學習，所以這個事件充分透露台灣教育中，從家庭教育到社會教育，沒有提供對愛的學習及理解的機會。什麼是「會愛」呢？很重要的一點是「愛的適當」，什麼是「愛的適當」？基本上就是讓被愛的人，因愛而成長得更好，就像種花，可以讓花開得更為美好；種樹，可以讓樹長得更好，直言之，因愛而讓被愛者滋長，這即是「愛的適當」。孔子說「仁」、「仁者，愛人」，怎麼個愛法？他說：「己所不欲，勿施於人。」為什麼要說得這麼寬？有人問孔子為什麼不直接說「己之所欲，施之於人」？今天有很多廣告詞：「愛，難道錯了嗎？」「愛是神聖的，我愛她難道錯了嗎？」

我們可以說愛本身沒有錯，但是愛的方法可能錯了，所謂的愛，為什麼不說：「己之所欲，施之於人。」因為愛本身很重要的一點，也是孔子在《論語》裡特別提出，愛的對象是「人」，不是動物、不是物。而人有自身的需要，有他自身生命的發展狀況。在這裡基本上孔子首先提出人不同於動物，尤其是每一個人都是一個個體、特殊的個體，我們對於每一個不同人的愛，是不能從一般性上講，但人常用一種單一方式的愛來表達愛，譬如人在戀愛的時候，背後常是強大的原生殖在推動。那種生命衝動所帶出來的，渴望和自己所愛的人親密結合而展現出來的常是占有性的衝動，如果人沒有自我的提升，以高度清醒的意識去省視，說不定會把所愛的人嚇跑。因為人很容易在此時全天緊盯著愛人，每天都去關注他在不在，一刻都不能離開，或因為愛，醋意很大、妒忌很大。而「己所不欲，勿施於人」這句話，其實指的是「愛」的真正開始階段，怎麼說呢？譬如我知道自己有不喜歡的事，沒辦法承受一些東西，推而想及，你也可能會有，因為你也是人，跟我是同類的。如此之下，我就要先問問你，你有什麼東西不要、不喜歡？至少我知道我有不要的，所以我不要把我不喜歡的推給你，我要先問你，你要什麼？

在這當中，所謂真正的愛，就是從對別人尊重，與體貼別人需要開始，所以提出「己所不欲，勿施於人」，這點如何能得知呢？在《論語》中，孔子學生曾子以「忠」和「恕」解孔子的話。他先問什麼是忠？忠就是「盡己」，就是從自身的體驗、自身的經歷去先認識你自己，哪些東西是自己不喜歡的，哪些東西是自己喜歡、渴望的，你對自己要能夠很清楚地認識，如此以為根據再「推己」去了解別人，如此自然能夠在強烈衝動的熱情下，保持某種適當的距離，即是對愛人的尊重。換句話說，一個適當的愛，得從一種適當的尊重中開始，所以適當的愛不是黏在一起，反而是在適當的距離中相互尊重，雙方才能夠共同成長相伴。

《中庸》傳說出於子思，不過我們不確定是否即為子思，根據整個《中庸》的經文，它大約的成書年代，是在秦強盛之時，甚至於很可能是在秦統一天下之後，因為它最後有行同倫、車同軌，且有西邊的地名，而孔子是山東人，他沒跑到那麼遠過，孔子最遠只到過今天的河南附近，而它講的是陝西、山西的附近，所以《中庸》成書在後，不會是孔子、子思時，但思想或是子思這一派傳下來的，可能是子思學派的。孔子死後，儒家分八派，子思是其中的一派，而子思這一派，似乎是重視人的感情。《中庸》裡我們可以清楚地看到他偏重感情的討論，所以到了宋代，朱子在做考據的時候，因為沒有新的證據，沒有充分的證據證明不是他所寫的，所以他說根據傳說、尊重傳統，仍然說它推論可能就是子思所寫，只是這本書中，所談到的情感問題，其實比孔子那個時候進了一步，他認為人的感情基本上是生命的中心。這不只比孔子進了一步，在全世界也是少有的。

在世界古典哲學或宗教當中，幾乎沒有如此書所言說感情是生命的中心，因大多數宗教與哲學都認為感情是一種非理性且具有危險性的東西，不僅如此，進而還成為宇宙的中心，這即是《中庸》的特色。

在這裡我們問什麼是中庸？古來都說「庸者，用也」，指日常生活之所用，或問為什麼不直接用這個「用」字而用「庸」呢？因為是強調日常生活所用之故。日常就是指日常生活，那什麼是「中」呢？古來都說不偏不倚謂之「中」，這其實是宋儒程頤所說的，但是有一個問題，怎麼樣才是「不偏不倚」呢？你們將來讀中國書，要懂得在這個部分用心。宋儒在講這個問題的時候，他的「不偏不倚」說法之前已有一個前提，那個前提已設在四書五經之中了。換句話說，古人一定都讀過四書五經，讀過四書五經以後，就知道他所說的「不偏不倚」是擱在什麼地方？即是在孔子所說的「仁」字上。此外，「中」還有另一個意思，「中」可以通這個「衷」，這個「衷」是什麼？心之中，心之中的什麼？情也，所以「中庸者，情之用也」，我們也可以說：「**中庸者，用衷之道也，及用情之道也**。」即是用情之道用到不偏不倚，恰到好處之意，也即是在日常、日用生活之間，我們的情感都能恰到好處。換句話說，能如此者是什麼？能如此者就是能自我調節者，所以中庸者，情用也；情用者，用情之道也，我們如何證明這說法正確？這篇文章的經文中有「喜怒哀樂之未發謂之中」，這喜怒哀樂即是說「情」。

靠自覺擺脫命運的支配

《中庸》一開頭講「天命之謂性」，這個天指的是「自然」，要注意中國人講的「天」多是指自然，從文言文的文字中也可以看到中國文化的特色。你們看這個「天」是怎麼寫的，一個「大」，上面這一筆就是天。你們知道大的本義是什麼嗎？（胡適之等人他們在新文化運動、白話文學運動上，從事現代教育的改革成就很大，但忽略了中國的語文是具有特質的，它跟西方的語文不同。西方語言是複音字，可以由拼音字母組成構成；學語文基本從說話開始，所以西方的語言學，語言與文字幾乎是一致的，中國則是單音語系，文字是象形字，語言與文字是分開的，語言和文字雖然有關聯卻又是兩個系統，當時他們似乎忽略這點。白話文學運動的教育中，強調語言教育而未重視文字的學習，而中國人在學習思想的時候，常是從學習文字結構中開始，而後才能用中文作精確的思考，而現代化的建立，精確的思考是必備的，沒有文字結構的訓練，不易學習用中文來精確的思考。）

我們看《說文解字》中對「大」的字形，是人伸展手腳站開來，而《說文解字》中很多從「人」旁的字。人是跟中國人關係最深的字；此外以「牛」字旁的字也滿多的。這是因為中國人是以牛耕作的農業社會。我們可從中國文字結構中看到中國人的心理意識、價值觀。從「人」字的多少可知，中國人肯定「人」、「大」！就是人張開，也就是天地中心以人為大，如此人的上面加一筆就是指天，所以天者——顛也，指人頭頂上的那個東西，以之為天。所以這個天基本上不是指神，而是指自然，沒有什麼神話。「命」是什麼？命者，令也。「命」、「令」，基本是同義，但是「命」與「令」又不同，「命」

是賦予而不可違抗者，也可說是不可違離的賦予，此之為命；「令」是還可以違離的。請問在座的各位是經過自己選擇以後出生的？上帝有沒有跟你商量？送子觀音有沒有跟你商量？我們就已經誕生了。

「天命之謂性」，就是上天所自然賦予的，我們是無可違抗，而這種「天生」即是性。天命是一個總稱，然後下面其實像是填空的空格，準備填天命所賦予，而不可違離的東西。「之謂」解為「就是」，不解作「稱謂」而作「就是」解，全句即解作上天賦予的就是性（天性）。

「率性之謂道」，「率」是遵循的意思。我們無可違抗的必須遵循這種天性——天命之性，就是人生、生命發展的道路、法則了。「道」，生命發展的必然道路，是無可違離的，如人的成長是無可違離的，生物離不開空氣而活，這都是先天性的命定，人無可違抗或違離。這裡延伸出的問題是：人有沒有自由的可能？人的命運有沒有自己可以創造的部分？這裡包含著人類命運、以及人類自由意志的問題；同時人類是否參與自身命運的創造？這三個問題隱藏在這兩句話的底下，也是人類共有的問題。

西方的悲劇就是建立在「天命之謂性，率性之謂道」，這無可違離之處。在古希臘的神話中，宇宙就是一個最大的規律（logos），即使神都沒有辦法解決，所以你們看希臘神話中的很多英雄非死不可，甚至於神去挽救都沒有辦法挽救。記不記得荷馬史詩中有一個偉大的英雄，當他出生的時候，就注定會戰死，於是眾神解救他，把他浸進不死之河以保護他。卻忘記他的腳跟並沒有浸到不死之水，後來敵人射中他的腳跟，他仍不脫命運的支配。命運是一個大的自然規律（logos），人類無可違抗。人面對那個logos直接被安排進入既定的命運中，所以它像一個大機器，不論好壞統統輾進去，這就像進化論中所說的「物競天擇」，但不是「優勝劣敗」，因敗者不一定劣，如被毀滅的恐龍種族，而能生存下來的蟑螂本身特質則不見得優於恐龍。西方的悲劇精神，就是說明生命的無奈、人的無奈，在天地一致的規律下，英雄的無奈、偉人的無奈，以至於人的無奈。

而《中庸》裡的「修道之謂教」，就是人面對這種命定的命運和被規範的生命，透過自覺的過程可加以調整。「修」是調整的意思，換句話說，人被命定是先天、天性的部分，但在天性構成生命發展的道路上，則是可以調整的，而這被調整的部分或樞紐，則在構成生命的道路上。

中庸即指這構成生命道路的部分，即在心，在情，所以說「喜怒哀樂之未發，謂之中」。這裡的「喜」、「怒」、「哀」、「樂」就是「情」，也指的是「愛」，此是先天之性，是人的生命中心，是人之所以為人的天性所在，只要是人不可違離、無法抵抗，而其深藏於「中」，人之內在，所以「中」在此有「深藏於中」、「深藏於衷」之意，也是直指於「心」、於「情」。「發而皆中節」，重要的是，每當情之發，將使其中節——恰到其處，不偏不倚，使之真正合乎愛，適當的愛，而這就是「生生」，就是「仁」。

其實《中庸》就是找尋「去愛」——適當的愛的方法，是兩千三百年前人類最早的一篇ＥＱ理論。今天因時間關係暫時講到這裡，下一堂再繼續，也請在座同學不妨思考一下，什麼又是愛？什麼是適當的愛？

要知道人人皆有愛，但愛是一種能力，懂得愛的能力，知道如何拿捏愛的適當，也就是因愛而給別人、給自己、給周遭、以至於給社會帶來一種生機，亦是一種藝術與創造。

從人生的情意看中國文化——《中庸》

＊編按：文中節錄辛老師對《中庸》的闡釋，期勉青年擁有和平、和諧的內心世界，了解「和諧與均衡」的生命大道。

天命之謂性，率性之謂道，修道之謂教。道也者，不可須臾離也；可離非道也。是故君子戒慎乎其所不睹，恐懼乎其所不聞。莫見乎隱，莫顯乎微，故君子慎其獨也。喜怒哀樂之未發，謂之中；發而皆中節，謂之和；中也者，天下之大本也；和也者，天下之達道也。致中和，天地位焉，萬物育焉。——《中庸》

所謂的「中庸」，就是用中之道。

用中之道，就是在日用之間，在日常生活的日用間，一切都能恰到好處之意，實際上《中庸》這本書，強調在「行」，在實際的日常生活中，如何達到恰到好處。當然，行是離不開知的，任何一個人行為的背後，都有一個觀念，一份心意，在不知不覺中成為我們的指導，所以，它要從這一個內在之知，而講到外在之行，以達到知行合一的地步，而知、行的合一，也就是我們內、外的一致（內是指我們的心，外是指我們的行），這叫做用中之道，也就是「中庸」。

「天命之謂性，率性之謂道。」

「中」，是恰到好處的意思；「庸」，用也。這本書從自然所賦予我們的個性開始講起，它說，上天所賦予我們的，就是個性；根據這個個性而生活著的，就是生存之道；而調整這份生存之道，使我們能達於中庸之境界，能夠平衡我們自己，能夠使我們和諧，不僅是使我們內外的一致，而且能和諧地處於這人世之中，這就是教育的開始。

接下來，補充一點，今天我們教育最大的問題是什麼？最大的問題在於認為只有在學校裡有教育，只在某一階段才需要。譬如，你們從小進幼稚園，開始接受教育，而後到大學畢業、進研究所拿到博士學位；或者說，到二十五歲，或三十歲之前，我們都有可受教育的階段，此外，就可不必受制式教育了，以至於很多人以為大學畢業後，就可不必再受教育，而不知所謂的教育乃是整個人生的活動，是在調整我們內心的世界和外在的行為，使之趨於一致與和諧，不僅如此，整個國家、社會在基本上其背後，從政治、經濟、法律、社會，甚至於軍事，都該是教育的活動。這個教育，就是要隨時隨地提醒我們，能夠和人和諧相處，同時也能夠跟自己和諧相處，而事實上，這是一種廣義的教育，也就是文化的活動。

中國的文化活動放在禮樂之中，事實上，是就教育的觀點來處理人生的事物，也是一個最高的教育理論。

化解紛爭要靠教育

今天你們在建中受教育，但教育並不僅限於建中，將來你們還要進大學，大學畢業後，你們還要為人父母，仍得受教育。教育是人一生的事情，甚至於是全國、全民族、全人類的事情；我們如何讓人世間，盡可能地減少衝突、摩擦，以至於消滅國與國之間的戰爭，這都要靠教育。比如像現在中東戰爭、黎巴嫩戰爭，這種基督教和回教、以色列和阿拉伯之間的仇恨，都是要靠教育的力量來化解，而不是靠武力、軍事的威脅，這是我們中國人的觀點。所以說：「修道之謂教。」調整這種自然的生存之道，就是教育的開始，這是中國文化的重心，這是中國文化精神之所在。

中國能生存於這一世界，歷五千年而不倒，基本上就是因為有這一觀念與看法。你們可參看錢賓四先生的《中國歷史精神》，可得一更清晰的輪廓，別小看這本書，它可說是一本治國之大綱呢！

接下來，它告訴我們，什麼是「道」。屬於「道」的部分，是屬於自然的部分，是上天賦予我們，而我們無法拒絕的。譬如你為什麼長成這個模樣，為什麼會有這種個性，為什麼會與眾不同。前幾天，我在校園內遇到你們一個台大大四的學長，他走在林蔭道上，突然回想起自己在建中高一、高二、高三的情景，心裡非常感動，突然又想起自己在高一曾愛上了一位北一女的女孩，通信了三年，因為高三功課重，書信也就少了，而後各自考上了不同的大學，到了大學，又結交新的女朋友。這四年來，他一直沒回建中，這次因看書展回到建中，忽然想起那段年輕而青春的歲月；回家後，他再看看以前那個女孩寫給他的信，想從這些信中，重新認識那個當年的自己。而在幾天前，他碰到我時，提起這件事，他說他很高興回顧自己，原來從小到大都有與眾不同的個性；他很得意自己直到今天，也沒有為這個個性而後悔，他說，往後將更發揮他的特性，使之更圓滿，更有包容性；同時，使之更有獨立性，更具自主性，而這個「性」就是老天爺給你的。

幾天前，我去看圖書館校內書展，碰巧遇見幾位班上的學生，他們要我為他們介紹書籍，我從語文類開始介紹，沿著一個書架、一個書架地走，我先看一遍，然後從中挑出值得看、值得介紹的書，或是從中能看到整個世界、台灣，具有代表性的書。後來，走到了小說部分。我說，西方的小說一直圍繞著一個問題，就是命運。關於命運的問題在希臘時期，是由天神決定的；而到了莎士比亞，這個命運問題變成是個性決定的。到十八、十九世紀間，社會學興起，便說命運是社會決定的；再往下到了十九世紀中葉，沒變寬，便說是由遺傳決定的，個人沒有力量去決定這些事情，因此，人注定是不幸的悲劇。

西洋小說或文學，其精神之所在，在不同的故事裡，表現出這種命運觀。而中國人也說，上天賦予我們某些東西，是我們無法違抗的；這些正是構成我們之所以是我們的因素。不過中國人還有另一種看法，不像西方人那麼悲觀。

當時我從書架上拿起一本書，書名是《決定論與自由意志》，因我尚未讀，所以沒介紹給他們。西方哲學上一個極重要的問題：人是被決定的呢？還是人有其自由意志？西方基本上都徘徊在這兩點之間。有人堅決主張，人是被決定的；也有人認為，人有自由意志的可能。通常決定論者，較偏於悲觀；而自由意志論者，較屬樂觀，可是，自由意志者如何說明他們的論點呢？他們將之歸於上帝。上帝是萬能的，既然如此，上帝為什麼允許蛇去引誘亞當和夏娃呢？因為上帝不願人成為祂的影子，所以派蛇來引誘他們，試探他們，結果一下子，他們就被趕出來了，藉此機會，我們人類也得以反省上天所給予我們的天性。所以基督教說，我們這一生的努力就是要回到上帝那裡去。可是這種說法偏於宗教立場，所以今天的科學論者，認為這種說法不好，而到了今天，這仍是西方的大問題。到底人是被決定的呢？還是人有自己決定的時候？在現在仍有很多人強調放縱自己，提高個人主義，基本上是希望能從決定論中掙脫出來，為人開闢出一個新的天地，包括存在主義祁克果也是在這條路上，尼采亦是如此。尼采希望為人重開天地，即使沒有上帝，人也有自我決定的機會和權利。那麼，中國人是否也有這個問題呢？我想，這屬於全人類的問題。

同學們高一、高二時大概還不會想，到了高三，便會開始想這個問題。你們便會開始問自己，為什麼要讀書？我是為誰讀書？我讀書的目的何在？一連串的問題下來，你們會問到，人生的目的是什麼？基本上，這是人類共同的問題。我們看西方的翻譯小說會很感動，同樣地，西方人看翻譯的《紅樓夢》、《水滸傳》也一樣會感動，為什麼？因為人總有其相通的地方。命運的問題實乃是全人類的問題，不信，你們可去看看中國的神話故事，裡面也有提到命運的問題，它以故事的方式來呈現它的看法。在西方，這問題趨向兩個極端——被決定論和自由意志，而中國則自有其一套處理方式。

中國人認為，人有其被決定的部分，即：「天命之謂性，率性之謂道。」這是人被決定的部分。而「修道之謂教」，便是自由意志的部分。

培養決定自己命運的能力

人藉著自覺、認識，而後進到人自身的生命中，認識自己，了解自己的能力，再為自己選擇一些事，為自己決定一些方向，知道什麼是自己最合適去做的事，什麼是自己確確實實想要的。如此一來，這麼一調整、一決定，人便參與了自己的命運，至少我們為自己三分之一的命運而負責。（或說命運可分為三部分：一、遺傳，二、環境，三、自我教育。）像你們那位學長，回頭看到過去的自己，一點也不後悔、懊惱自己的個性，且欣喜自己有這樣的個性；更令人開心的是，他有這種自覺的能力，以至於在目前的努力中，培養出將來對自己命運決定的能力。

你們到了高三，或許還有個苦惱，那便是填志願的問題。是文學院？法學院？是理學院？工學院？一方面是父母的期望，一方面是自己的興趣或虛榮；看到社會的潮流、時代的動向，想想自己是男孩子，怎能讀文學院？還有現實社會等等問題，把自己弄得很痛苦，可是你若有能力，潮流要你去念理工，父母要你去讀醫科，你的能力也足以去念理工、讀醫科，但是，你的興趣在文學。（這種認識，必須是真的認知，不能只因想到當個文學家會很了不起而去，而是要有即使將來餓倒了，回想自己一生，覺得自己一生因愛好文學而如此，亦了無遺憾才行。）當然，人不只是為理想，一個不能實現的理想，不能稱為理想，那只是一個夢幻、幻想。幻想之不同於理想，在於一個用「幻」，一個用「理」；幻者，不可捉摸也，理者，有條理可循之意。

人的理想一定可以實現，理想必定和現實結合。現實包括：外在的各種條件和狀況，及個人內在的能力，如果沒有這兩樣配合，那只是野心，或者我們稱之為「野望」，這種野望，就是幻想。年輕人難免有野望、有幻想，你如何逐步地將此野望、幻想，提升到理想的境界？許多人到了老年，回想年輕的時候，覺得當時「理想」那麼大，實在滑稽，其實他們用錯了字眼。

理想一定能成功，能實現，因為它是依據主觀的能力配合客觀的條件所做的決定，同時配合個人的興趣和性向，而這種認識，就屬於「修道之謂教」的部分，這就是「教」。

換句話說，這個「道」是屬於先天的部分，而這部分片刻離不開我們，猶如我們不能離開空氣，魚不能離開水一般，這是我們生存的先決條件。面對這樣先天的部分，正是我們生活中的一種限制；面對著這樣的限制，我們所應注意、謹慎的是什麼？我們要從哪裡來認識自己呢？我們要怎樣才認識得深切呢？我們得從君子戒慎、警惕自己看不到的地方開始。

「是故君子戒慎乎其所不睹，恐懼乎其所不聞。」

因為我們都有個性上的限制，也都有興趣上的偏好，如此就得小心自己所不感興趣的部分。在七十九期的建青上，有一篇我的演講稿，說以前我的數學很不好，到了大學，把以前的數學課本，再拿來重讀，仍舊讀得糊里糊塗，一直到我到建中教書，問了我當時班上一位數學極好的學生，他告訴我可以讀哪些書，我也試著讀他所介紹的書，為什麼？因為我在戒慎乎自己所不知的地方。到今天，我訂《牛頓雜誌》，看《科學月刊》，試著讓自己去接觸自己不太懂、不太能接受的東西。我們每個人都有能力所不及的地方，但對於自己所不擅長的部分也不要放棄，去試一下，但又不特別抱著期望獲得什麼才華和成就而為。像我並不希望能成為數學家，只想看看自己是否對數學真笨得那個樣子，結果發現我對文字很敏感，可是對數字、符號則不然，以後，凡是有數字、符號的部分，我都特別謹慎、小心。譬如：若有朋友，要我代擬計畫之類的事，我一定空下數字部分，請朋友代勞，因為我知道自己的短處所在。如果我遇到數字的部分，我一定用嘴複誦，以免疏忽而弄錯，這或作為：「是故君子戒慎乎其所不睹，恐懼乎其所不聞」的一例。

又像《莊子．養生主》庖丁解牛的故事，當庖丁在梁惠王面前殺牛的時候，就像跳舞一樣，在跳舞的節奏中，在音樂的旋律裡，就把牛稀哩嘩啦地解開了。梁惠王很驚訝，說：「你怎會這樣的技術？」他說：「我的技術已超乎技術，到了『道』的境界。」在他的解釋，「道」乃是物我交融的地步；接下來，他說明如何做到物我合而為一。他說整隻牛是由各個部分所組成的，他順著牛的肌理、架構，把牛給解開來。也正因如此，那把刀已用了十九年，還跟剛磨過一般，他不必去砍牠，連肉都不必碰到，沿著自然的空隙進去，即自然解開，可是他說，雖然自己已到了「道」的境界，但是每當殺一隻牛，遇到複雜的部位，自己仍然如同剛出道的新手，一般地「戒慎恐懼」，一點也不敢掉以輕心。這「戒慎恐懼」

就是在提醒我們，當我們面對事物、自我時，能隨時保有一份敬意、一份慎重，因為人有其自然的限制，我們平常盡可能地讓自己的心開闊、包容、涵化它，尤其當我們面對某些事物，面對著自身要有所抉擇的時候，我們要能謹慎於這些事情上。

心懷敬意，創造生活藝術

換句話說，我們應隨時懷有一份敬意，並在這份敬意中開創中國的藝術生活。

上次書展，我介紹了林語堂的《生活的藝術》給他們。這本書所講的，就是中國的藝術生活，而他所介紹的，中國人生活的藝術是偏向於道家，在道家中又偏向竹林七賢的曠放，我希望同學能看看。這裡順帶提一點有關文人雅士的插曲——林語堂先生其實一點也不曠放，這也是他成功之所在。他一生有兩大特點：一是他生活極規律，八點左右起牀，一切弄定後，就被太太押送進書房，一上午就僅在讀書、著作，中午才得出來吃午飯，下午也有一定的活動，晚上也一樣，數十年如一日，這也就是為什麼他能有這麼多著作。其次，他非常仔細、節省，其程度也實非常人所能及。這種個性下，他如何來平衡自己呢？他在著作中，大力讚揚竹林七賢的曠放；像他寫《蘇東坡傳》，把蘇東坡寫得多瀟灑，可是他對於儒家，對於正面要求責任、紀律的人，大肆抨擊，尤其把王安石罵得狗血淋頭。我們勉強做一個反面教育，這或許便是「君子戒慎乎其所不睹，恐懼乎其所不聞」的另一種解釋吧！有時候，人會因為個性上的某種限制，而使自己嚮往另一種生活，其實那種生活，不一定是我們所能過的。像我自己，有時講孔孟，講得讓自己都感動起來，好像自己便是孔孟的門徒，可是仔細想想，自己其實是比較偏向道家，尤其喜歡莊子。因此，在這樣的狀況中，有些來自先天的限制，我們將如何地「戒慎乎其所不睹，恐懼乎其所不聞」？我們怎樣在這一生中，都能夠戒慎警惕？事實上，講「警惕」似乎過於嚴重，應該是——如何隨時在生活中，懷有一分敬意，也因為對生活的敬意，開創出中國人特有的生活之藝術。

所謂生活之藝術，便是文人雅士的雅趣。像喝茶時好用宜興茶壺，原因是宜興茶壺是世界上最適合泡茶的茶壺，它的泥質既堅硬又鬆脆，可以透氣、散熱，而且傳熱又很快，使泡出的茶充分表現出茶的味道。台灣的茶壺有幾人做得很好，可惜泥質不行，泡出來的茶是悶的，就好像炒青菜，悶住了，吃起來就不帶勁、不脆。從喝茶到養蘭，從衣食到住行，中國人都懷有一分敬意在，而這分敬意，不是來自理智的提醒，而是感情的表露。西方人說：「人是理智的動物。」我們中國人不這麼說，我們說：「人是感情的動物。」或許，用「感情」兩字，你們較會弄錯，我們可以改為「情意」來說，「人是有情的動物」，所以，佛家講人世間是個有情的世界，即使是堅持理智的背後，仍然有一分情意的決定。中國人之所以在生活中常懷一分敬意，便是要在生活中調和情感和理智，使兩者不致衝突，這使得中國人在文學上、在詩歌上、在戲劇上，有完全不同的表現。

西方人從命運的問題中，產生許多衝突：從自然的衝突中，從和天神的衝突中（你們可看希臘荷馬的史詩），到和自己的衝突（像莎士比亞的悲劇，皆是自己和自己的衝突）。到十九世紀，法國自然主義的興起——人與社會的衝突一直到今天、到近代、到五四時代。新文化開啟後，我們的新文學從魯迅開始，強調用西方小說的形式來描寫我們和社會、我們和自身的衝突。一直到今天，我們始終圍繞在這樣的衝突當中，可是這畢竟不是中國人原有的。

而中國人以前認為人是會衝突，不過在這衝突中，人有辦法去協調它。這個衝突不過是個過程而已，經過這個過程，人可以協調到和平的地步，能使自己的內心和行動趨於一致；人可以使自己知和行一致，其最高的理想是能使整個世界和平，因此，往往戲劇到最後大都以大團圓為結束。我們看多了這種結局，難免會抱怨：「又是大團圓！」但在人生中你希望大團圓呢？還是想要大家都有不幸遭遇的悲劇呢？

今天人類的文思和才華，更受到二十世紀以來商業主義、唯物主義等等的影響，終於造成我們現在的人沒法看見人類真實的社會和人生，以至於我們的電視、電影沒有什麼題材，只好製造出一堆衝突，所以電視劇誇張我們的情緒，好像每個人都是瘋子；每個人的個性，都塑造得非常奇特，一切非這樣扭著幹才是有個性，於是人際衝突發生了，戲也就出來了（連西方最近的戲劇也面臨了同樣的問題）。前不久文建會、蘭陵劇坊等的戲劇活動，也是同樣的情形，甚至有劇作家透過戲劇更進一步地說：「人本身就是虛假的，就是多面的，人無真實的心情可言，如此產生劇力萬鈞的衝突，而這東西都是西方的，非中國的。」

物我感通，開展生活情趣

殊不知中國人認為人是可以和諧的，而這份和諧要透過生活的提醒及內心的敬意。這種提醒不是責任的也不是理智的，因為如此一來，身上反而好像背負著重擔，會令人崩潰。那麼，人要從哪裡開始著手呢？從藝術的生活，情趣的生活開始，因此，中國人從衣食住行全面開展出一個世所罕有的生活情趣。

像我們喜愛玉器、瓷器，為什麼我們要把瓷器燒成那樣，因為我們要「化土為玉」。西方人喜歡鑽石、寶石，何以中國人喜愛玉？不僅如此，玩玉還玩到一個階段，尤其喜歡佩老玉，也就是曾入過土的古玉，那些玉因接觸到土中各種礦物質，而形成五彩斑爛的色澤。何以中國人喜愛玉？俗人說玉有「靈」，我們常聽人說，玉會保護人，如果我們跌倒，玉會自行斷裂、碎掉以保護我們，這不是含有一份情意嗎？這就是將中國所言之「仁愛」借玉表達出來；其次，帶玉要「盤」，也就是要經常把玩，把玩越久，玉就會越晶瑩剔透，而且顏色還會發生變化，中國人在這之中，獲得一份物我的感通。當然更重要的是中國人認為，玉有九種美德，它溫潤、厚重、有情意，總而言之，就是「仁德」兩字。中國人之佩玉，就是要提醒自己，所作所為當如一塊玉。至於宜興茶壺，則必須會養，越養則越有溫潤的光澤，好像你加一分心力在這上面，它就表現出一分的光亮給你，彷彿在人、壺之中，也可有一份情意的感通，這種表現不正像知己間的感應嗎？中國人正喜歡這些，在這裏面含藏一份情味深長的雅趣，以提醒我們對任何事物，當帶有一份敬意，而這不是理智的、責任的提醒，而是來自情味的培養。

所以，「戒慎乎其所不睹，恐懼乎其所不聞」，只是要提醒我們，我們會有自身的限制，會有自身看不到的一面，而在這流意之間，隨時隨地在生活中帶有一份敬意，若隨時有敬意，則隨時有自己的真實覺醒。

「莫現乎隱，莫顯乎微。」

接著，它告訴我們，沒有比這種隱藏於內心的東西，更容易彰顯出來的，所以它說：「莫現乎隱。」沒有比這種細微的、不易察覺的，更能明白地表露出來，因為越是藏得深，越是細微處，別人越是無法得知，而自己卻能清楚地注意到，因為那是我們最真實的自己。所以一個君子在這樣的前提中，要慎重於面對自身。

我們可以把人生分成和他人相處之時，和自己獨處的時候。你們在建中，在國學社，個個表現得如彬彬君子，可是你們一回到家呢？媽媽叫你吃飯，你回一句：「煩！我正在慎其獨也！」是不是如此？因此要很慎重地面對自己，因為真正的自己隱藏在內心最細微的地方，最容易在我們獨處時呈現出來，所以在獨自一人的時候，反而要特別謹慎，這時候我們可以看到真實的自己，這是「莫現乎隱，莫顯乎微」的第一層解釋。

第二層，我們要面對自己隱藏在最細微處的種種情意。像有人問我，為什麼還要待在建中國學社？我回答這是責任，這是使命。說得冠冕堂皇，但在最細微的深處，是什麼支持我來承擔這份責任、這項使命？在身體這般不好的狀況下，為什麼？我們看到很多人寧可犧牲自己的生命，也要完成自己的工作。我說過，我最喜歡看建中學生考試，尤其是考數學；我不曾享受過學習數學的快樂，但我曉得學數學的快樂。我曾經說過，每個人的內心都有著一種和諧，那就是「天命之謂性」的部分；因為唯有從和諧和均衡中，生命才有發展的可能，這一點是深藏在每一個人的心中，深藏在我們生命最根源的地方，所以人類能發現各事物的秩序，以至宇宙的，能找到和諧。我們看呈現於人類的一切，從藝術到文學，從知識到科學，哪一樣不是含藏著一份秩序？而在這秩序中，哪一樣不是呈現出和諧的架構呢？從外表看，那是創作者的才華；從內心看，那是全人類在每個人個性中共有的天性，經過自己的發掘，再配合那藏在最細微處的和諧，因此音樂家將之譜成旋律，數學家進入數學的殿堂，以追求那份秩序與和諧。而我來到建中，看到同學們在思考數學時所呈現出來的光芒，我覺得全班五十幾位同學，好像將來都將化成愛因斯坦一樣。你們學數學的時候，有沒有去發現它的結構？你們學生物的時候，有沒有試著去了解生物的秩序？在這個世界上，除了戰爭之外，還有什麼是沒有秩序的呢？面對著這樣的狀況、這樣的使命，我願意回來承擔這一份責任和使命，因為建中同學，要比一般人容易了解這份和諧和秩序。

我曾說過，建中同學許多人是頗有哲學性、思考性的，也因而有些孤獨。以致上了大學後，看到這麼多人不顧一切地衝向前去，加入一些團體，去與各種問題做殊死鬥時，你們會懷疑自身到底是對是錯，懷疑自身人格的成長到底是健康或不健康，於是有很多人放棄原來的自己，而投身於那樣的世界。當然，「戒慎乎其所不睹，恐懼乎其所不聞」，做這種試探也是必要的，或許在這種試探中，你更能了解你自己，將來幫助你決定你所要的東西，不然你心不安。一如有時看人家叫喊，自己也想試試，待叫喊一陣之後，你發現你並不喜歡叫喊，而是喜歡唱歌，以後有人要你叫喊，你說不要，我要唱歌，參加合唱團，可是，外面的世界實在太大，建中的人數實在太少，尤其是像這樣具有哲學性、思考性、孤獨性的人，在整個人世間實在很少。我不是要你們驕傲，而是要提醒並讓你們能認識真實的自己。當然，並不是全部的同學都如此，但大多數的同學，都有如此的特性。到了大學，很多堅持自己的同學，在了解自己以後，知道培養自己的長處和彌補短處，而不是扭曲它，甚或連根拔除它。

發展個人獨特的個性

你們進了建中要了解，你們有和一般大眾相同的地方，也有和一般大眾不同的地方；特別是你們在小學、國中，一直能獨占鰲頭，在同年齡同學當中，你們不單是聰明，一定還有獨特的個性。你將來怎樣去發展它，或者怎它更寬厚起來，如何將來培養自己，怎樣自我教育？你們更要面對自己內心最細微深處的那份情意—那份真正成為你們個性的喜好，以及察覺自己喜怒哀樂的動向。

「慎其獨也。」

再接下去，就是面對我們整個內心世界。有的時候，我們的內心世界，是頗複雜的，在高中時代，你們仍在格物致知的時候，也是在求知識；然後學習反省，我反對你們現在便看存在主義的書，基本上就是不希望你們一下子就陷入其中去面對自己內心的種種問題。我也不贊成你們讀佛洛伊德的心理學，因為你們恐怕還沒有能力承擔這些東西，當然有些人例外，我現在只希望你們先從面對自己開始。例如：「考壞了，我很難過。」從這點你要了解，你渴望考好，那麼這次考壞了，是否曾付出一點努力呢？「沒有，因為我參加建青的編輯工作，沒有付出努力在功課上，結果考壞了。」既然如此，你還難過什麼？那不是多餘的嗎？你何需為此白花力氣呢？到了高三，你為了孝順父母，決定考丙組（三類組），做個醫生，可是自己才能實在不在這裡，拚了命只能考上中山牙醫，那麼你該不該難過？不用難過嘛！你拚了命考上已經不錯了，因為你以你最差那一面向的才能，而能有如此的表現，已經不錯了。那麼除了牙醫之外，你怎麼開闢出生命的另一條道路？多少人其職業在此，事業在彼？愛因斯坦不正是如此？他專科畢業以後，在銀行做出納員，閒暇時，就在算他的數學，結果他發現數學也能證明些東西，就把他的心得提出來，竟把世人嚇了一跳。或許你的長處在文學，當你的病人，張開嘴巴，你拿著鑽子鑽著他的牙，他做出種種痛苦的掙扎，從此處可觀察到人性，可作為小說的題材，這樣一直寫下去，說不定你就成了文學家。人生的道路如此寬廣，你又何必難過？基督教也說，當上帝關起了一扇門，祂同時也為你開了一扇窗。重要的是，你知不知道窗子在哪裡？我們要培養這樣的認識能力，這就叫「慎其獨也」。

你們高中階段面臨的就是面對自己；或等到了大三、大四，才開始面對自己內心最細微深處的情意。等你們大些，人事開始複雜了，你們便會開始看到你們從未看過的自己。

到了高中，人人以聖賢自居，因為環境單純，你們好像也做到了聖賢的地步；當你們跨入社會，發現美女如雲，看得眼花撩亂，你們突然覺得自己怎麼那麼好色？怎麼每個美女我都愛？在座也有女孩子，或許你們原來的愛情觀認為，我只愛他一個，可是，你們到現在又發現：我可以愛兩個耶！或說，雖然我已接受他的情意，但我看到另一人的時候，覺得他也不錯啊！就有你們學長的女朋友對我說，她也很欣賞我的另一個學生，只可惜她已先認識了現在這位。等到人事繁雜了，你會發現自己的另一種面貌。

又或許你在建中，你會覺得天下沒有什麼人才，可是到了大學，你可能會遇到從未遇過的高手，這時候，你突然緊張起來了，因為你感覺到你的生存優勢被威脅了。讀台大的學生常常最敏感於這點。一進電機，發現臥虎藏龍，各校菁英皆集於此。有時你會發現，拚命讀課內的東西，只懂得電機的東西，而這位同學呢？不僅懂得電機，還懂得別的東西，他跟我談哲學，而我卻啞口無言，這才發現，自己是如此脆弱，懊喪、嫉妒，甚至憤怒，這是在大學的階段，到了社會，你長得更大了，想要的東西更多了。小的時候會擔心點什麼，所以有的事情不會去做；等到長大了，你覺得可去嘗試各樣好奇的事物，尤其在當兵時，你的另一種面貌又會出現。一穿上二尺半，好像什麼事都可幹，不僅是隨處一躺就可睡，沾滿風沙的飯也吃得下去，就連以前覺得不怎麼樣的理髮小姐，這時也覺得貌美如花，或妄想吃她兩片豆腐。這時，突然覺得自己怎麼變成這樣？以前的我哪裡去了？啊！我被社會污染了！其實根本沒被污染，那也是你啊！只是你以前沒有發現而已。

因此在這之中，你要怎樣把自己扶持起來？有時你會跌得粉身碎骨，又要怎麼站起來？有多少人在跌倒後，說一句：「算了！我就是這樣，既然天下烏鴉一般黑，原來我也是這樣，好吧！混吧！」混到後來一事無成；有的則不甘願，想到自己當年讀建中，不免心中惆悵。我有一次遇到一個建中畢業的社會人士，在開計程車，他就這麼告訴我。他載我到校門口，問我是不是建中的老師，我說：「是。」他說：「說來慚愧，我也是建中畢業的。」我問他讀什麼大學，他說：「說來更慚愧，我是台大法律系畢業的。」他說：「人生不就是這樣嗎？當年在建中，想得天高地遠，現在開開計程車，養個老婆、孩兒，也就只有這樣了，不過呢，慚愧、慚愧、說來慚愧……」一路嘆氣。

我收到一大堆你們學長寄來的賀年卡，好些都已在社會做事，都說沒有面子來看我，因他們覺得自身沒有再長進。其實不必如此，為什麼？因為我是過來人啊！而我們怎麼從這之中站起來？我曾經說過，名利並不是我們最重要的目的，最重要的是——當我們回顧我們這一生時，我們是否不斷地向前。我們跌倒了，可以不斷地站起，而後我們這一生可以說：我們真的是活過了，至於名和利，不過是在我們的奮鬥之間，可有可無而自然產生的東西，故「君子慎其獨」也。

第三個，是面對我們自己真正的內心世界，這裡包含著我們內心世界的情和意、善和惡，我們怎樣去調整？不過這得等到你們大一點，有了一些基礎就更能明白。

中國人是情意的動物

你們大學畢業後，我希望你們看一下，有關佛洛伊德這一學派的心理分析。從這裡開始認識到人，從這樣一個普普通通的人，慢慢地一步一步往前邁步，讓自己逐漸和諧、光明起來。人不是沒有罪惡感，沒有弱點，而是在種種陰影下，光亮起來；不是沒有錯誤，而是一天天減少錯誤，享受和諧所帶來的快樂。這是所有宗教共同追求的理想——**一個和平的，乃至於和諧的內心世界；外在的則是有著變化，又不失其秩序的快樂生活**，像我所說的：「中國人是情意的動物。」這並不是胡亂講的，我不過是用現代的詞彙加以轉述而已。

為什麼我們強調情意？為什麼我們說情意是構成人的一個特質呢？因為下面《中庸》經文中就講：

「**喜怒哀樂之未發，謂之中。**」

你看，我們前面說，隱啊！微啊！慎其獨也，「戒慎乎其所不睹，恐懼乎其所不聞，天命之謂性，率性之謂道」，這些皆是就「喜、怒、哀、樂」而說。人之所以為人，之所以異於動物，就是因為人有喜怒哀樂。動物頂多有喜怒，我們看一些低能兒，他們有喜怒，而少有進一步的哀樂；牛，豬在被殺前，可能有點哀，但那也僅是一瞬間的事。喜怒比較淺，在外；哀樂比較深，在內；其實，不過以此四者「喜、怒、哀、樂」，作為人生情意的總體表達。「天命之謂性」的部分，是人人都無法抗拒的，在我們的天性中，就有喜怒哀樂之性，《中庸》經文在「天命之謂性」中，所指的也就是以「喜、怒、哀、樂」為此「性」的代表。

何以我們有喜、怒、哀、樂？因為我們有感覺，在生理學、心理學上講有刺激與反應，何以有刺激與反應？正因我們有感覺，會覺得舒服或不舒服，引發舒服的感覺，就會喜悅；不舒服，就會發怒；進而進入哀、樂的世界裡。它是先天就具備在人的本身，所以它在未發之前，叫做中。什麼叫做「中」？

就是含藏於中的意思，所以，另一個解釋：「中者，性也。」也就是「中」乃是我們的天性。人之所以為人，不同於其他動物，乃是因為人有喜怒哀樂，這種感覺不僅是感官的、官能的，而且是從感官、官能進入心靈的覺悟。換句話說，人不僅有感覺，而且還有意識到感覺的精神活動，《中庸》就用喜怒哀樂來代表，而這四個字，當其未發作前，藏於心中，所以我們稱之為「中」，也就是天性，我們的生存之道，我們也依附著這樣的天性活著。

「發而皆中節，謂之和。」

「發而皆中節」是說，等到我們被外物引發了喜怒哀樂，如今天你們來聽這堂課，高興嗎？高興！那是你們被外界的活動引發了情意，事實上，你們的天性中，本就有這份喜怒哀樂的天性，是以這份喜怒哀樂不是外加的，而只是被外物引發而已。我們看到宜興茶壺會愛不釋手，感覺被引發了；我們看到玉會愛不釋手，被引發了；我們看到社會的不平，會怒，被引發了；唉！待我們看到社會的不平，整天掛在心上，即使來聽國學社的課，亦不足以解決心中的問題，這時候你哀傷，哀傷、憤怒到無以復加怎麼辦？噢！對了！去當刺客吧，這對嗎？

我們說喜怒哀樂的天性本藏於心中，《中庸》稱此為中，然後被外物引發了，但引發了不一定正確，有的時候，我們會喜得過頭，有的時候則會怒得過頭，有的時候會哀得過頭、樂得過分，甚至於有的人不喜、不怒、不哀，不樂，心如死灰，或麻木刻薄，這都是不正確的表達，若我們能使之恰到好處就叫

「中節」，能中節的話，我們叫做「和」。我們說過，《中庸》這篇文章是用跌宕起伏法，因為它用短短一百多個字，想要把人生最高的哲理展現出來，只好用跌宕起伏的筆調，一個結論、一個結論、一個高峰、一個高峰地出來。在一個高峰與高峰間，展現出一個完整的宇宙給你看，就像中國的繪畫，尺幅千里，小小的一尺畫，卻把整個宇宙的天機呈現出來，中國人好畫山水，道理就在這。因為在畫裡，含藏著宇宙和人之間的天機和生趣，這是一個完整的宇宙，所以，基本上中國的繪畫含有極深刻的哲學意義在，而這哲學意義則具體呈現在《中庸》經文最後這幾句話中。

「中也者，天下之大本也。和也者，天下之達道也。致中和，天地位焉，萬物育焉。」

所謂「中」既是指性，也指的是人之情。「和」是性情之和，而「和」既具自然性又具人文性，「天人合一」也就是自然與人文的合一。這一切是含藏於萬物中的天性，是這宇宙與人生所構成的根本要素，而均衡與和諧則是宇宙與人生之所以能存在的根本法則。如此，人類若能尊重此宇宙萬物之生存要素，且致力於維持宇宙與人生的和諧與均衡，這樣天地必各安其位，四時必各有其序那樣的話，人類生存的環境，必不被人類所破壞、所污染，到那時，不僅人類可生生不息，而且提供人類生生不息的大自然也都能生生不息下去。質言之，《中庸》經文把自然與人生透過「中和」之道結合為一體——使人生中見自然的部分，自然中亦有人生的部分，二者合而為一。而這個關鍵處就在人之情，人對自身情感的調節力。

中國人自古了解「和諧與均衡」，乃是宇宙、自然以至生命發展的唯一大道，因而整個中國聖賢的教訓莫不以此為宗旨，同時也寄望後世子孫不可忘記此生命之大法，且當努力貢獻自己的智慧，促進此大道、大法的暢通，而這也就成數千年來中華民族的使命。從《中庸》到今天談的《三民主義》，莫不以此為其理論基礎。面對今天動亂的世界，和被污染的自然環境與社會，此宗旨是否值得當今的中國人及全人類深深反省和思考呢？

輯　三

處世的智慧

閒談修養

＊編按：文中節錄辛老師對同學的提問作的回應，期勉青年在狂飆年齡也能思索自身身心健康關聯性，與真正的修養，即自我認知與自我掌握能力。

前天遇到一位老同學，他說：「自己最近做事很順利，又被公司老闆肯定，同時身價高漲，因而覺得很快樂，身體的疲勞一掃而空，而且越來越好。」這是一件很好的消息，不過，我乘機說：「你看，人的心理和身體似乎有著直接的關係，人只要心情快樂，身體就容易好起來。」他說：「好像是。」我說：「下一次，如果事情不順利，身價沒有高漲，你仍能保持心情快樂，你的身體會更好。」他說：「您是在說修養？」我說：「是呀！不過最重要的，還是在提醒你認識到身體和心理的關係。」要知道，人要是不認識身與心的密切關係，嚴格來說是談不上修養問題的，而所謂修養，實際上就是調整我們的情緒和心理上的感覺，而後帶動我們的身體，使健康能更好。明白了這些，同學們才懂得照顧自己身體的方法。

昨天下了課，我和幾位老學生會面，其中有一位從大一開始吃素，修佛法，不和別人來往，大學畢業後，也不做事，只待在家裡做佛學翻譯。

這位學生的英文非常好，翻譯很多佛學相關的著作，所以在佛學界小有名氣。大概是到了「三十而立」的年齡吧！他最近想要出山了，他想出來做事，好認識這個社會。他原來是學法律的，有人介紹他去立法院做助理，我聽到這個消息也很高興。他問我有沒有該注意的事，想了一下，我告訴他，可能要換一下穿著，他問道：「為什麼要換衣著？」接著他說：「為什麼一定要穿得和其他人一樣，才能在這個社會上做事？」我告訴他，問題不在這裡，而在他太遠離了社會，不僅在衣服上顯得有些怪異，與人不同，還有因為他長期吃素，可能是營養的調配問題，加上一天工作十二小時，結果得了很嚴重的肝病，現在雖然醫好了，但身體仍然很弱。昨天我和他同樣談這個心理和身體的問題，我告訴他，有了好的身體，心理感覺會更敏銳，這樣對事物容易有更好的看法。

今天在高中這個年齡談修養，並不是一個很高遠的大道理。而是如何讓自己心情愉快，然後在心情愉快中讓身體健康，讓自己的身體得到充分的發展。

在高中這個階段，心理學上稱為狂飆的年齡，人到這個階段，一方面快速成長，得擺脫很多過去的經驗和習慣；同時一方面又在快速建立、吸收許多新的經驗和習慣；此外，在生理上，你們的肌肉、骨骼也在快速成長中互相衝突、不斷協調。你們可能常看到一些人，或許包括自己，總是跌跌撞撞，行為顯得很莽撞，其實那是你們的骨骼成長太快速了，以致你們的肌肉不能適應新骨骼，肌肉拉不開、跟不上的結果。

在這樣狂飆的年齡，你們整個人就像在波濤洶湧的大浪裡一樣，常常跌宕起伏，心情大漲大落，許多青少年問題就是從這裡發生的，所以我們可說，你們今天能進建中是一件很難得的好事，這個難得，不是因為建中是第一志願的學校，而是建中同學們在智慧上有著高度的開發。

你們進了建中，周遭的同學大多是聰明而有智慧的人，於是很多成長中的煩惱，在不知不覺地腦力激盪下，可以減到最低的程度，同時生活裡又有明確的目標——爭取進入好的大學。

這樣使得你們的生活，因為有目標而有了重心。人生中，生活有重心，是一件非常重要的事，因為這是避免空虛最直接的方法，只是你們慢慢地要有更大、更深刻的覺醒，即是在讀完大學或獲得博士學位後，能有更深刻的生命重心和生命目的，這樣你的一生就會更踏實、更有意義了。而這更深刻的生命重心和目的，最好能與你身處的時代與社會相應，也就是你不僅懂得自身之所需，也能客觀於顧及社會、時代的發展。

這就如我們前些時日分析中東的戰爭所說，哈珊的失敗，關鍵在於他對當前最新的科技沒有認識，他被兩伊戰爭時的光輝迷惑了。

至於美國總統布希，他發動這場戰爭，能獲得國際支持，是因為他掌握到美國和西方國家共同的石油利益。不過，在今天世界文化的影響下，他畢竟是一個有著某些文化理想的人，例如，他希望未來的人類不會再有侵略的戰爭，不過在贏得這場戰爭後，未來世界又沒有敵對的強者，美國如何避免獨大，而走向新帝國，這將是美國未來的課題，同學不妨自己觀察。

我們今天最難得的是處在一個人類重新調整步伐，邁入另一新世紀之始，往後會有很多舊東西消失，很多新的狀況發生。在這新舊交替的時代，有許多事情可觀察、學習，當然，我們也可稱這種時代是「狂飆」的時代，一如人的成長一樣，而認識這種狀況，進而將經驗化為智慧，是需要一些智慧和修養的。而智慧與修養是從自我認識開始。

這就像剛才我提到的那位老學生，他在念完大學後一心修習佛法，甚至避世，近乎隱居山林，現在他又準備出山，這並沒有什麼不對，只是這一生到底要什麼，他是否已理清楚？他自大一開始，天天修佛、翻譯佛經，可是在我的記憶裡，他在中學上課時，每次聊天，他一定講兵法，這興趣一直延續到現在。昨天我忍不住問他：「佛法重要還是兵法重要？這兩種學問的性質是有相當差異的，你到底想要什麼呢？」

我們知道一個好講兵法的人，在性格上通常好鬥；而佛法則是要人放下一切，這之間的矛盾如何調整？如果自身沒有調整之道，心中會很不安。我問他，求佛法是否只是減除心中的不安？如果是，那是否應該走入社會去嘗試一下，哪怕不成功，只要嘗試了，心會比較安的。他想了想告訴我：「我想試試自己的劍鋒，不然不甘心。」

他今年三十歲，真是應了孔子所說「三十而立」的這句話。依人的成長到三十歲會面臨「而立」的問題，而一個人要怎樣能夠挺身立於世上，是很有意思，也是值得注意的事。

這位同學說，其實他在佛經的翻譯上，已滿有名氣，但他內在最深沉的心願未經嘗試，他的心就充滿不安，事實上，這種想法是健康的。有許多人，一生在遺憾中度過，弄得一肚子牢騷，脾氣古怪；

有些因而變得消極、頹廢，而這些大多是因自己心中有著未了的心願。他們沒有積極地去發展自己內在最深沉的心願，而是消極地放棄，固守在一個自己並不喜歡的園地裡。

當然人要活在社會，不單是靠自己主觀的意願，還要考慮周遭的環境，特別是當要投身於社會時，如果仍以這位老同學為例，他今天想進入社會工作，就得適應一下社會的某些規範，尤其是直接進入立法院——一個受到全國注目的機構，就衣著而言，應以適宜為佳。

有人可能說這太不自由了，其實我們深究一下，人之不自由，有些是自己心中觀念的限制，不盡然全是由於社會的規範。人的成長，一則需要自由，一則也需有些基本的規則，而這些有助於成長的規則，通常來自社會的共同需要。由這裡我們可學習理智而客觀地了解社會，並認清事實，人在社會上希望有所發展，是須主、客觀兼顧的。

了解內在真正的需求

再說一個人想要成為隱士，得要出自自己內在真正的需求，否則是不健康的。我們若拿古代兩位詩人的作品來看：一是東晉陶潛，一是唐朝的孟浩然。這兩人在文學史上都被歸為自然主義，他們的詩都是表達山水田園的隱逸生活，但是陶淵明的詩是快樂的，在他的全集裡，我們可分享他的恬淡、平靜、安詳、喜悅，以及深沉的哲學性思考。

陶淵明常問，什麼是「人」？什麼是真正的人生？什麼是真正的價值？什麼是真正的自由？而這也使得他的詩很有哲學性，因為他的內心有了真正的了悟和選擇。

而看孟浩然的詩，會發覺詩中有著很大的遺憾、惆悵和不得已，原因就是孟浩然心中是想出來做事，只是他不得其門而入，以致不得不隱於山林。換言之，山林生活是他次一級的選擇，其中有著不得已，因此他心中始終不安，而他並未進一步解決他的不安，於是終其一生，他都處於不安之中。這不安雖然成為他創作的動機，卻也因為欠缺深沉的思考和自覺，他的詩在意境上不如陶淵明。

而所謂「自覺」並不是刻意的思考和反省，其中最簡便的方法是看自己喜歡什麼——從了解自己的需要或嚮往開始。只是人的需要有些並非是真正的需要，而是一時的慾望，這就得要我們慢慢去分辨，找出真正能令自己心安喜悅的事，或者慢慢走出自己心中的陰影。

我們看哈珊之所以失敗，就哈珊的成長經過——從小是個孤兒，在被虐待中長大，是值得關注的一點。

他從小面對的是以暴力解決問題，此後暴力也就成為他解決問題最直接、簡便的方法，而他在那樣動盪的社會中因暴力崛起，現在則因暴力而失敗。我們根據這些資料可說，他的成敗是因他尚未走出童年的陰影。再回來看中國歷史上的項羽或當代的毛澤東，以及二次大戰的希特勒亦然，他們的失敗，幾乎也都可以說是沒有去除自身內在的陰影，是以他們雖然崛起，不旋踵間也就失敗。

而自覺最重要的就是「認識自己」。一般說來，我們心理的衝突，常是外界的價值觀和我們內在真正的嚮往有所對立而起，比如中國人在歷史文化的影響下，總是關心現實的人生，以致今天我們社會有所謂泛政治化的傾向。每個人似乎都控制不住地想關心社會、關心政治，有些人甚至投身政治活動，其實這其中有些不是自己真正的興趣，只是在社會風氣之下，不自覺地跟著走，有時會引起很多內心的掙扎。有如我們目前看到的一些民意代表，在政治舞台上，言語犀利、尖刻，甚至刻薄，有的成為政治界的戰將與鬥士。可是我們私下與之相處，常發現他們有些人的個性其實溫和、文雅，並非像在政治舞台上那樣剽悍；再深談，你可清楚看到他們內心的不安與無奈，而這也就是他們沒有真正依自己的天性去發展的結果。

又有一些人，他們從小到大在我們這種泛政治化、功利化的教育中長大，他們從來沒有學會自我反省、自我認識；即使他們拿到博士學位，在社會上有了良好的工作環境，但是心中還是不快樂，可是又不知道問題出在哪裡。心中一直不安，於是只有進寺廟、唸佛或進教堂，找尋一些外在力量以平衡自己；有的則惶惶然終其一生。

這些都是因為沒有從自己內在找出自己真正所要的，而始終向外去尋求一種社會價值和結果，因而，我們也就很難走出自己內在的陰影。我們可以發現，凡是動亂、落後的地區，他們內在自我的省察力往往可能較薄弱，因而也缺少內在的自主性和主動性，因他們的命運總是被外在的因素所決定，如此不斷惡性循環。

有同學問，**我們如何才能自覺，以尋找我們內在的力量？**

當然第一步，**不要急，更不要焦慮**。建中同學，或說在台灣這種教育體制與方式中，我們可能已經養成一種心理習慣，就是一旦知道什麼，即刻就要得到、取到，一如只要對某一科目用功了，馬上就希望考試有好成績出來，因此心中常常不自覺地充滿焦慮和緊張。

其實自覺的方式很簡單，就是從你當下的狀況認識起。孔子說：「知之為知之，不知為不知，是知也。」**這個「知」，就是一種「自覺之知」**，你開始清楚你真正的狀況，同時我們接受自己當下的狀況（這不是放棄自己的追求）。

要知道人的自我有如樹之幹，其組成可分為三層。我們或說其最中心的部分，就是最深層的自我，而最外部的皮質部分，則是由社會及個人欲望所構成的部分，就如在當前升學主義的前提下，我們以考進建中為最大的榮耀與滿足，這便是最外部、最浮淺的一層。為什麼？不要說別的，你一旦離開台灣，這價值就消失，這時，你可能一下子會失去自我肯定的力量，尤其當你看到除了學校的成績單和課本上的一些知識外，你恐怕一無所知。雖然你進的是建中，是台大，是哈佛，但除此之外你一無所有，而生活則是一個整體，而你只為了一種單一的取得，從不自問你要它們的目的是什麼，你就會失去生活中其他的部分。

我曾經見過一種人，他們當年都是好學校出來，而後也進了西方各國的好大學，取得好學位，而後回國，擔任社會、政府中極高的職位，有著相當的社會榮譽，可謂富貴利達，但是到老退休了，他們百般無聊，不知該做什麼才好。有的甚至以數著瓶中藥粒過日子，然後常說書本誤了他，而有的則是一天到晚沉湎在過去的榮耀裡，天天在那「想當年」。今天，在這急速變換的時代，我們只要留心，這種例子是處處可見的，而這種狀況，同樣也就是他們一生沒有找到真正自我的結果。他們所謂的富貴利達只是自我最外面的一層。

擺脫舊有的習慣需要時間

我們前面也說建中的同學就是因為成績很好，不自覺養成一種習慣。譬如只要下了工夫，一定就要有成績，或者習慣把事物的標準都放在第一，如此經過許多挫折之後，可能就會說：「小時了了，大未必佳。」而有些心灰意冷之下就隨波逐流了。

這種心理反應常是限制我們有更大發展的關卡。你們成績一向很好，在功課上從小沒有什麼困難，這就會使你們誤以為學習任何事都應該是順利的，這包括自我的認識與追尋在內。但是自我的認識與追尋往往並非如此——同時這也是急不得的，有時愈著急，反而更易失掉自我。因為我們的知覺仍被一些舊習慣推動，要從舊有的習慣中走出來需要時間，不過就在你們這個年齡，正好是認識這件事，調整自我的時候，這也就是孔子所說「十五而志於學」的時候。學者，覺也，正是開始能自覺的時候，當然真正有能力掌握「自我」，可能要等到二十五歲、三十歲，這就是「三十而立」的時候了。

有人問，個人自覺與社會自覺有關嗎？前面我們的重點在個人的成長與自覺，其實對一個民族社會亦然。這一次美伊的中東戰爭，美國是個民主國家，為取得人民、議會的支持，他藉新聞媒體渲染伊拉克的戰力，而伊拉克的哈珊與人民竟然相信自己的戰力，而被虛幻的自我所矇蔽。我們今天看，為什麼越古老的民族，越容易走向自我矇蔽的道路？

如果根據這個前提，我們中國比之於中東、印度、巴基斯坦開闊多了。從我們的新文化運動全盤西化，甚至到中共發動文化大革命，其中對國家民族的傷害雖很大，尤其是文革，但這其中也可見中國人自我開放的心懷，在追求所謂「真理」的前提下所展現的勇氣與決心。

雖然其中我們遭遇許多摧折和錯誤的選擇，但整體看來中國本身仍在發展與成長，看看這四十年來台灣的進步，而大陸目前正在努力彌補往日的錯誤。至於中東，從歷史上來看，他們本身已經經歷了百年的苦難（自身的分裂、英國的殖民），但到今日他們仍只是一味地抓著一些舊的事物不放。譬如男女的不平等，女子絕對只是男子的附屬品，貴族與平民絕對的差距，還有國與國之間，不同種族間、不同宗教間絕不相容，而真理知識的標準仍以穆罕默德的教義為標準，不許懷疑，不許反省。

記得有一年我去歐洲旅遊，同隊的有李品華、劉德秀、洪光子等數位老師，同時另外還有名作家林清玄和李昂。當時我們在沙烏地阿拉伯的吉達轉機，在那兒，我們看到從頭裹到腳的婦女，林清玄好奇地拿起相機對了一對，霎時就衝來三個拿著衝鋒槍的士兵，只是他們沒有分清誰是誰（當時林清玄蓄長髮，髮型和李昂小姐一樣）。他們就像老鷹抓小雞一樣抓住李昂，李小姐大怒，跟他們理論，當時中華航空公司駐當地的一位先生姓丁，立刻跑上前請李昂小姐千萬不要爭辯，不然會有嚴重的後果。他說：「一則李昂是女性，在沙烏地保守的社會中沒有地位，二則他們的軍人是強橫專斷的，三則李小姐的衣著已嚴重違反他們的社會規範。」（李昂當時穿了一件低領的T恤）如果再爭辯下去，李昂很可能會被抓去關，而後由他出面說明，事情才算平息，但那三位士兵就在我們旁邊監守到我們上機離去為止。

由此點，我們實在可說，相對於其他一些古老民族，中國人的開放性似乎寬廣多了，究其原因，中國的古老文化其實是一個開放的文化。證之大陸目前出土的文物，中國在一萬年前左右，黃河流域、長江流域、東北、青海、四川各處有獨立發展的文化區，而後進入仰韶文化時代，各處文化交流融合，逐漸匯合而成華夏文化。中華文化的發展，長時期以來都是在開放的狀態下進行，近代中國文化的衰落，主要的關鍵之一即在明清走向封閉。人類文化的發展，須在開放性的前提下進行，中國本身的發展，基本上印證了這個法則。

我們再回過頭看《史記・鴻門宴》的主旨，這也是我們讀《史記》時要特別注意的。《史記》每一個段落都有它特定的主旨，然後整篇文章有它更大的主旨。這段〈鴻門宴〉主要在說明范增是個人才，因為他看出漢主劉邦是個人才，而且有取天下的雄心和能力，因此范增視漢王為第一號勁敵，可惜項羽並沒有聽從范增的意見，殺掉漢王，而成為項王失敗的根本原因，也成為范增心中最大的恨事，不過在太史公眼裡，並不認為項羽失敗在沒有殺漢王，而在項羽不善用人才。范增是項羽幕中最好的人才，可惜項羽並未用他，這說明項羽太自信而不用人才，這才是項羽失敗的主要原因，而這就是范增和史學家——太史公的不同看法。我們看漢王劉邦，也就是後來的漢高祖，他用人之道是唯才是用，禮敬人才，以致他身邊聚滿人才，特別是像對張良這樣的人才，他更是言聽計從，且尊之為公、為師，同時劉邦更精彩的地方，在他敢用所謂的「敵人」，如陳平、英布等。這些人才都有共同的特點，就是有氣度、不嫉才、能合作，而范增則其才雖高但性氣褊急，常滿腹牢騷，而這也是成材成事的大忌。

人有牢騷不平，基本是內心仍未能真正了悟而走出以往自己一些經驗、情緒的限制。孔子說：「伯夷叔齊不念舊惡，怨是用希。」就是要人走出某些過去經驗的陰影，不要受到某些經驗的限制。

民族生機須走出歷史的限制

今天人類面臨一個新的階段，在這個階段，一個民族的生機與復興，就看這個民族是否能從本身的歷史限制中走出來，這並不是放棄傳統、否定歷史。民國初年新文化運動，主張全盤西化，並全面疑古，這是對歷史的否定與放棄，並不是走出歷史的限制。

建中同學可能會有一種經驗，在考進建中以後，不太能適應建中的生活。譬如，你可能不再是老師的寵兒，不再被老師注意，而當時你在國中可能是全校的焦點，是最出鋒頭的人物。有的同學可能在所讀的學校中只有你一個人考進建中，那時可真是天之驕子，但進建中之後，沒人理你，於是原本的優秀性突然消失，代之而起的是四周全是武林高手，個個似乎都是張三丰，原來以為自己是劍王，結果建中裡個個都是劍聖。

其次是讀書的方式，在國中原本舊有的讀書方式帶給自己光耀，但進了建中若仍堅持固守，它可能就成為進步的障礙，但是你仍無法忘懷舊日的榮耀與經驗而繼續使用。像這樣的問題，「舊」就是一種歷史的經驗，這種想法再不丟棄，會給我們前進的限制，所以任何人要往前跨，就要從這一種歷史的限制中出來，但不是一味用否定的方式。

新文化運動時，陳獨秀、胡適之、魯迅等人，他們想突破歷史經驗的限制，只是他們採取否定和斬斷切除的方法，這就像你覺得自己的手長得不好，就斬斷自己的手，腳不好就切除自己的腳，甚至頭不好，就砍頭，這種方式並不是正確的。他們沒有能力從自身歷史的內部回看自身的特點，以發現其限制在哪裡。當時這些「新青年」在時代歷史的條件下，熱情有餘，知識不足，只一味地衝撞、絕裂，他們希望藉此突破明清以來已僵化的禮教。他們提倡新青年，藉此打破以「尊老」為前提的倫理社會，只是當時他們沒能真正反省，於是對中國傳統只能做全面性的摧毀，在歷史上，我們看到項羽入關中後，屠殺咸陽城中的人民，並焚宮室，這種作法不只是對舊政權的推翻、摧毀，也是對文化、知識的摧毀。因當時全天下的書都收藏在阿房宮，他一把火燒光了，這可說是中國第一次知識文化上的大浩劫，這傷害之大，可從漢朝文章廢挾書令、鼓勵獻書，而天下社會的舊書非常稀少略知一、二。這種對知識、文化的殘害，也是對中國本身最大的傷害。第二次東漢末天下大亂，赤眉兵把東漢的未央宮燒掉，而漢朝四百年來的努力，霎時也毀於一旦，而後歷代動亂都要燒毀藏書，以做全面性的毀壞。這是一種歷史的限制，我們今天是否能問：為何中國在每一個新階段來臨的時候，就得全面燒毀書籍知識？

我們看歐洲的歷史，他們只有在日耳曼民族大遷移的早期，因為是蠻族，燒了羅馬的古典文化，而後十二、十三世紀基督教取得絕對的優勢，然後燒毀違反基督教教義的典籍，但到了近代西方文藝復興以後，他們吸取歷史的教訓——了解知識文化的重要，以至於到目前，他們可以滅人的國家、政府甚至於殘害人民，但盡可能不破壞藝術文物。即如希特勒在二次大戰時侵略了全歐洲，但對藝術與文物，只有搶劫，沒有破壞。一九九一年美國老布希總統統帥聯合國部隊，發動第一次波斯灣戰爭，制止伊拉克對別的國家的侵略。當時雖然伊拉克的哈珊把很多科技武器藏在古蹟的底下，美國老布希在決定空襲伊拉克時，也盡可能避免毀壞伊拉克的古蹟。

他們是從歷史經驗中吸取了教訓，而不再犯往日的錯誤。他們看到古代日耳曼民族的破壞所帶來的災害，也看到基督教興起建立一元化的權威所帶來的黑暗與不幸；他們真正了解，文藝復興乃是得力於東羅馬帝國的大批希臘學者的到來，他們以「新」的知識，使整個西歐開發而重建；根據這些歷史經驗，不再破壞舊有的知識、文化、藝術等代表人類文明的事物，所以兩國相爭，知識、文化、藝術應是超然的，是獨立出來的，在不知不覺中，他們反而實踐了孔子所要推動的「道統在政統之上」的理想。

而中國到近代仍看不見一個民族的盛衰決定於——能否從歷史中吸取經驗、擺脫某些經驗的限制，並能尊重知識、發展文化和藝術，仍只是習慣於對自身做種種的懷疑、否定和摧毀；而不從自身和歷史發展中去了解及吸收經驗，而後走出歷史的限制，進而化腐朽為神奇。

一個民族的成長與發展，和一個人的成長與發展其實是有許多類似、相通的地方，一個人對自身開始有自我認識的能力，就能從自身的歷史中吸取經驗，跨越歷史的限制，邁出新的腳步，走向新的未來。

從清以來，中國已逐漸失去這種自我認識的能力，這不僅導致思想的僵化、知識的停滯和文化的衰落，也造成民國初年新文化運動中全面的自我否定，以致延續到後來發生文化大革命的根本原因。

台灣今天同樣未完全超脫出這種自我否定的限制，只是步驟較為緩慢，漸進而已。長時期以來，我們並不看重自己，也沒有深入自身的歷史中，去探尋自身內在真正的需要與感覺，以致我們在教育體制上、方式上、生命的理想、知識學習，文化建設上，不能有超乎「功利」目的的認知與意識，以致我們在教育的教學與學習中，就自然受制於功利的升學主義；在政治活動中，自然只是爭取權與勢、名與位；在社會的生活裡，則無法擺脫低限度的生存追求。

從生命發展上來看，這實在是很可怕。同為人，如果只有單純的「功利」目的，教育只求升學，政治只想獲得權勢、名位，生活裡只有本能的生存滿足，這其實是幾近乎「動物」的生命活動。當然，人是來自於動物，不可全面免除動物性的需求，但人之所以為人還有較高的心理、精神層次。我們平日所謂的「理想」，基本上是屬於這個心靈層次的活動，我們唯有進入這個層次，才能從生活的被動性，進入生活的主動性，然後才能有「創造」的可能，我們才能將自己潛藏的才能逐漸開發出來。

把握「修養」的真義

前面我們一開始講到「修養」，並不是舊有的只從「道德」觀點出發的「修養」。明清以後的中國「道德觀」，只偏重在善的行為上，**較忽略人內在潛力的開發以及心靈自由的獲得**。原始儒家的「善」，不只是善的行為，而是生命從初級的形式到高級精神的全面開發，是一種生命的「大善」，而後中國人在特定的時空、環境下，逐漸喪失這種認知，而僅維持一種行為規範。尤其到了清朝，更以禮教、倫理、道德作為政治的工具，箝制思想，限制人性，壓抑自然的情感，率而導致社會、文化、知識的老化與呆滯。民初新文化運動，雖想努力掙脫，但因知識不足，認知力有限，故只是從一個極端跳入另一極端而已。

中國人長時期以來喪失了真正的**「修養」——自我認知和自我掌握的能力**，同時也導致身體的衰弱而成為東亞病夫。今天我們若想改變，改變的方法則是從認識自己真正的需要開始，這個需要不只是心理、情感、精神的需要，也當包括身體的正常需要與發展，即古人所謂的「性命雙修」，**「性」是指人的精神活動，「命」是指人的物質身體**。

中國人要走出歷史的限制，吸取歷史的教訓，重新開創一個幸福、快樂的天地，重建所謂的漢唐盛世，都當從這裡入手；而個人想要有健全的發展，也當從這裡入手。因為一**個健康正常的「人」與其世界，是離不開身體、精神、知識、文化歷史的發展與活動的**。

《莊子·逍遙遊》釋義

＊編按：在文中，辛老師從〈逍遙遊〉審視每人皆有的分別心，再衍生至儒家相互觀照，幫助青年轉念思考，打破人生困境。

《莊子·逍遙遊》篇的基本精神——有助於打破人生困境

近日發生了一件大事，印度的甘地夫人被刺殺了（編按：事發於一九八四年十月三十一日）。在二十世紀，第二次世界大戰後，甘地夫人是女性中非常傑出的政治領袖，她並不因為是女性而遜色，尤其是像印度這麼大而貧窮、種族複雜的國家，如今能夠躋身於核子俱樂部、發射人造衛星等等，固然有印度人罵她，說她不顧印度人民的貧窮而發展核子武器，可是印度居於印度洋的重要地位，是歐亞間的重要據點，若不把印度的國防力量充實起來，印度今天沒有辦法和世界上這麼多的列強大國平起平坐。尤其她在發展核子武器的時候，騙過了蘇俄的間諜，等到第一枚原子彈試爆，蘇俄大使吃了一驚，同時這位大使被免職調回蘇俄，這都是極高明的手法。她任用了一個印度化學家，問他發展核子武器需要哪些條件，那個化學家告訴她欠缺之處，她就單獨個別去研發，到最後她將之組合起來，製造了原子彈。

可是今天，由於錫克教問題處理不當，她被刺殺了，這不僅代表印度本身的問題，其實也象徵著全人類的問題。今天，全世界的人類，處在這樣一個動盪的環境中，我們應該積極地前進，還是該消極地後退？我想這就是人生的困境，莊子就是要幫我們打破這個困境。我們在不能積極地前進，又不能消極地後退時，該怎麼辦呢？這也是《莊子・逍遙遊》篇所觸及的基本精神。

你們生在一個非常好的時代，在短短的十幾年當中，經歷了許多大事。今天，在這樣的世界中，你們來讀《莊子》或許比古人讀《莊子》更見其義，因為莊子的那個時代與今日相比，我想莊子一輩子也難以想像今日景況——原子彈試爆了，衛星上天了，人跑到月球上去了……過往還只是臆想的事，今天一切都實現了。我們在這個時候讀《莊子》，又可讀出另一番的新意，這就是莊子偉大的地方。

記得我開始教書後沒多久，人類就上了月球，而後，教皇被殺了，這是一件不得了的大事，無法想像連教皇都會被殺。不多久，又有許多知名人士遇刺。一直到今天，我們人類未來的路將怎麼走？實在不知道；我們生存的空間、生長的環境，會有怎麼樣的發展？也不知道——這就是我答應同學講《莊子》的原因之一。

其實，逍遙遊就是意指遠遊。什麼是遠遊？基本上它有求自由的意義。在現實人生的困境中，我們怎樣能夠脫困而出，而達到遠遊的目的呢？在此這份目的就是求人生的自由，甚至我們可以說這就是人類真正的一份自由。什麼是自由？我們今天常說：自由者，自行也。什麼是自行？就是有自我決定的能力，怎樣能達到自我決定的地步？必須在於我們整個心靈真正解放。怎樣才能獲得解放呢？莊子一開始，就要打破我們的大小之辨，辨就是分別，大小的分別；「分別」的意思，一方面代表我們對於空間的分別，另一方面代表我們一般慣有的分別，因為我們的分別，通常是從大大小小的事物開始。我不曉得有沒有大學同學住在學校宿舍，吃自助餐，一起叫菜。同樣叫一塊肉，你們會不會很本能地看一看他的肉跟我的肉，哪一塊大？哪一個小？我們的比較通常都是從大小開始，再來是分量，然後才是品質，所以他以大小作為一個分別的代表，所謂「分別」，基本上也是人類認識事物的開始。

我們能認識事物，就從我們有「分別力」開始。

痛苦起因於人類的分別心

人很小的時候，只要有人一走近，就希望有人抱，可是差不多到了一歲時，能分辨出：這就是媽媽，是我要的；遠近親疏也開始慢慢分別出來。人能理解認識、事情，是因為有分別的能力，不是糊里糊塗混在一堆的，所以我們可以把世間的一切事情「分門別類」。整個人類的知識，也就是因為人類能夠從所有的事情中分門別類才開始，可是這種開始到某一階段時，也會變成對我們再進一步認識的限制。譬如說，我們很固執地去比較每一件事情：同樣的五塊錢一塊肉，為什麼他的比我的大？為什麼他的成績比我的好？為什麼他是某某有錢人的兒子？而我爸爸只是個小公務員？如果我們拿每件事情去跟別人比較，這個不如人，那個也不如人，我們會快樂嗎？

今天，西方（包括阿拉伯和印度）的宗教戰爭，他們的動亂，基本上有百分之八十的因素是由於信仰上的衝突。你的上帝就不是我的上帝，你的神就不能是我的神。二十世紀是一個科學的世紀，可是，宗教的戰爭從二千多年前綿延到今天，而且越演越激烈，說不定第三次世界大戰不是由美國和俄國挑起，而是由宗教戰爭所引發。這都是由於分別心的緣故，因此，佛教和基督教都開始提及人類的痛苦，有個最重要的因素是起於人類的分別心，所以基督教的亞當、夏娃偷吃的是智慧之果，不是生命之果，而智慧就是分別心的代表。佛家也是這麼說，包括我們的莊子、老子，所以莊子要打破這個分別心，他就破除對大小之辨開始。

而人之所以認識大小是出於分別心，所根據的是我們的經驗，由於我們有實際經驗接觸過。莊子的聰明就在這裡，他打破我們的經驗，讓我們突然了解，你我對大小的區分憑藉是不正確的，也不是絕對的。就像牛頓的定律，三度空間是絕對的，愛因斯坦把時間擺進來，時間代表動，在一個運動的宇宙中，若沒有一個絕對的定點，就不可能有絕對的高度，絕對的長度，因此無絕對的面積和體積。一切都是假設，只為了認識的方便。是以莊子立論說：「北冥有魚」，不過，他說明這個道理的過程，不是像我這般理論性的說明，而是非常文學性的。他是透過具體的事物作為象徵，換句話說，他是借著文學的表達，以達到哲學的目的，整個中國其後二千年的文學都受他的影響。

莊子以這種文學的形式，要達到一個哲學的目的。一開始，他就用具體的物件，因為具體的物件是在我們的經驗之內，可以為我們抓得到的東西。你們見過魚沒有？當然見過，所以他就拿一隻魚來說明，不過這隻魚，「其名曰鯤」。「鯤」原本是一種小魚，但是莊子為了打破我們慣有以大小之辨思考的目的，他就把牠變成一隻大魚的名稱。其大「不知其幾千里」，不知道有多大，「化而為鳥」，還變成了一隻鳥。注意中文的「變」跟「化」有些不同，古文裡「變」是「變」，「化」是「化」；「變」，較沒有什麼時間性，而且表示截然不同之二物；「化」，則有它演進的過程，兩者雖然不同，但其中仍有不變的部分，在此用的「化」，也是莊子提出一個非常重要的觀念。自古人類正式有理論講進化的是亞里斯多德，而莊子則是從宇宙演化上談自然的變化。「化而為鳥，其名為鵬，鵬之背，不知其幾千里也，怒而飛。」注意這「怒」字，就是「憤起」之意，用得非常好，這些都是文學上的用詞，我們所謂煉字的部分。因為你讀到此，不僅你的情緒會被他帶動，甚至可以感受到那動作情境。我們讀太史公的《史記》時，整個畫面會直接呈現在我們眼前，如《荊軻傳》在煉字上也有它偉大的地方。

「其翼若垂天之雲」，牠的翅膀大到如垂天之雲，這和前面「不知其幾千里」，都是表示一個「大」字，莊子在〈逍遙遊〉開始談「大」這個字，有如像《星際大戰》在銀幕一開始映出一個星球，巨大到我們的眼睛沒有辦法看，然後逐漸拉遠，讓我們能夠感受到超過我們經驗之上的遼闊空間。莊子掌握到能夠透過文字，而達到視覺的效果。

「是鳥也，海運則將徙於南冥。」「運」者「動也」，「海運」，當海動的時候，當潮流變化的時候，牠就往南遷，遷徙到哪裡呢？遷徙到南方的天池，「南冥」就是指「天池」而言，所謂的天池就是大海。首先他要打破我們狹窄的空間觀念，帶我們到一個超乎經驗之上、遼闊的、無窮無盡的空間，放大我們的眼光，然後我們突然會明白，我們平日站立的立場、判斷事物的根據，原來是非常狹小的。今天人類的戰爭，以宗教為例子，哪一個不是過度站在自己狹窄的立場去否定別人，而任何的否定，不都是假借某一名目而發生的嗎？

「齊諧者，志怪者也。」他舉一本書來證明他的話。注意這個「志」字，就是「記」，齊諧這本書專門記載一些奇奇怪怪的事。在此他用齊諧為例，他是故意標出來的，他不想用過往一切以往根據，就用一本滑稽古怪的書來作答。好像人們不用提孔子說、孟子說；也不用提堯說、舜說，而是用一本《聊齋志異》來證明我們的話，所以他的文章相當突梯，不守成法，重開了一個境界。由這個角度來看，後來中國歷史上有許多有趣的人，包括和尚在內如濟公等，基本上都是從這裡來的，而這些人物是中國特有的人物，亦為中國人所看重，因為這些人物透過滑稽突梯的行為，透出一種新鮮的氣息，也同樣能達到思考與反省的目的。

而後太史公《史記》有一篇〈滑稽列傳〉。我們今天講多元化社會，如果從太史公《史記》看，他倒是從多元化價值觀中把各種人物放進去。為什麼？因他在思想上也承接道家的思想，他的父親司馬談是喜歡道家的學者，他有一篇有名的文章〈六家要旨〉，乃中國重要的一篇學術評語。在這篇文章中，他最推舉道家，不過太史公則推崇儒家，但仍把此文放進《史記》，為寫《史記》的重要文典。太史公寫《史記》乃繼承孔子《春秋》的精神，於是有人認為太史公只看重儒家，不看重道家，其實不然，他仍然受到道家思想的影響，列傳上將各種人物同時呈現，也展現出一種道家思想的表現與精神，因為道家就人類的平等性來說，比儒家更往前進了一步，或問，憑什麼說太史公是以儒家思想為重？你們從太史公的自序中可看到他的志向多是儒家觀點，且推崇董仲舒、孔安國；此外，到漢武帝時，那時代的社會思想開始變了，不再以黃老思想為主，而開始走向儒家思想。同時在《史記》的人物事件中，是以儒家之宗旨為標準，但道家思想在他的思想結構中，仍占有很大的分量。

其實從太史公而下，中國人不可能有純粹的儒家，或純粹的道家。你我的身上既有儒家也有道家，或多或少，還帶點佛家；換言之，後世構成中國人的民族性，有儒家、道家，甚至還有佛家，但在此之先，由中國的民族性凝練而成儒家、道家，又從中摶聚而成此下中國人的個性。中國思想與民族性有些發展。

「平等性」為道家思想最特別之處

而道家的平等性，從哪裡可得見呢？如我們讀過《老子》即可見，《莊子》也有提及，可見構成這個宇宙的一切事物，沒有什麼大小高低之別，每一件都有同等的價值，缺少其一，就不再是這個宇宙了。如我們上這門課，是主講人重要，還是你們重要？或都一樣重要？站在某一個立場，當然主講人重要；不然，國學社如果沒有主講人，能不能進行講課的活動？當然，或許課可能開得成，只是開成了也不是現在的國學社了，但是若是沒有你們來聽課，國學社也一樣不能成立，所以你們也很重要。再進一步說，若沒有這桌子、這教室、這學校，以至現有的學校老師、校長，這國學社也不可能有此風貌，甚至根本不能成立；哪怕這粉筆、這黑板，甚至這粉筆灰，都是構成這教室、這講堂的氣氛的重要因素。換言之，這個世界若缺少構成這世界中的任何一項，不論大小、貴賤，就都不如目前世界的完整了。

而從「人」來說，這世界沒有任何人能替換你我，哪怕生一堆子女，這些子女也不足以替代你，因你有你的價值，而他們有他們的價值，每一個人都是獨一無二的。面對整個宇宙，我們個人是渺小的，所以在蘇東坡的〈前赤壁賦〉中就說：「渺滄海之一粟」，但換一個角度說，這世界沒有了你我，也就不完美了，因你我是構成這世界的一部分，且是獨一無二的，千古不滅的，所以人既渺小又偉大。

或許你們會說：「我們總會死呀！死了怎麼辦呢？」

「死」，是我們隨著自然而死，是我們在自然演化中，讓出了空缺，使未來之人繼續生存下去，所以「死亡」是生存的一部分。在這樣的前提下，中國人絕對會反對人為的殺戮，故儒家基本上反對戰爭。今之中國人若真正了解中國文化精義，而且三民主義統一了中國，中國最重要的工作，或許不是如西方美蘇那樣發展核子武器，而是應該根據中國文化的精義，提倡「弭兵之會」，一如戰國，宋之「弭兵之會」，不過宋之「弭兵之會」沒有成功，因宋是小國，而中國則是大國；此外，宋提弭兵之會仍出於政治、自我生存的需要。若我們以文化的觀點來宣揚，提出人類生存的共同要求就是和平、希望，那麼粗淺地講，今天諾貝爾獎就能輪到中國了。而諾貝爾獎尚是小事，更重要的是，真可為人類締造一和平的地球，以奠定將來締造一個和平宇宙的基礎。

再想想，我們中國人有這麼偉大的事業在前面，我們是不是該好好活下去？當然應該！是不是？

所以「平等性」是道家思想中最特別的地方，儒家並不是不談，孔子是提出一「覺性」之說，這是儒家站在人性基礎上來看這個問題，而道家則站在自然的、全宇宙的觀點上來說明。是以我剛才說，道家比儒家更往前進一步，這不是說道家比儒家進步，而是在這個問題上，道家更往前一步說明它、發揮它了，就像將來你們或根據我的說法去做更大的發揮，今天我講：「我們為全人類、全世界努力。」而你們或許會說「我們要為全宇宙而努力」一樣。

莊子在這裡打破人們的觀點。當時的人們或言必稱堯舜，如孟子；又如墨子則稱夏禹，再不然稱詩、書，而莊子不如此講，他稱「齊諧」。別人言必求其根據，引經據典，而莊子也引，不過引的是齊國專講怪話的書。「志怪者也」，莊子特別標明，它是專講各種鬼鬼怪怪的書，就如同《聊齋志異》或《閱微草堂筆記》等。

《諧》這本書上有這麼一段話，它說「鵬之徙于南冥也」，就是鵬遷移到南方天池、大海，「水擊三千里」，牠飛翔時要用翅膀拍擊水面三千里。你們若觀察大鳥飛行就知道了，大鳥要起飛得聚氣，像飛機的飛行一樣，牠不是一下子就上去的，而是得先平行而飛，然後才慢慢上升。而這隻「不知其幾千里」的大鳥如何起飛？牠要先在水面拍擊、平行而飛三千里之遠，才騰空而上。

「搏扶搖而上九萬里。」「搏」有兩個解釋。一是聚集貌；一個作「摶」解，「搏」作打擊講。「扶搖」呢？「扶搖」是旋轉流動之氣，如郭璞注說：「暴風從下而上也。」所謂「搏扶搖」就是大鵬用翅膀拍擊，平行而飛，慢慢把旋轉流動之氣聚集，然後騰空而上九萬里。

「去以六月息者也」，而後他離開的時候，不僅要拍擊聚氣三千里，而且還要有所待！待什麼？待「六月息」。息是氣，指「風」而言，「六月息」，是六月海潮轉動，帶動起空氣風向的轉變，大鵬順此氣流的轉變，而後才能南徙到南方的天池。你們學自然地理，講到地球空氣的變化，一是高空氣壓、氣流的轉變，一是海潮流動的轉變，對否？而海流的變化則是半年一次，所以莊子說，大鵬在這裡摶扶搖而上九萬里，其離開的時候憑藉的是什麼？「以六月息」，「以」就是「用」，引申為「憑藉」之解，牠憑藉的是這六月來所凝聚的氣，也就是息。

注意！這一句非常重要，需要特別加以說明，因大家常誤以為莊子講逍遙，以大鵬開頭，就是要強調大鵬，逍遙就是要像大鵬一樣摶扶搖九萬里，可是他要告訴你逍遙並不在這裡，因大鵬的飛上九萬里，還不是真正的自由，牠仍是有所憑藉的。

中國思想從孔子言「仁」為一重要的學術觀點，而什麼是「仁」呢？我們簡單地講，就是一個「心靈的自覺」，從人的觀察來看，動物好像是沒有這樣的自覺能力。我們常說：豬幾千年前開始被人們豢養，到今天牠似乎並沒有自覺到自己是個豬，然後被人們吃了，也不可能進而起來改善自己的環境。當然，也不會看到牠們表示——我願意做這份犧牲與奉獻，對不對？而人就會有各種各樣的覺悟，在覺悟當中，我們會做各種各樣的選擇。不但選擇，我們甚至於會對很多事情給它一些價值和意義。

「心靈的自覺」即是「仁」

人特有的心靈活動「仁」。

譬如高三的同學讀書到現在，往往過一個階段，就會問：「我幹嘛讀書？我進建中有什麼好處？」

心中憤憤不平。其實即使這種憤憤不平，也都是一種價值的判斷，這是人特有的一種心靈活動，我們就說它是一種「心靈的自覺」吧！簡單地說，這個「心靈的自覺」，我們可歸到一個字上，就是孔子所說的「仁」字。當然孔子所謂的「仁」遠不只意指這點，裡面還有「愛」的意思，我們會愛父母、妻子、子女、朋友、國家、民族、文化等，或會愛某個人，同時也會意識到這份愛，因此人會有種種情緒、情感的反應。

而人不但會愛人，也會意識到這份愛，愛人的或被愛的，都會有反應，所以「仁」字的寫法，從「二」從「人」，表示愛是有對象、有相互溝通的，是雙向的，不是單向的。這份溝通與了解，也屬於「心靈的自覺」，所以孔子以「仁」來釐訂「人之為人」的標準。

而莊子呢？他在這「人」的基礎上，把我們眼界打得更開，他不再只是站在人的立場，而是站到大自然的立場來看人，不只看到人的問題，且看到人與自然的關係。

其實人的生活無時不與自然發生關係，就以我們每天打開飯盒來說，從所帶的飯菜中，雞鴨魚肉，豆腐，青菜蘿蔔，無一不是自然的產物。

我們的衣服從棉麻、絲綢，到今天的人造纖維，也同樣有它屬於自然的部分。

再看我們的手錶，我們身上所用的一切，以至所謂衣、食、住、行，無不與自然息息相關，甚至我們的呼吸，全人類不是共此一個天地，共此一個大氣嗎？

《莊子》一開始從大鵬鳥講起，大鵬一飛沖天九萬里，而後南飛，從北極飛到南極。在這樣一個遼闊的空間裡，我們和其他的生物、塵埃，以至野馬，都共此天地和大氣，所以莊子說：「野馬也，塵埃也，生物之以息相吹也。」

什麼是「野馬」？野馬就是所謂的「游氣」、天地間的游氣。為什麼用野馬形容游氣？游氣就是在大平原上，空氣中所浮現的一種氣流，如我們所看非洲動物奇觀的電影，常可見到非洲大平原上，會有一種氣流游動在空氣中，使整個天空都模糊起來，好像野馬奔騰時所揚起的風沙。這種現象也有點像我們在台灣，到了夏天最熱的時候，我們看操場上也會有一種氣流在動，這種現象在大陸性的土地與氣候中最容易出現，所以莊子用「野馬」來形容這種游氣，以至於到塵埃，以至於到生物！

不論野馬、塵埃，以至生物，共有此大氣，互相吹息著。今天你我不也是共處在這樣的共有空氣中，你我不都是共同呼吸著大家吐出來的氣嗎？整個大自然其實都依賴著這樣的一個氣息在呼吸著。成語「息息相關」就是這個意思。

莊子從「仁」字把我們帶進來，和整個大自然發生了關係，說明人和自然並非對立，而是互相「以息相吹」，大家共同生活在同樣一種生命的關係裡面。這份觀念擴大了中國人的心胸，讓我們了解到人與自然並非對立，人也非寄生在自然之中，而是共生共榮。

「天之蒼蒼，其正色邪？」蒼蒼指天的顏色，這樣的蒼天，是不是它真實的顏色？注意這個「正」字，正色，就是真實的顏色。這句話說得極好。我們常說莊子若用現代的觀點來看，他是站在一個認識論的立場上，來突破我們平常的一種認識，讓我們能重新檢查我們的印象、觀念，以至於我們的心理狀況。

這裡的次序，印象應該在前，先有印象，然後有觀念，然後有心理狀況，而後再有行為活動。我們談事情一定要有程序，依程序我們的思想才會清晰起來，而什麼是「認識論」？就是研究人的認識能力、來源和可能，這是西方哲學的一大題目，它就是我們研究人的認識能力是怎麼一回事，我們憑什麼可以認識外界的事物，它的來源及可能性，也就是——我們到底能否真正認識外界的事物？換句話說，我們能否認識外界事物的真相？再換句話說，我們認識的外界事物，是不是真的和外界事物一樣？這是西方哲學上一個很大的問題，不過莊子沒有發展出認識論。因之我們不可以說莊子的認識論如何如何，而只是借這觀點來講解莊子所持之立場。

中國人喜用「觀照」看世界

現在大凡談中國諸子的人常說：「孔子的宇宙論、認識論、政治論如何、如何……」其實這是很危險的，因為中國學術本身並沒有那樣的說法。不僅中國學術的問題、內容等與西方不同，同時中國學者、思想家所持的看法也與西方大異。譬如：中國人多說人生觀、宇宙觀，而不是什麼論、什麼論的，「觀」就是一個看法，一個整體的、超越性的看法，所以「觀」是中國人喜歡用的一個詞，特別是我們好用的「觀照」一詞可謂代表，這表示中國人的思維要看到事物的真相，其所用的方式是「觀照」。就像太陽一樣，是在一個更高遠的地方來看這個世界，這樣我們才能看得更周到，看得更完全。一如中國的山水畫，就是用觀照的立場來看大地、山川的結果。而中國的山水畫沒有西方人所謂的「三度空間的焦點透視」，而是用觀照的方式把整個世界看進去，所以它的透視跟西方繪畫的透視完全不一樣，展現出了完全不同於西方繪畫的藝術形象。

這種「觀照」，在中國學術上，就構成了經書、史書非常獨特的寫作方式，這種方式，和西方的「論」不同。因為西方的論是針對某一個特定的物件，決定特定物件後，按三段推論的方式，一層層推出來，所以在中國這種觀照之下，所構成的經書，往往某一句話就可以成為一個論，如果我們把莊子、老子解剖出他的政治論或其他什麼論，這不是不可以，很容易把他的意思分散而變得支離破碎，甚至於違背莊子的本意了。這也是近代讀中國書上的一個大問題。因此，用西方的「論」來讀中國書，會老覺得不合邏輯，它們似乎是不合西方的邏輯，但並非沒有思維的法則，中國有自己的一套思維法則。若是從思維法則的觀點看，西方人的邏輯也只是其中的一種而已，而非人類唯一的思維法則。

所以站在認識論的立場，我們可說莊子要讓我們做逍遙遊，使我們獲得一種真正的自由，首先就是突破我們的感覺經驗，也就是打破我們平常感覺經驗中對大小空間的認識。而我們認識任何事物，都有空間上的限制，空間或許對你們比較抽象，若換成「環境」或許就容易懂了。比如我們在建中，對事情的看法必然受到這個環境的限制，譬如問，什麼是好學生？建中同學的答案，可能和別的學校同學不一樣；國學社的同學對人生、對好或壞學生的看法，也可能和沒來過國學社聽課的同學看法不同。

莊子為什麼用大小來說明「空間」呢？

第一、這樣可以很清楚地表現空間的具體形象。第二、能很具體地說出我們從感覺經驗所獲得的判斷。而判斷往往受到環境的影響。

從這裡，他再進一步說明我們還受「時間」的影響。就如現在十七歲的你們，判斷會和三十歲時不一樣；到了五十歲，又和三十幾不一樣；所以孔子說：「十五而志於學，三十而立，四十而不惑，五十而知天命。」至於「六十耳順，七十而從心所欲不踰矩」，他讓我們了解這些問題，然後由此了解到我們平日的認識受這些事物的影響、限制，而當我們了解這些限制之後，就容易脫困而出，獲得真正的自由了。人生的最大限制，往往莫過於經驗的限制，以及從經驗而來的觀念的限制。美國有一部小說叫《天地一沙鷗》，描寫一隻海鷗，牠一直飛一直飛，希望能突破自身的限制而飛出最高的可能。別的海鷗都笑牠，牠就說：「為什麼不可能？」其實我們許多的限制，多是來自於這「不可能」的觀念，如果我們突破了觀念，也就突破了限制。從這位作者的觀念中，我推測他可能讀過英譯本的《莊子》，受了莊子的影響，寫出這樣一本小說，今天我們讀不懂《莊子》，倒也可以讀讀這本小說以為參考。

我們再說莊子以大鵬之大，打破我們對空間的觀念和距離感，把我們帶到一個無法想像的空間世界，不過他怕我們以為這就是逍遙遊的極致，所以他把我們一帶，帶到那樣的高空後，忽然轉問一句：「天之蒼蒼其正色邪？」你所見到的世界，是一真實的世界嗎？然後告訴你：「不是。」他這種說明的方式，真是妙透了。他說「其遠而無所至極邪」，它不是天真正的顏色，它只是因無窮而讓我們看到的顏色，而這裡點出我們所謂感覺經驗的問題了。原來這是因為我們感官面對無限的空間而產生出來的顏色。它不一定就是天的本色，一如海的藍也是這樣。他告訴我們人類的感覺不是全然可靠的。「其視下也，亦若是則已矣。」我們如果從那樣的高空往下看，也一樣能獲得從下往上看的結果，因為我們的感覺是如此受限於空間。

「且夫水之積不厚，則其負大舟也無力。覆杯水於坳堂之上，則芥為之舟，置杯焉則膠，水淺而舟大也。」他再從那樣抽象的問題中轉回來，立足於具體的事物立論。如果水不夠深，就不能承載大的船，就如我們將一杯水倒在窪地，則可以用一片小草作船；假若我們拿一個大杯子放上去，它就沾滯不動了，因為「水淺而舟大也」。

「風之積也不厚，則其負大翼也無力；故九萬里，則風斯在下矣。」同樣的道理，天空中風之積如不厚，則無力負起大鵬的大翼，所以大鵬若要飛上九萬里，其下之風必厚，而當風在大鵬之下時，大鵬才能飛行。在此，他點出了一個重要問題——大鵬的大，大到無以復加，但與野馬、塵埃、生物一樣，都得待「息」而動。如此，從這個立場來看，不論大、小，不都是一律平等了嗎？我們看太陽很大吧？比地球大了不知多少，可是在外太空看來，太陽和地球的大小是絕對的差別，還是有限的差別呢？當我們站在更高、更大的立場，就會發現原來的差別不再是差別了。

我們說莊子以大鵬之大，打破了我們的空間概念；另外，再從我們實際人生來看，誰不想如大鵬一樣一飛沖天？誰不想揚名於後世？是以莊子絕不否定我們的現實人生。這也就是告訴同學，中國的東西一點也不遠離人生，一切就在人生之中，這和西方哲學可以不顧現實人生，而只就理論說話不同，並且跟佛教的否定人生也不一樣。即使是莊子這樣的逍遙，他仍要活在這個世界上。

「而後乃今培風，背負青天，而莫之夭閼者。」「培」，「憑」也，他憑著這風，飛上幾萬里，以背對著青天，無所阻攔地、勇往直前地飛行下去。「夭閼」，「遏止」之意。他告訴我們：你們想一飛沖天，就得聚氣、待息。這就是要下功夫，而後再等情勢、等機會。今天我們年輕人易受挫折，往往是忽略了聚氣、待息的步驟，常只想一步登天。要知道中國的學說，多是修己之學，而不是用來教訓別人的，能修己，就能成君子之德了。孔子說：「君子之德，風；小人之德，草；草上之風必偃。」到時候你自然就會有動人的力量，帶動大家並形成風氣了。一如若來國學社的同學都很快樂，很隨和，雖然有自己的個性，但都還平實，功課也不錯，人家或問你怎麼如此，你說：「因為我在國學社聽《莊子》，所以如此。」於是就會有人想來聽《莊子》，這不是很好嗎？而這才是真正力量之所在，你們將來要做事，也當以這種力量為主。

不論商業、文化事業，都必須先讓自己站起來，自己站不起來，就無法號召別人。培養自己本身的才能，便是聚氣；此外，要有其他條件的配合，也就是客觀的條件。從歷史上來看，孔子在當時周遊列國，栖栖惶惶、道無所行，從現實的觀點而言，他也不過是年老歸家教學而已，但是就在他這樣的堅持、這樣的行走中，開出偉大的文化大道。至於劉邦呢？他能使天下的人才聚到自己身邊，而後待息以動，滅項羽，統一天下，建立輝煌的漢朝，使中國人今天仍稱漢人。三國孔明，劉備曾三顧茅廬，他告訴劉備：在當時的情勢中，他也只能做到三分天下而已，至於天下一統，或只是一個高遠的理想（不過這個理想可維繫一脈正氣於天下）。這些人都有高超的見識，而其見識不僅是主觀的培養，也在對客觀情勢的認識，因此不論在任何情況下，他們都還能發展出事業。

甚至於管寧，在東漢末年這樣一個天下大亂的時代，他就什麼也不幹，躬耕讀書，而後全村的人都認為他好，等到一看管寧收拾包袱準備逃難了，全村子的人也都跟著他走。而鄰村一看，管寧這村都逃走，他們也跟著走！於是幾個村子一起走，走到東北，在那兒又開出一塊和諧安寧之地來，中國文化隨著他發展到偏遠的地方。

培養化腐朽為神奇的能力

再看南宋文天祥，在那樣的亂世中，其才也不足以挽回南宋的覆亡，而他則以死創出另一片江山，將中國民族正氣，綿延不絕地傳下，使元朝的統治不到九十年就滅亡。這些人不論成功或失敗，都有化腐朽為神奇的能力，這能力如何培養，就是教人不僅知進，也當知退；不僅知奮鬥，也當知休息，因為這樣才是正常的人生。今天我們社會最大的問題，就是一味鼓勵奮鬥，只看重成功、發財，以致許多人失之於愚勇，人生的道路也因而變窄。所以讀《莊子》，或可以拉出一些距離，使人們重新反省這些已被認定的問題。孔子雖然也告訴我們進退之道，不過莊子更是另開門徑，重講一套。他們兩人講的都是一樣的道理，你們絕不要以為莊子是批判孔子的，其實兩人一點也不相背，他只是從另一個角度，使我們習以為常的心重新有了知覺。莊子說：「而後乃今圖南」，大鵬等到能聚氣、待息、背負青天以後，也就是有足夠的能力，沒有人能阻擋時，就邁向自己的方向了。

接下來：「蜩與學鳩笑之曰……」

現實的人生，如果像大鵬一樣，那是「大」；可是還有一種「小」呀，比如蜩、學鳩；蜩是知了，學鳩是一種小的斑鳩。莊子忽然用這些小東西來與大鵬相比，弄得非常突兀，但也因這突兀，使我們覺得相當活潑。蜩與學鳩這些小東西，卻笑著說：「我決起而飛，槍榆枋。」「決」有「突起」的意思，「槍榆枋」，「槍」字用得極好，名詞作動詞用，「槍」同時也有「突」的意思，槍是古代的兵器，用來刺。我突起而飛，直接地飛上榆樹和枋樹上。「槍」言其短，很短的距離不用曲曲折折，此是回應前面盤旋上九萬里的高遠。小鳥和麻雀的飛行是直飛的，因牠們體積小，不太需要聚氣，可以隨時起飛，你們觀察這小麻雀的起飛沒有？都是突然而飛，突然而落。你們要知道讀中國書一定要學習觀察自然，因為書中大多是從自然中取象，你們若不觀察自然就難深入中國書中。

昨天我和幾位朋友去故宮觀賞古物，其中有一位朋友十分富有，不過他多少還讀了點中國書，所以倒還謙虛有禮，因此我們處得很好，每一次我們在一起去故宮觀賞古物，談談知識、人生道理。昨天在路上，他問我和另一位朋友：「你們什麼時候懂得欣賞這些古物的？」我們就說：「從小一點一滴學的。」他說：「真好，只可惜你們沒有收藏。」因為他是個好收藏家，接著他又說：「你們真好，愛看書，又能欣賞美術品，也懂得生活之道，只是從我的立場來看，還是有點遺憾，就是你們沒有收藏。」我和另外一個朋友就笑了，我們知道他的意思，不過我想，我們其實真沒有什麼遺憾。而他這麼想，正好幫助我們了解莊子說的這一段話。就是人生中，各人都擁有各人的，每個人若能充分享有自己所擁有的，那就不會覺得有所損失，有所遺憾。人生有時就像一個旅程，每人有各自的體力和際遇，沒什麼好遺憾的。莊子要我們懂得珍惜我們所有的，而不要老是去羨慕別人所有的。

儒、道兩家之所以成為中國學術的主流，成為中國人精神之所寄，實因兩家從現實人生中都講到這一點。不過在這一點上，並非僅此而已，如果你有所覺，那你可以抱有更高遠的理想。這高遠的理想並非物質的獲得，而在於精神之開展。我滿欣賞這個朋友的原因也在此，因他能有較高遠的理想。後來這位朋友接著又說：「其實，收藏並沒有什麼大意思，最開心的莫過於當你看到這個作品，然後理解它藝術的美感，這才是最快樂的。得到它，倒沒有什麼特別。」人與人交往貴乎知心，至於錢財倒真是其次了。

「時則不至，而控於地而已矣。」

「時」就是常常，「控」就是投，牠們還常常飛不到榆枋的尖頭，就控於地，馬上就要回到地面。小鳥說：「我的飛行，我的生活，不過就是這樣，吃飽了就算了，何須一飛九萬里，而後再往南飛呢？」換言之，人生幹嘛要那麼辛苦？何須要有高遠的理想呢？這不是自找麻煩嗎？而人生的許多問題就出在這兒。我們或許會羨慕別人有錢，老覺得自己窮、有欠缺，因而天天不開心；相反地，則是常以自己之所有，批評別人之所無。「哼！我比你有錢，比你有學歷，比你用功，甚至比你有人品，有……」你說這有多無聊，對不對？你們看，今天人和人之間的往來，不常是在那兒比地位、比財富、比別墅、比轎車嗎？只是，抬起頭來看看，天地那樣的大，把自己局限在這些有限價值的事物之中，不是太可惜了嗎？所以他用蜩與學鳩來做這一大段的結尾，說：「我決起而飛，槍榆枋，時則不至，而控於地而已矣。奚以之九萬里而南為？」認為人一生何必如此發憤圖強呢？

人生如旅行，各有各的際遇

一個有著高遠理想的人，在生活中往往也會經常受到很多這一類的批評，因此許多人常覺得孤單、寂寞，而放棄了理想和努力，是不是這樣？他接著說：「適莽蒼者，三湌而反，腹猶果然。……」這裡若加一個「人生」或會更清楚，他說，其實啊，人生好比一段旅程，就好像我們準備前往某莽原、野外去一般，有的三湌而反，就只是到郊外走走，一天就能來回。你們有沒有看過豐子愷的文集，其中有一篇紀念他一個兒子的出生，只是這個兒子一出生，心臟才跳一下就死去了，於是他問：你來這個世界的意義何在？要來為什麼不長一點，僅僅就這樣一下而已，這到底是什麼意思？的確，看看這世上，有的人活到九十、一百歲，精神壯碩，有的人十幾歲就得到老人病，提前老化。有的人這樣，有的人那樣，形形色色，不一而足，真是不可思議。有時候我們會覺得人生真是充滿了疑惑，在整個人生中，許多事物都不是我們能解答的。於是莊子說我們的人生就像旅行，有的到郊外旅行（湌，餐也。反，返也），一天來回，回來時，「腹猶果然」，他的肚子還是飽飽的（果，充實貌）。而有的生命旅途就好像往百里之外去一樣，「宿舂糧」，必須帶隔夜的糧食（宿，隔夜；舂糧，把米打碎）。又有的人一生，就好像要往千里之外一樣，須三月聚糧，也就是必須準備三個月的糧食，或說是長期的糧食，像這樣的人生「之二蟲又何知」，「蟲」字用得真好。這兩個小東西（之，此也；蟲，小東西），又能知道什麼？因從牠們的生活經驗裡，絕無法想像，有人能一飛千里，或必須一沖千里，才活得下去。讀過《中庸》的同學或許會知道，這就是「天命之謂性，率性之謂道」的部分。

或問何以有人天生要走千里的路，有人走百里就得停，甚至有人只有短短幾天而已呢？總而言之，那其中有人類無可抗拒的部分。莊子在自然限制的前提中，教導我們如何從這裡脫困而出，以獲得大自由、大自在、大喜悅、大快樂。因此《莊子》整部書就由此講到心靈的活動，它的方式是透過心靈的自覺和認識來達到，到了《中庸》，就根據這一觀念，再加上儒家的基本精神，進一步講「修道之謂教」。其人生的目的一樣，只是方式不同而已。

《中庸》「修道之謂教」的部分，著重在「修」，在「教」，這是人為的努力，所以我常跟你們說：《中庸》是儒家接受道家的思想，加以融合而再發揮，那是儒家的再出發。基本上，如果以儒家為中國思想的中心（或本位），《禮記》這本書，特別是《大學》《中庸》，事實上是中國文藝復興的代表，所以中國文藝復興的第一期，可說是在戰國的晚期，漢朝的初年；同時，這時期的重要性，就是將先秦的所有思想大融合，而以儒、道兩家為其骨幹，為其基本。

「小知不及大知。」

《莊子》文章之妙，妙在這兒，此二蟲又何知？到這裡，下面馬上說：「小知不及大知。」牠們為什麼不知？因為牠們之所知乃是小知。何以小知不及大知呢？因為「小年不及大年」。

在此還放進了時間的問題。我們的認知，受經驗的影響，我們的經驗，剛才以大鵬為例，受空間、環境的影響；同時，進而也受時間的影響。你們十七歲對事物的認識，跟將來到四十歲絕對不同，今天聽我講課，你們好像都懂了；可是等到四十幾歲再回想，你會有更大的發現，更大的收穫。那是因為你們長大了，有更多生活經驗，會對儒家、道家有更大的感動。因為屆時你們已有了很豐富的人生經歷了，你們可能也已經歷經各種衝擊了。這時你再讀《中庸》、《莊子》、《論語》、《孟子》……你會覺得好得不得了。有的甚至成了基督徒，或佛教徒了，而這些都可能是年輕時堅決反對的。如愛因斯坦，他老了也就信教了。因時間的不同，所以小知不及大知，而二蟲之不知，乃是不及在牠們的生活經驗中。而生活經驗中，除了空間的問題外，還有時間的問題。接下來的一段則是打破我們時間的限制，如此突破時空的限制，讓我們了解到人在時空中所受到的各種影響，常決定我們的各種經驗、感覺，以致決定我們的認知與判斷，而這也就是人生不自由、不平等的根源了。我們若能打破這些限制，生命就會更開闊、活潑。莊子根據他的理論，以生花妙筆，一層層推出，真是精彩極了。

《史記‧管晏列傳》第一講

＊編按：透過管仲、鮑叔牙的友情與賢德，引導學子珍惜人生的每一段際遇。

之一

《史記》基本上是以人為主體的一個歷史的紀錄，同樣地，也是人的心靈的紀錄。太史公面對中國這一塊地區，有三千年的歷史過程，然後在他那一個驚天動地、鋪天蓋地而來的顛覆時代所展現出的新時代；換句話說，舊時代過去了，隨著秦的統一，舊時代完全過去了，秦是一個開始，然而沒有成為穩定的新的王國。在這樣的一個過程中，太史公總結了前面所有的人類經驗，藉著《史記》說明人類的可能性在哪裡，以期待未來三千年的歷史。這是中國人的史觀：生命代代而無窮已。〈春江花月夜〉那一首詩裡面說的：「人生代代無窮已」，人類的生命，就這樣下去……

我們能不能從古老歷史的過程中和經驗中，看到自然與人之間的關係？以及文明躍升的那個神祕點在哪裡？就是所謂的「究天人之際」，而所謂人類文明躍升的點到底是什麼？有一部電影好像是叫做《二〇〇一年》吧！裡面呈現了那個文明的躍升。那是一群猴子，到了水邊，看到另一群猴子在喝水，百般無奈，然後無聊地拿起棍子打打敲敲，然後看到石頭被打得跳了起來，突然意識到，可以拿石頭打那一群猴子。於是人類的工具從這裡開始。這是電影的編劇，從現代生物進化論的人類學出發。而《史記》想從實際的一個三千年的人事，來掌握這個部分，以求古今之變，「通古今之變」，以了解古今變化，那個翻天覆地的關鍵。所以在這個前提下，太史公寫《史記》的一個基本觀念，他的動機就是—總結人類三千年歷史，以期待未來三千年歷史。

中國人獨特的文化史觀

這也是中國人特有的文化史觀，西方人到今天還沒有。西方人包括了古埃及人、古巴比倫人，包括蘇美人，以至於到古希臘、古羅馬，到今天印度人也還沒有。何以故？因為他們的永恆性是仰賴在上帝身上，也就是「神」的身上，而人只是過渡。但是在中國人的環境裡所開出的文化，其中最有意思的就是中國人認為：神就在人。而一個永恆性的發展，就是有「人」的推動。所以這是中國人很特別的文化史觀，然後從這當中，他希望總結前面的經驗，以為後世的理解。

在中國人這整個大文化當中，有一個問題，很多人在現代泛政治論的觀點下，這一個泛政治論不是我們台灣所講的泛政治論，而是在西方的近代文化影響下，然後從哲學的觀點，認為中國的一切文化、學術，似乎都在政治上，這是不對的；或說似乎都在道德上，這也不對。可是，的確有一個特點：我們的中國文化常強調的一個「治」字，但這不全是政治，可是也是政治，很矛盾，但就是這樣的狀況。這是政治，也不是政治，不是西方的Politics的政治，而是如何「治平天下」的意思，治國平天下。「治者，平也」，「平水曰治也」，平水叫治；而平天下者，乃就人性而平之，就是人性之平。所以所謂的政治，就是如何使人性獲得祥和平等，也就是身心安通，使大家「享有生命」，也就享有了生命的重要部分。

享有了生命，才是真正的人，所以《史記》的總結──「究天人之際，通古今之變」的目的，是求百王之法，以治天下，不是統治天下，而是以平天下。大學之道，《大學》這一篇文章中，就說到以格物、致知，然後誠意、正心、修身、齊家、治國，然後平天下。現代西方的政治觀點，認為這是不合理的，但是對中國人而言，它是相通的。何以相通？因為以人為中心，以人追求幸福的心，也是人的生命自覺的心為中心，以治天下，使天下都朝向自覺的可能性發展。這是人類享有生命的基本條件，也是人類尋求幸福的最大可能，也是《史記》所談到的部分。

之二

我們看到了「列傳」，首先是講伯夷叔齊。我們提過這是太史公的「史心」，一方面強調作為一個史官（因為中國人看重人生，因而看重史官），在史官的職責上面，幾乎先天性地賦予一個責任，要能尋出「究天人之際，達古今之變」這個憑據，以為天下之治，所以在這個前提底下，他本身說明要尋找屬於「人」，以及以「人」為中心的生命典型。人的生命典型不是只有成功者才算是生命典型，失敗、引退也都能展現；所以伯夷叔齊是失敗的、引退的，在歷史過程以及自覺意識下，作為一般庶人的典型呈現。因為列傳講的是一般庶人，不是士家大族，不是帝王，而是普通人或一般人。在他來說，作為一個史官的責任就是必須主動、積極去尋找，然後找出那些人，以為後世所標榜；而其目的在於展現生命的典型和狀態。「典型」不是典範，而是「狀態」，進而說明了：要能平治天下，最重要的就是無私；無私，在具體落實在現實世界，就是能「讓」，所以〈伯夷叔齊列傳〉也同樣彰顯「讓德」，表彰「讓德」。

今天我們講〈管晏列傳〉，是列傳的第二篇，可是非同小可，什麼意思，為什麼放在第二篇？中國的著作編排有它的「體例」。體例者，完整生命的表現。中國一切都講體例，「體」就是一個生命，一個完整的體驗，也就是一個生命典型的展現，而一本著作就是「活的著作」。這與西方有所不同；西方可能也有，但是中國在這方面卻是極力強調。中國重生命的完整性，重視怎樣去呈現一個完整的生命，所以《論語》有它的生命結構性，《孟子》、《莊子》、《老子》也都有它的生命結構性，可不能亂講啊！在這樣的前提之下，為什麼〈管晏列傳〉是第二篇，卻只是個小品呢？〈伯夷叔齊列傳〉雖小而大，而〈管晏列傳〉卻是個小品，原因何在？

伯夷叔齊，固然是一個史實，也是一個史事，可是畢竟是一個理想。伯夷叔齊是堅持理想而死。姜太公說：「此義人也」，扶而去之，旁邊的諸侯非要他們死不可，因為擾亂軍心，但是姜太公說：「不可以，因為這是人類歷史上不一樣的典型，勇於堅持最高的理想和原則。」換句話說，在現實和理想之間，是一種二分的狀態，怎麼辦？為了全人類的未來、人類的幸福，該怎麼辦？

但伯夷叔齊說：「你堅持和平原則的話，就不必打仗。」然而，如此國家將走上毀滅，該如何是好。

伯夷叔齊寧可讓它毀滅，以彰顯人特有的選擇，對生命絕對尊重的選擇，這是儒家最高精神之一；如果不堅持這一點，那就是庸俗的儒家，所以我們現在社會上所談的儒家都是庸俗的儒家主義。在真正的儒家堅持中會發現，一個生命和一群生命是同等價值。所以到王陽明時說，一分百分之百的金子，和一噸的金子同等價值，你不能說一噸超過一分，因為生命本身只能從「質」去看，這是儒家的堅持和要求。可是武王伐紂是勢在必行啊，在現實上為人類的幸福，最後訴諸於戰爭不能避免，怎麼辦？在這當中，〈伯夷叔齊列傳〉指涉在人類的世界中有一群這樣的人，所以說：「此義人也。」扶而去之。可是畢竟人的生命必須落實於人類社會當中，所以第二篇寫具有這樣的精神、彰顯這種理想，而又在現實當中完成的人，兩個大政治家——管仲、晏嬰。

我們曾經講過張良，〈留侯世家〉，他是第一等韜略家，一生沒有失敗，但請注意，張良並沒有執政，他一生都是參謀、國師，從未執政，但是精采的是，他一生沒有失敗。我們曾經講他在年輕的時候，刺殺秦始皇，創造了全人類史上的奇蹟——去刺殺天下最可怕的帝王之一的秦始皇，結果沒中，失敗了，不僅他逃了，連刺客也逃了，而且是在一片平坦的沙灘上，怎麼做的？不知道（只有等李安拍電影才知道）。在博浪沙上誤中副車，結果逃了。雖然在實際的事件中失敗，可是在生命的完成上，一生並沒失敗過。不過張良沒有執政過，若他執政，會不會是一個好的成功者呢？不知道。也因此陳平的價值從這裡彰顯出來，他解決了漢初最困難的問題，有功於人類社會。

不過我們往前再看春秋戰國，這樣大動盪的時代，重建新秩序、重開新局面的第一人——管仲，此後，後繼者——晏平仲，他們是兩大政治家，而他們本身的背後，有著讓德的實踐力，也因為他們能讓，或者說有讓，所以才有「能」、才能彰顯出「讓」字。「德」與「能」，在《史記》，在太史公所代表的書中是不分的。因為有德，方能彰顯能，所謂真正的能，然後才能真正開出太平，所以放在第二篇去呈現這樣的理想，在現實世界中的例子，舉幾個人物為代表。如果只寫一個，並不足，因為列傳就是至少兩個並列放在一起。「列傳」者，換句話說，展現人類永續經營的可能……

這篇之所以是小品文，重要的是，管仲跟晏嬰事功昭著，天下皆知，是大家都知道的，那怎麼寫？還有，兩個人都有著作。《管子》雖是後人集結，同時變成雜家之說，因為他集結了法家、道家、部分名家、陰陽家，還有農家、經濟學家在裡面。我們現在所讀的《管子》，是田氏篡齊之後，稷下宮以管子之名，也就是管子政策的脈絡底下所集結的一本著作，不完全是管子的，但這本書，不論是法家、道家、儒家、陰陽家、農家，重要的是它落實在一個「治」上，是膾炙人口的一本著作，到今天大家都讀它，還有其功能。晏嬰有《晏子春秋》，雖然也是後世根據晏嬰的一些事蹟所集結，但是同樣的，是一本以晏嬰為主的政治思想，他們事功昭著，也都有著作，要怎麼寫這樣的人物？

太史公以小品文的方式，側寫兩個偉大的政治人物，也因此他所寫的都是小事，然後以小見大，從小處去看這兩個人物的偉大，使得我們更能深入這兩個人的生命核心、生命特質中。

《西方正典》為例

今天談文章前，我先介紹一本書《西方正典》。我鼓勵大家看西方近代的小說，因為從十七世紀中期以後，或十八世紀以後，基本上，非常接近《史記》的筆法，他以人物為中心，只是是虛構的故事，是以人的百態、人事的經驗作為小說的創作，所以我們如果年代推早一點，就從《魯賓遜漂流記》開始讀吧！可以提供我們進入《史記》。之所以介紹西方的經典，是因為今天西方，大家都不讀經典了，這一點與我們今天也很像。第二個，解構主義出來，把所有西方經典披盔落甲地解構掉了；再來就是唯物主義或馬克思主義，認為那是中產階級吃飽了撐著的遊戲；再不然就是女性主義，認為是男人沙文主義下的作品，或兩性主義，或現代主義等，反正一連串的情況，都使西方經典受到傷害。作者從這個角度重新介紹西方經典，以提供進入經典的指引，這或許也可以提供我們進入《史記》。

這本書其中還有續編，講詩、散文、短篇小說。他要我們不要受某種意識形態的限制，讀小說是享受人生，因為這是人類文明的精華。他的作品中認為，當我們用意識形態來閱讀時，就減低了我們的認知，減低了我們所享有的世界，與我們對外在事實的敏感度，以致讓我們的眼界變得狹小而扁平。

〈史記．管晏列傳〉

「管仲夷吾者，穎上人也。少時常與鮑叔牙游，鮑叔知其賢。管仲貧困，常欺鮑叔，鮑叔終善待之，不以為言。已而鮑叔事齊公子小白，管仲事公子糾。及小白立為桓公，公子糾死，管仲囚焉。

鮑叔遂進管仲。管仲既用，任政於齊，齊桓公以為霸，九合諸侯，一匡天下。管仲之謀也。

管仲曰：吾始困時，嘗與鮑叔賈，分財利多自與，鮑叔不以我為貪，知我貧也。吾嘗為鮑叔謀事，而更窮困，鮑叔不以我為愚，知時有利不利也。吾嘗三仕三見逐於君，鮑叔不以為我不肖，知我不遭時也。吾嘗三戰三走，鮑叔不以我為怯，知我有老母也。公子糾敗，召忽死之；吾幽囚受辱，鮑叔不以我為無恥，知我不羞小節，而恥功名不顯於天下也。生我者父母，知我者，鮑子也。」

「管仲夷吾者，穎上人也，少時常與鮑叔牙游，鮑叔知其賢。」

此文是直接破題，平鋪直敘。我們不知道管仲是什麼時候生的，但至少得知，他是死於西元前六七〇年。管仲，字夷吾，穎上人，是河南、安徽那一帶的人，那時候稱穎上，是在河南南部與安徽西北這一帶，我們也可以稱說是河洛人，因為就是黃河、洛水一帶。游，交往。

鮑叔知道這個人非常有能力。「賢」，包含兩個部分，一個是有見識，所以從見、從眼睛。第二個，是能力。有見識，就可以跟德性銜接，中國的德性不是死守的教條，而是因見識所帶出的行為能力（德，行為能力也），所以德性不是遵守規範而已。在這裡要注意所謂的「賢」，鮑叔牙知其賢，即知道他的見識，以及他的能力。

到這裡是一段，這是我的斷法。在《史記》當中，一句可以成為一段，因為是總結。這裡講的是管仲，其實帶出的是鮑叔牙，所以這篇文章的精采處，就在於「虛實相應，奇正縱橫」。它講的是管仲，管仲是實、是正寫；然而它帶出鮑叔牙，而其實是借管仲帶出鮑叔牙，把鮑叔牙放在這裡，以作為附傳，然後不必替鮑叔牙再列傳。因此，實際上這篇文章寫五個人，管仲、鮑叔牙、晏嬰、越石父、馬車夫，還有馬車夫的太太一人蘊藏在裡面，基本上，也是女子列傳。管仲在這裡是實的、是主角，然而卻是個虛筆，帶出的是鮑叔牙，鮑叔牙是「虛」，然而卻是實。所以奇正縱橫交錯，雖是一篇小品，而妙筆生花，足見太史公在史料上的裁斷能力。一大堆淅瀝嘩啦的材料要讀自己讀，他只寫軼事。軼事，指沒有記錄的小事，然後完整呈現出完成這個人最重要的助力。太史公很多時候，把書寫的重點放在助成他完成的各種條件上，這是他特別的「史筆」。

「管仲貧困，常欺鮑叔，鮑叔終善待之，不以為言。」

管仲非常非常窮，是赤貧。這裡用一個「欺」字，是有意識的，用閩南語來讀更能理解。他有意識地去欺鮑叔牙，占他的便宜，不過，鮑叔終善待之，一個「終」字，從頭到尾，都善待管仲。更重要的是，「不以為言」，沒有任何一句批評，沒有任何的議論。（不像我們會說：你是我的好朋友，我不是說你不好喔，只是怎樣怎樣，只是建議而已……你很好，只是性格的缺點是……）然而，鮑叔牙一句話都沒有說，所以一個「終」字，善待之。

「已而鮑叔事齊公子小白，管仲事公子糾。及小白立為桓公，公子糾死，管仲囚焉。鮑叔遂進管仲。管仲既用，任政於齊，齊桓公以為霸，九合諸侯，一匡天下。管仲之謀也。」

「已而」，這是時間副詞，就是「不久」，齊國繼承人擁立的過程當中，鮑叔跑去為齊公子小白服務。事，作動詞，就是做事、服務。這也是齊襄公被殺，所以他的兩個弟弟公子小白跟公子糾，回過頭來爭王位。而在齊襄公當政的時候，公子糾跑到魯國去，公子小白則是去流浪，所以魯國很快速的讓公子糾繼承，不過後來公子糾卻做失敗了。

當時鮑叔選中了公子小白，管仲則跑去為公子糾服務。這裡就可見鮑叔的眼光超過管仲。不過要特別注意，他的曲折性也就在這裡—管仲眼光這樣，怎麼是好人物呢？這裡可以看出管仲的功利性。他何以選擇公子糾？因為當時他的聲勢超過小白，他大略是從這一個角度去看，因為管仲從小貧困，三級貧戶出身，所以他的選擇是—西瓜靠大邊，結果，不中。

「及小白立為桓公」，等到小白立了，成為桓公，「公子糾死，管仲囚焉。」因為管仲曾經用箭射中小白，還好是中到帶鉤，沒有受傷。這是不得了的大事，所以等到公子糾死了，管仲就做了階下囚；然而鮑叔也就在此機會推薦管仲給齊桓公。「遂」字用得非常好。「進」，推薦。這裡隱藏著齊桓公之所以為王，在於他有心胸，能用敵人。我們也曾經說過高祖最大的本事就是能用敵人、敢於用敵人。項羽的失敗，就是他採取一切否定與封閉，最後讓自己受困而死。

「管仲既用」，「既」，代表時間副詞，等到管仲真的被齊桓公所任用。「任政於齊」，在齊國擔任政事。「任」字，在古典的文字當中，這樣的用法，就是指能「專政」的意思。「專政」不是獨裁，而是能「專大政」，專任大政。他能專任大政的時候，「齊桓公以為霸」，齊桓公因此成為霸主。換句話說，用一個「霸」字，就是說他開出了新天地，整個時代因他而改變，甚至於影響往後數百年以及整個未來。

所以在這裡是管仲重要的功勳，在他「九合諸侯」。九，不是九次，而是多次的意思，也就是在齊桓公為霸的時候，他多次聯合諸侯。在古典中，言三、九者，皆為多數；「三者」，即老子所言：「一生二，二生三，三生萬物」，三者眾之始，所以是多數；九，「數之極也」，所謂數之極，就是數的十進位，從一到九然後再從一到九，所以九也就是數的極致，也就是非變不可的一個關鍵。因此《易經》：「九龍在天。」《易經》裡言「九者」，「極變也」。所以「易」者，「變也」。《易經》就是談宇宙的極變，不過中國人的精采，就在於極變中永遠不變。這要特別注意：永遠在變、永遠在變，這不能停止的變，那就有它的不變性，所以，在永恆的變化中，就有它的永恆性，這即「不易」。而人能夠認識此「易」與「不易」，因此又叫做：「簡易」，這就是《易經》的義理。

「九合諸侯」，多次集合諸侯，來共同談判建立世界秩序的問題。美國今天如接受聯合國的建議不打伊拉克，然後主導著聯合國來處理所有具有侵略性的國家問題，進而推動全世界和平，使人類走向新的未來，世界就定新局面，但他們選出了布希，就表示一定要用戰爭的方式處理問題。真可惜！這是站在中國王道的觀點來談人類歷史。我們要問：我們現在有沒有能力從中國人的觀點談人類歷史？中國霸與王的分別，在「王者，往也，天下之所歸往。」就是天下自動投奔以建構起的健康理想社會。就像前陣子許多人都嚮往去美國或紐西蘭、加拿大，都覺得那裡的生活條件很好，提供我們生活的某種環境，或者至少可以讓我們安定一下。

所謂「王者」，不是帝王，更不是統治者，而是它的內涵在於建立一個理想、有益於人類生存的社會，使人自動歸往，此者為王。因此「王者，往也，天下之所歸往。」許多人移民到那裡的原因在此。什麼是霸？「以力服人者」。就是說，我有力量，你不可以妄動，如果你敢妄動，造成世界威脅，我就攻打你。這不是侵略，而是以力量維持世界和平。

齊桓公「九合諸侯，一匡天下」，不是專制地統一天下，而是重新讓天下回歸到秩序之中。「匡者，正也」，就是重新恢復社會秩序，規整社會秩序曰「匡」，凡是從「匡」者，比如「框」、「筐」，都有規整的意思，所以「匡」，是規範、規整社會秩序，重新回到一個新的秩序裡，相對於周的政治失敗、一個王道的社會崩解，齊桓公因管仲的推動，而重建新的秩序、開出一個新的未來。何以知道它是一個新的未來呢？因為後來晉文公起，再後來楚莊王起、宋襄公起，一個接一個，大約歷時兩百年，所以這就使人類社會可以走下去。

那麼總結：「管仲之謀也」。從這裡藉著鮑叔牙的介紹，以展現鮑叔牙的眼光，並說明一個政治家能夠完成一個時代有建設性的工作，就在於能「讓」，然後「知人」，也因為能「讓」，方能「知人」。這裡不要用道德教條的觀念來講「讓」，而是就能夠空出生存的狀態，讓對方發展，使他真實地、完全地呈現。這深沉的涵義在這裡，這叫做能「讓」，不是自我膨脹，而是空出一個「可能的空間」。所以也有人說：「讓者，生之德也」；「讓」，是一種生、一種創造、一種發展的行為能力和實踐，如此，再帶出管仲對世界的貢獻。

管仲曰：「吾始困時，嘗與鮑叔賈，分財利多自與，鮑叔不以我為貪，知我貧也。吾嘗為鮑叔謀事，而更窮困，鮑叔不以我為愚，知時有利不利也。吾嘗三仕三見逐於君，鮑叔不以為我不肖，知我不遭時也。吾嘗三戰三走，鮑叔不以我為怯，知我有老母也。公子糾敗，召忽死之；吾幽囚受辱，鮑叔不以我為無恥，知我不羞小節，而恥功名不顯於天下也。生我者父母，知我者，鮑子也。」

前面是太史公的紀錄。管仲承不承認呢？開頭太史公說管仲之所以有今天，全是因為鮑叔牙，有如今天有記者要深入報導，就訪問管仲。他會不會說：「當然啊，剛開始是鮑兄介紹的，可是後來是我自己的努力。」會這樣嗎？不會。這裡就是藉管仲自己說：「生我者父母，知我者，鮑子也。」而管仲也了不起，從這裡也就彰顯出管仲之賢，再回扣到前面何以鮑叔知其賢、終善待之。他看到這人寶貴之處，換句話說，由此可看出一種本性，所謂知人，當知其本，要知道其人的本質。而這一個本質不是形上的，而是實際的、真實的，具有決定性關鍵的那種人格特質。

就如項羽是沒落的貴族，雖然沒落，但是仍有著貴族的訓練，待人親切、很有禮貌；可是關鍵時刻他絕不分功，他只信賴自己的親人，一切都要掌握在自己手裡。而高祖那樣一個浪子，打完了天下，卻能與同袍、人們共同擁有那份功勞和貢獻。近代中國人把高祖罵得好慘！老覺得他心機重。而不知高祖的胸襟與能容天下，是個好領袖，我們真的要認真讀歷史呀。

「吾始困時，嘗與鮑叔賈，分財利多自與，鮑叔不以我為貪，知我貧也。」

管仲說：「吾始困時」，指他的人生開始時非常貧困。一個「困」字，說明他完全不能伸張，所以也就幫著鮑叔做生意，「嘗與鮑叔賈」。「賈」，是小生意；商，是大生意，講商時是指做貿易的，「分財利多自與」，在最後年終算帳的時候，問：「有沒有賺啊？」他說：「沒有，只賺了五塊。」實際上自己收了十五塊。可是鮑叔「不以我為貪」，他不認為我是一個貪婪之士，這是不得了的理解。而後說：「知我貧也。」

像有人到高祖那裡講陳平的讒言，說他跟嫂嫂有不倫之戀，高祖聽聽，不置可否，然後又有人說陳平以自己的美色來吸引女性，高祖也不置可否。不過說到他愛賄賂，讓人升遷，高祖立刻就叫介紹人來，問有沒有這件事，高祖再請陳平來。我們還記得高祖的語氣是多麼客氣，問問他帳目的狀況如何、財政的收入如何，陳平說帳目每一項都清楚，雖然他是有額外的收入，因為要做些事，不過帳目處理清楚，如果有一點的懷疑，官印在此，高祖說這是你工作所需，我給你錢，然後不用再交帳了，所以陳平全力以赴。

這裡，「嘗與鮑叔賈，分財利多自與」，自與，指自給。鮑叔不認為我貪污，他了解我實在太窮了，留著這錢來舒緩。

「吾嘗為鮑叔謀事，而更窮困，鮑叔不以我為愚，知時有利不利也。」

「吾嘗為鮑叔謀事」，換句話說，管仲是靠著鮑叔過活。此句指，我曾經為鮑叔去做生意、謀事業，結果使得鮑叔更窮，所有的投資都完了，但鮑叔不認為我是愚。何以故？世界局勢不好，目前不景氣，所以不認為我無能、辨別力不夠，而是大局不好，「知時有利不利也」。

「吾嘗三仕三見逐於君，鮑叔不以為我不肖，知我不遭時也。」

「吾嘗三仕三見逐於君」，我曾經三次去做公務人員，「仕」，出任公務。「三見逐於君」，就是多次被人家趕出門去，解雇，「鮑叔不以為我不肖」，不認為我無能。「知我不遭時也」，知道我的特性、我的優點無法在這一個時候彰顯，「時」，時位、時機。鮑叔真的是一個情深義重的人！真的是管仲的知己啊！

所以真正的知己，是得見此情深。固然第一，要知人本質，要知道其人關鍵性的人格特質；同時，第二，得能有真情，什麼真情呢？依現在看，就是同理心。用佛家的觀念，就是慈悲心。用孟子的說法，就是惻隱之心，用傳統的話說，那是多麼情深義重；然而義重是因為有深情。如此，方是真情，才是情之正也。所以這一段從管仲寫到晏嬰，言他們兩個之所以有成就，是因為他們有著真正的生命之情，用現代的話說，就是他們有著真正對生命的愛護、對人的同情。有人問為什麼鮑叔對管仲這樣呢？因為管仲特別。第二，人世間的交往有其際遇、湊合，也就是緣分。像今天我沒來這裡上課，你們也就不知道有我這個人，我沒有來這裡，我也不知道有你們。而大家能聚在一起，就是人世間的際遇使然。也因而如此，所以佛家講：同船過渡，得有三世因緣，所以要珍惜每一次的相遇，能珍惜每一次的相遇，剎那就是永恆。

「吾嘗三戰三走，鮑叔不以我為怯，知我有老母也。」

「吾嘗三戰三走」，我曾經去當兵打仗，三戰三走，就是參加多次戰爭，每一次都跑掉，只要一說進攻，就掉頭逃走。「鮑叔不以我為怯」，不認為我膽小、怯懦，而「知我有老母也」，了解我家有老母，是我最放心不下的，這裡帶出管仲重視人的生命。

「公子糾敗，召忽死之；吾幽囚受辱，鮑叔不以我為無恥，知我不羞小節，而恥功名不顯於天下也。」

「公子糾敗，召忽死之。」當時共同輔佐公子糾失敗，召忽立刻身殉。而「吾幽囚受辱」，指出我寧可做一個階下囚，被抓起來，去接受這一個侮辱。鮑叔不認為我是個無恥之人，不認為我是個貪生怕死的無恥之輩，或是個貪圖富貴的無恥之輩。「知我不羞小節」是指知道我不是那個只守著教條主義的人，而是覺得「恥功名不顯於天下也」，自己沒有真正建立起人類的事業，會是我一生的遺憾、會是我生命中最大的缺憾，所以加了後面這一句，說明不是貪生怕死。

讀古書，特別是宋以前，講到「功名」，是就人類事業而言：功名者，天下之事業。這就是《易經》說的：「生生之為德。而這是一個大業。」建立一個全人類繁榮的社會，這才叫做事業；能夠使人類文明生生不息地發展，讓社會具有創造力的發展，這個叫做盛德，就是最大的事業。所以凡言功名者，是指一個社會的正面事業，它不是一個個人利祿的取得。

所以，「生我者父母，知我者，鮑子也。」鮑子，此為尊稱。所以管仲以師事之，換句話說，管仲認為他自身的事業，其實是鮑叔牙調教出來的。

後記

同學問到是否有入門書，以下介紹兩本書作為入手書，第一本是《司馬遷之人格與風格》，這本書超過有五十年的歷史了，作者是李長之。雖然受限於時代性——三〇年代那個時候，中國開始強烈自我批判，李長之的批判，就在於他認為太史公那時候寫《史記》是因為受宮刑、有怨氣而寫，尤其是〈管晏列傳〉，感嘆於自己一生沒有知己，而羨慕管仲遇到鮑叔牙。我個人不喜歡這種說法，因為如果太史公是因為如此而寫《史記》，說一句籠統的話，那就不是太史公了，因為太史公的層次不在這裡。一如我們看到他對於知己的那一份羨慕，如這篇文章的最後，尤其對晏嬰的那種嚮往，並希望遇到這樣的人，他在知己這方面似乎有寄情，可是那也是對一種理想的生命狀態的追求，而不是只感嘆於自己的身世不幸而來的遺憾。他不是這樣的情況，當然更不是由於憤怒。因為近代談太史公都是從這個角度去談，這點我不只不同意，還深不以為然。

這是一個特殊的時代，西方現代文明確實如坐雲霄飛車一樣飛上天，相對於我們古老的文化，似乎是顯得愚弱，因此引動我們在求好的過程中自我批判。近幾十年後自我批判，甚至到自我否定，近代大部分的學者，能夠超乎於這個時代限定的非常少，但一個好學者，要能入乎其內，出乎其外，然後有著高度的超越反省的能力，然後看到人的根本問題、人的終究處。西方近代有這樣的好學者，我們則很少，如果有，大家也看不見，因為無此能力與視野。

為什麼無此能力？近代的因素，例如滿清政府在對於文教事業、文教工作上的限制和思想發展上的斫傷。在元朝，中國還有私人書院，清代完全沒有，今天我們看到所謂的《四庫全書》，它還有不刊行的《四庫全書》，也就是那些被取消的書本，即在做《四庫全書》時，不合清政府的需要被消除了。這些來自文教的箝制使得我們本身的思考力、辨識力受到傷害，所以近代在我們求好心切下，而以為只要透過自我否定的方式就能使中國快速趕上，於是就自我了斷，砍了自己的手腳，以為加上義肢，我們就是新人類了，是西方人了，這一個觀點到今天仍是社會主流。

古老的智慧、現代的經營——《孫子兵法》

＊編按：活在變動的世界中，要懂得進退、懂得自衛，更重要的是，學會「進退存亡而不失其正」的處事態度。

孫子其人及《孫子兵法》中的「大戰略」觀

在以往的歷史中，因資料不足，有的人認為可能沒有孫子這個人；甚至根據近代一些國學大師的考據，也都認為如此。不過在一九七二年，楚國的古墓出土的文物中，發覺存有《孫子兵法》殘篇，跟古來《孫子兵法》的實著作對比，完全一模一樣，這足以證明《孫子兵法》確有其書，而按照《史記》的講法，孫子也是確有其人。

孫子的時代大約是西元前五〇二年左右，略晚於孔子，可以說他本身也是受學於儒家。

我們近代講孫子，通常稱他為「吳孫子」，因為他後來逃亡到吳國，之後寫了兵書十三篇，以干吳王（干者，求也）。當時吳王闔閭並不看重他，反倒是伍子胥見到兵書之後，佩服得不得了，力薦於吳王；吳王又重看兵書，始知其有才，欲用之，但孫子要求在此之前，先訓練吳王的侍妾。

孫子挑選吳王最寵愛的兩名侍妾為隊長來進行訓練，女孩子們只覺得好玩，不當一回事，以致命令無法行使，於是孫子說：「命令無法執行，其罪在下令之將。」他把這些人找來，特別是對這兩名侍妾再吩咐，她們反而笑得人仰馬翻；孫子又說：「令之不行也，其責在大將。」於是再把她們召集來說明下令。到了第三次，他說：「既已有了這兩次程序，令仍不行，其責即在分隊長，」於是把那兩名侍妾抓出來，以軍法論斬。吳王急了，說道：「不能斬，要留。」孫子說：「將在軍，君命有所不受。」斬立決！這下宮女嚇到了，不敢不聽他的指揮，因此在最短的時間就達到訓練的最大效果。

孫子對吳王說訓練已成，請吳王閱兵。吳王怒氣未消，隨便看看，無心用他，孫子也知道吳王心意而準備求去。這時伍子胥去勸吳王，說道：「你想要一平楚國對吳的欺凌，並對抗越國，進而稱霸中原？」於是吳王才又再請孫子帶兵。

吳國在春秋後期以五萬軍隊對抗楚國的二十萬軍隊，如此五戰五勝，連連打進楚都，不僅使伍子胥報了仇，平了楚平王的墳；還打敗越王勾踐，北上與齊、晉爭霸。

吳國能以一個文化落後的國家，成為春秋時期邁向戰國時期最重要的一位霸主，全憑藉孫子在兵法運用的才幹上。

孫子本身是很淡泊名利的，當他打完了那場戰爭之後，他把戰功讓給伍子胥，自己不但不居功，而且也退出政治，可能打算從此就退出歷史舞台之外。在那個時代，有許多這樣的人，譬如說子貢，也是一個了不得的人——他有決定一個時代變化的政治長才，但在決定一個新的社會秩序變遷後，他能選擇隱退。據《史記》，子貢也是促成吳用兵伐楚、攻越，北上中原，影響中原霸主之間消長的重要人物，保全了魯國；可是等到孔子死了，他為孔子守墓，而後便隱退了。像這樣做完一番大事後引退，亦是另一種高能力的行為。孫子在此方面的表現也如其兵法般的精彩卓越。

基本上，孫子兵法本身，我們可以從「大戰略」的觀點來看。在一般政治運作上，常可見「政略」、「戰略」、「策略」這些字眼，同學要先有所分辨。中國人所說的「韜略」，基本上是包含了「政略」和「戰略」，這通常是整體的、全國性的發展規劃。

譬如我們講到建中未來五年到十年的發展計畫，我們要先確定建中應該定位在哪，是培養「菁英」的學校？還是單以升學率為主導的學校？如果我們決定是以培養「菁英」為主導，那麼課程規劃要如何達成呢？在師資的聘請上有些什麼準則？甚至說請孫子這樣的人才到建中來教書，如沒有特別的待遇，他可能是不來的，但是教育局不可能提供額外的經費，這怎麼辦？如此以「菁英」教育為中心，然後做全面性規劃，以求原理、原則的建立，此大約就是屬「政略」性的布局了。

從規劃中付諸實際執行的部分，就是所謂「戰略」，它和政略的不同，就是如何進一步執行工作規劃的步驟、程序，以達成政略的目的；從戰略進而到戰術的應用，也就是實際作戰。譬如，我們向各單位申請補助，以完成這個工作，於是展開各單位的申請、談判等實際操作技術的部分。

「策略」相當於戰術；基本上是在沒有戰爭的時候，在政略的規劃完成後，運用像戰術的手段達成。所以講策略不如政略，策略等同於戰術的應用，只是略高於戰術；戰術則是實際面對面、對立的、鬥爭的技術應用，以求戰勝為唯一的目的。

中國人所謂「韜略」，換一個角度，也可以說是「戰爭原理」或「大戰原理」。在中國有這兩部書，一是《孫子兵法》，另一部是《孫臏兵法》。

比對看來，孫臏偏重戰術應用，是戰爭上方法的討論；而《孫子兵法》基本上是屬於戰爭原理、戰爭哲學，和前者不同。因此《孫子兵法》時至今日，始終享有最高的戰爭原理地位。相較於《孫子兵法》，克勞塞維茲的《戰爭論》——西方的戰爭原理——仍偏重於戰術應用上，而非戰爭根本原理的陳述。所以全世界，比如像俄國、德國、美國、法國等，幾乎都以《孫子兵法》的譯本，作為他們軍事學校及將領訓練的必讀書籍。在中國，它則是「武經」之首。

第一篇〈計篇〉

孫子曰：兵者，國之大事，死生之地，存亡之道，不可不察也。

故經之以五事，校之以計，而索其情：

一曰道，二曰天，三曰地，四曰將，五曰法。

道者，令民與上同意，可與之死，可與之生，而民不畏危也。

天者，陰陽、寒暑、時制也。

地者，遠近、險易、廣狹、死生也。

將者，智、信、仁、勇、嚴也。

法者，曲制、官道、主用也。

凡此五者，將莫不聞，知之者勝，不知之者不勝。故校之以計，而索其情。

曰：主孰有道？將孰有能？天地孰得？法令孰行？兵眾孰強？士卒孰練？賞罰孰明？吾以此知勝負矣。

將聽吾計，用之必勝，留之；將不聽吾計，用之必敗，去之。

計利而聽，乃為之勢，以佐其外。勢者，因利而制權也。

兵者，詭道也。故能而示之不能，用而示之不用，近而示之遠，遠而示之近。

利而誘之，亂而取之，實而備之，強而避之，怒而撓之，卑而驕之，佚而勞之，親而離之，攻其不備，出其不意。此兵家之勝，不可先傳也。

夫未戰而廟算勝者，得算多也；未戰而廟算不勝者，得算少也。

多算勝，少算不勝，而況無算乎！吾以此觀之，勝負見矣。

〈始計第一〉——我們可從古老的智慧、現代的經營切入

我們開始進入第一篇〈始計〉來談。為什麼叫「始計」呢？借用管子的解釋，這裡所謂的「始計第一」指的是從戰略立場而說，這也是政略的延伸。其實，一個真正能主動規劃作戰的大將，基本上必

然也是個大政治家，或說必然是能通政略者，所以我們先藉《管子》一書，講「計」的觀點來看：「計先訂於內，而後兵出於境。故用兵之道，以計為首也。」接著來看看孫子的說法：

孫子曰：「兵者，國之大事，死生之地，存亡之道，不可不察也。」

兵（軍事戰爭）者，國之大事，死生之地（關鍵、處境）、存亡之道，不可不察（細察）也。這裡強調生死存亡，特別是在「死」上，如此也含有如何死裡求生之意。

「故經之以五事，校之以計，而索其情：」

故經以五校之計（因此我們要拿五件事情來作為度量的準則），而索（考察）其情。「經」，古人作「常道」，即永恆不變的自然法則，這裡可作為「決定性的評估」。比如我們常聽到的《道德經》、「五經」，或其他經典都是此意。現在我們拿五種人事間的活動作為我們無法超越的範疇，再以大政略及大戰略的眼光來考察修正，而後仔細探索其中真實的狀況。這是《孫子兵法》中開宗明義的第一段，基本上全書都是在陳述它所蘊含或衍生的意涵。

那麼，何謂「五校之計」呢？

「一曰道，二曰天，三曰地，四曰將，五曰法。」簡單地解釋，這裡的「道」是指政治大環境中的理念與秩序；「天」是天時；「地」為地利；「將」是說將軍；「法」則是法令。我們接著看孫子怎麼說：

「道者，令民與上同意，可與之死，可與之生，而民不畏危。」

道者，令使民（百姓）與上（君上）同心意，而（百姓）可與之死，可與之生，而不畏危。什麼是「道」？在此是在一個理想政治環境的影響下，上下一體（令民與上同意），方能作戰，就如上古時期，波斯的大流士發兵攻打希臘，結果吃了敗仗。何以故？一部分的原因是波斯軍民厭惡了連年征伐，主帥的旨意無法全然貫徹。另一方面，希臘正面臨危急存亡之秋，必定上下同心，以保國之不滅，這都是「道」的範疇。

什麼是「天」呢？

「天者，陰陽，寒暑、時制也。」指的是天時、天候。先舉曹操為例：他擅長讀兵書，《孫子兵法》至今仍以他校的最好，但他當時打不下東吳、滅不了劉備，幾次都是由於忽略了天時所致；赤壁之戰，他沒有料想到會起東風，而這點卻被孔明掌握住了，得以以寡擊眾，底定三分天下之勢。

歐洲二次大戰時，英美聯軍在諾曼第登陸是利用大霧天，當雲霧散開，德國人發現滿天的軍機和漫海的戰船，於是出其不意地被打得措手不及；「沙漠之狐」隆美爾善於利用大熱天作戰，使熱氣成為他最大的利器；稱雄一方的拿破崙，攻打俄國時大敗而歸；這些也都說明了「天」在戰爭中足以構成決定性的影響。

接著看「地」：

「地者，遠近、險易、廣狹、死生也。」曹操以北方的軍隊打到江南水澤之地，而且是在冬天出兵。北方人不習水戰，是造成他失敗的另一根本原因。再講二次大戰，聯軍為何要從諾曼第登陸呢？一般來說，德國人以為聯軍會由登格爾克登陸，因為聯軍是在這裡被德軍擊退的（按照西方人的觀念——我從哪裡失敗，就從哪裡站起），沒想到竟是從防備空虛的諾曼第登陸。諾曼第是一處艱險的峭壁，從此處登陸必須冒著極大的危險，不過它並非重要的守軍據點，聯軍就是著眼於這項條件，加以海陸空全面支援，終能獲勝。

所以我們要注意戰事過程中的地形，包括山谷或平地或水澤、險或易，以至於是「死地」或是「生地」，譬如打游擊戰，必須在山林狹地進行，然後要分散，不能集中；若運用得當，沒有希望的死地還有處於「生地」的可能，如韓信之背水一戰，即是配合軍情及地勢，化「死地」為「生地」。因為希望軍隊能夠作戰，第一件事情就是讓他們有能力求生。

優秀的將領需符合五項特質

再來是「將」：

「將者，智、信、仁、勇、嚴也。」一位優秀的將領，必符合這五項特質：智、才智；信，誠信，守信；仁，愛心；勇，不懼死；嚴，威望，有紀律。其中的「守信」，其實是人類共通而不可違背的一項領袖特質；獨裁者一般都不具備，有時是以恐怖的方式達成他的目的，有時是以金錢收買，但都是無法長久的。史達林當國數十年，但是死了以後，赫魯雪夫首先清算他——鞭屍；而義大利的墨索里尼，被義大利人民追捕以後，還被拖著屍體遊街。

然而中國共產黨的毛澤東，對於共產黨員是有特殊福利的，非共產黨員沒資格享用；毛澤東目前還沒有被老百姓清算，因為還是共產黨執政，但亦可見，即使獨裁者的統治，在他的集團裡也不能完全拋棄「信」。他對效忠他的死士也講「信」，只是層次上，和我們先前談的不同。

最後是「法」：

「法者，曲制、官道、主用也。」「法」指的是制度，包括人事任用在內，換句話說，就是軍隊的組織；「曲」本指「局部」，指一個個單位，曲制即單位制度，指軍隊的組織；「官道」就是指人事任用，首重功效；你必須得有功效來作為選拔人才的考核，絕不能有人情。接著孫子說：

「凡此五者，將莫不聞（明白），知之者勝，不知者不勝。」孫子再度強調這「五事」的關鍵性。故校之以計，而索其情。曰：**「主孰有道？將孰有能？天地孰得？法令孰行？兵眾孰強？士卒孰練？賞罰孰明？吾以此知勝負矣。」**

孫子接下來對「計」做深一層的討論：

「將聽吾計，用之必勝，留之；將不聽吾計，用之必敗，去之。」

就是說一位大將，能夠懂得我的話（「聽」字包括「了解」的意思）而執行我的計畫，一定贏得作戰，如此之人，一定得留下。何以故？因為他不只是能領兵殺敵，同時從作戰中呈現出他也是一個戰略家、政略家——是真正的大將，能站在國家利益上做整體性的考量，並能靈活運用戰略、戰術。不要以為讀了兵法就能打仗，這只是紙上談兵，如古代的趙括和馬謖都是耳熟能詳的例子；也不要以為可以口若懸河地講述《孫子兵法》就能打仗，不見得啊！因為沒有作戰經驗，說不定會被打得一塌糊塗。民初有一個姓楊的將領，他對兵法之嫺熟，可與蔣百里齊名，然而正式任命他帶兵打軍閥時，卻一敗塗地；問他失敗的原因，答道：「唉呀！這些個盜賊出身的賊人都不按兵法打仗啊！」

再來，孫子說：一個將領沒有辦法懂我的規劃，一定戰敗。此處是一個雙關語，意謂他即便使用我的計謀，也會敗（因為不懂，不能變通）；此外——你要是用這種人，必敗，因此要「去之」，去之於何？去之於軍隊、去之於朝廷；換句話說，這種人絕不能成國之棟樑，這是一個國家主幹人才的去留問題。

「**計利而聽，乃為之勢，以佐其外；勢者，因利而制權也。**」一個「計」出來後對國家有大利者，就得採納，這個「聽」有採納之意——完全懂而且採納，如此就可以造成國家大戰略、大政略的勢運，以幫助安排進一步向外的發展。

以這陣子亞洲的金融風暴為例，基本上是一場經濟大戰，有些國家在幕後策動，然後抓準時機，擊潰了一些金融脆弱的國家。這一戰打得乾乾淨淨，許多經濟學家只從經濟面、金融面來談，無法看到其實這是一場不須流血的經濟大戰。要曉得今天國家整個會計成本的計算即是一個整體的評估，其目的在求國家整體的生存與勝利，這次金融大戰，連帶拉下日本和韓國，使整個亞洲的金融重建，起步大概要再等數年，這數年便可使歐洲調整、重建，美國則仍為經濟霸主，美國如此順勢而行，進而助其「成於外」。

那麼「**勢者，因（順著）利而制權也**」——因其利而制定權衡、權變之道，「勢」也可說是一連串力量的運作，像水流一般，當中包含了自然而然的力量，並非一切皆是人為。當然這一切的變化都得要有通盤的估量、計算——**了解一個國家中政治利益全面估量**。

我們講兵法，講「主計」，這是《孫子兵法》開宗明義的第一章。這個「主」，指的是領導者，「計」呢？就是考量，也是估量之意——站在政治立場上，做一個大政略的估算。考量國家的總體戰力，才能決定可否打這場仗；什麼是國家的總體戰力呢？除了軍事力量，還包括直接支持軍事的經濟力，加上人力、政治、外交……等等，都算在內，同時在「人力」中還包含了「道德力」。這一系列下來，就要回應到先前的「經之以五校之計，而索其情」了。接著孫子講：

「兵者，詭道也。」「詭」，就是不正的，也作「變」字解，「詭道」即為一種變化無窮的方式！從這裡傳出的訊息——戰爭及其相關的兵法，是變化無窮的，詭道除了變幻莫測，也還代表著「欺詐」（變幻莫測怎麼達成？包含用欺詐的方式）。換句話說，戰爭本身是一不正常的生存狀態；「詭道」，非常道也。中國人認為戰爭是為「詭道」，是一個非常的狀態，這跟西方人《戰爭論》認為戰爭是常態的看法正好相反。

而所謂「詭」，是在什麼地方呢？

「**故能而示之不能**」——指隱藏實力，同時包含了「不能而示之能」，如「空城計」。

「**用而示之不用**」——同樣的，不用而示之用。

「**近而示之遠，遠而示之近**」——明明就在眼前了，卻仍展現著還未行動，中共之所以快速占據大陸，在兵法上就是這麼運用的。

「**利而誘之，亂而取之，**」——以利誘惑敵方，趁其混亂時再取對方。

「**實而備之，強而避之，**」——若對方有作戰的實力，你這邊就得有所防備；若對方不僅有所備，而且強，你就要懂得迴避，免除不必要的損失。

「**怒而撓之，卑而驕之，佚而勞之，親而離之。**」——當敵方舉國振奮，同仇敵愾，那就要削弱分散他們的團結性；他們非常嚴謹小心，那麼就使他們驕傲——驕者必敗；他們按兵不動（即「佚」也），就要引他們動，再伺機擊之；若他們上下一體，便得使用離間的手段，瓦解他們的戰力。

「**攻其不備，出其不意。此兵家之勝，不可先傳也。**」到這裡總結出「詭道」的意思重在攻其不備，出奇制勝，任何別人想得到的，你出手皆已後算，而非先算了。這同時是兵家勝利的根本原則，無法事先預演，一切根據情勢而定，在所有準備之後，剎那之間發生的。

中國人稱之為一個「機」，或一個「契機」，是勝負決定的關鍵時刻，你必須把握住，無法事先傳授。「將之所以能用者」，即是將領若懂這個道理，能因時、因地制宜地攻其不備，出其不意，就算處於逆境，也能反敗為勝。

「夫未戰而廟算勝者，得算多也；未戰而廟算不勝者，得算少也。多算勝，少算不勝，而況無算乎！吾以此觀之，勝負見矣。」戰爭不過是短暫的動作，如同中國真正的武術，善戰者，幾個動作就分出高下，哪像現在的電影，電視中的武打，打到自己都累死了，當然那只是套招為了好看而已。而就戰爭而言，孫子認為勝負的關鍵在「廟算」的多少。

什麼是「廟算」呢？我們知道，古人做戰略的沙盤推演，必須到太廟去，為什麼呢？一場戰爭的發動是要先祭告祖先的，換句話說，我們不能輕易發動戰爭，必須向祖先負責，因為這關乎民族的生死存亡，不只是個人的成敗而已，故要先向祖先報告，在太廟中最後決算，這時候，我們估算得越仔細、越完備，勝算就越大；反之，估算不完備就一定敗。當然，這裡所估算的整體戰力不只是看得見的、物質性的量，還包括了看不見的、心理性的，以及善於臨時應變取得先機的活動在內。

我以此看來，一個戰爭的勝負清清楚楚！那麼一切決定於什麼？本篇前面有一個「計」，後面有一個「算」。「計」是大戰略、大政略、總體戰力的估量，而「算」是具體戰爭勝利條件的計算，所以主計者，包含「計」、「算」兩個部分，一切成敗繫乎主持戰爭之人的計算當中：這裡也包括如何選為「主者」。故不僅是戰爭的原則，同時提供我們在日常生活裡選擇、估量自己的上司，部下，甚至作為估量自身的一個憑藉。

進退存亡不失其正

兵家自古為中國所重視，朱熹也曾說：「兵法雖詭道也，然十三篇，讀者不可不重視也。」現實生活中有正有變，我們固當有能力行正道，同樣也要有能力以詭道在險中求生。詭道中有正有變，正道中亦有正有變，因此兵法是以站在一個變動的世界中為立論的前提！

朱熹之所以提到要明白詭道，很重要的一點，就是要能進能退，在現實生活中也當能以自衛。讀兵法其實自然就會懂得自衛之道，所以即使是岳飛這樣死於莫須有之罪，他也知道選擇最適切的方式殉國，他是等十二道金牌下來，爾後才走。第二，他當時在死亡或擁兵自重間，選擇了死亡，了不起的地方是，他想到整個大局得有一個中央穩定的政府；因為當時所有部隊的大將都擁兵自重於外，朝廷空虛，故他願選擇死亡，實際乃以身作則，交出兵權以鞏固中央，以維繫南宋之不亡，保留漢民族的一點尊嚴與氣節，昭示後人。

所以，千萬不要以為一個社會、國家的力量，只是單純經濟上、政治上或軍事上的力量而已，在這些力量的背後，往往精神力量才是真正決定勝敗以及福禍存亡的根本因素。

最後再回到《孫子兵法》的時代背景上，孫子是春秋後期的人，他的思想跟老子的思想可以相互參考。我之所以提到老子，是因老子彰顯出《孫子兵法》中虛實交錯、運之於勢的特性，如果《孫子兵法》確出於春秋戰國，則《老子》一書是很有可能受其影響，只是老子以此道講「有」、「無」，成為一個更大、更完整的哲學體系，因此，我們先讀《孫子兵法》，也可以對未來讀《老子》會有幫助。

我們在現實生活當知正道，且當行正道；也當知詭道，而能行詭道，才能在此多變的時代中，進退存亡而不失其正。

柳宗元〈始得西山宴遊記〉

＊編按：文中辛老師以〈始得西山宴遊記〉教導學子如何在生活中找到感動，進而開闊心境，坦然面對人生的困境。

有機會跟高一的同學們談〈永州八記〉，我非常高興。原因是，我離開建中已經二十幾年，一直覺得是這一生中最大的遺憾；我在建中教了十年書，覺得這是我一生中最大的快樂。雖然離開後還繼續教「建中國學社」，但是因為國學社的同學們有大學長、小學弟，來自許多不同的年齡與年級，那種滿足感，跟在建中上正式課程時的感覺又不一樣，我經常覺得，能夠來建中教書是最大的福氣。

我也希望提醒你們，成為建中的學生，倒不是因為建中給你們福氣，而是因為：

一、在這樣的社會教育跟升學制度下，在一連串競試中，你們不知不覺就把生命中許多的雜質篩除了，而能專心學習。

二、進到建中，與一群同樣年齡又聰明的孩子集中在一起學習、生活、交朋友，這是人生多大的福氣！

三、在這樣的環境中，你們不會滋生太多煩惱，在生活上，你們為了進入好的學校、好的大學，反倒有了重心，有了努力的方向；此外，你們還可以遇到好老師。

四、因此你們別不在意你是建中生，而要從中意識到自己的優秀性，並讓自己這一生都能夠充分發揮、享受生命中能自我實現的快樂。

就這幾點，你們已是非常有福氣的人了，千萬不要忽略這件事情，這是我以前常常告訴我建中的學生的一些觀點。

今天應邀來向同學們說說我讀到的柳宗元，待進教室一看，哇！好像再次帶一個班的同學，心裡立刻回到從前在建中任教時的感覺，不禁高興起來了，這真像回到我以往最快樂的時光。

當時要離開建中，去大學教書，我的老師就非常不贊成，他希望我在建中至少教二十年。他說：「你才剛教一半，要慎重考慮；高中教育其實是人生最重要的一個階段，尤其你又在建中任教，得天下英才而教之的快樂，是不容易得到的啊！」只是當時我身體不好，需要休息，想先離開一下，沒想到一去就是二十多年，至今心中都還有些遺憾，今天能來和你們見面真開心。

現在我們來上〈始得西山宴遊記〉。

從體例著手

柳宗元的〈永州八記〉合起來其實是一篇大文章，是一個系統，逐步地一層一層進入柳宗元的內心世界，這是我們在讀〈永州八記〉時必須知道的第一個部分。

第二個部分就是我們在讀古書的時候，同學們千萬不要忘記，你們讀的是一個非常古老的民族所積澱下來的文字紀錄。這裡面所涵藏的東西並不是只從文字表面的意義就可以得到，你必須深入它的內在，才能夠看得到這個文章本身到底的意旨，以及古人認為柳宗元的文章好得不得了，是好在什麼地方。

那麼在這個前提底下讀〈永州八記〉，一定要注意到它是屬於「古文」。什麼叫做「古文」？古代文字？注意喔！「古文」在中國文學史上是個專有名詞：

一、它不只是所謂的古代文字。

二、它是屬於韓愈、柳宗元等人所提倡的古文運動的專有名詞。

三、這個「古文」是相對於「駢文」而說的；換句話說，中國的文字有駢文、有散文，古文是屬於散文。

自古以來我們如果說《詩經》屬於「韻文」，成為「駢文」系統最高的源頭；而散文是出於《尚書》，然後是先秦諸子；《詩經》之後接的就是《楚辭》、漢賦，而後逐步發展成為「駢文」。

「駢文」到了什麼時候正式開展？基本上齊梁的時候才完全成熟，這個系統的文字：第一，特別強調形式，包括音韻，也就是重視聲音的美。第二，他們進一步發展到單純的唯美主義、唯美性。第三，多以個人的情感為主。第四，不但是個人的情感，而且是以個人情感中的感官知覺作為主要的內容，有點像近代很多作家書寫其個人感受。

最近有位老散文作家琦君去世，不曉得同學們有沒有看過她的文章？你們可以比較她的文章和現在的年輕作家有什麼差別？甚至於包含你們在網路上看到的那些文章，也可以比較他們之間的差異。同樣是談情感，有什麼特別不同的感覺。在齊梁文章中，除了重視形式、音韻，以聲音之美為主外，他們又強調了感官的感覺與感情。

創作重新找回生命的感動

在這個前提之下，齊梁文章不再著墨於一個更深層的生命反省，文章的發展到唐朝初期引起了反省，覺得藝術的創作到底是以唯美純粹的形式為主，還是該有一種生命的反省在裡面？即使是談個人的私情，仍然要去碰觸人類的共同情感，所以藝術只純粹是唯美的？還是藝術本身在美、漂亮之外，還有一種深沉而普遍的動人的情愫？換句話說，什麼是美？在這裡被討論了。什麼叫做美？美是漂亮嗎？美只是Beautiful，只是這樣就叫做美嗎？還是美是一種深深動人的、一種生命完善的感受？

「一種深深動人的、生命完善的感受」是什麼？就是覺得活著真好，活著很舒服！你們還可以再加上，讀建中真好的感受。

從心理上來看，這是一種回饋的、反芻的、細緻的喜悅感覺。

曾經有學生告訴我，讀書很苦，因為他們太用功了，每樣功課都想做好，把自己塞得滿滿的，無法思考，也缺少感覺的空間。所以當我問到這個問題的時候，他們不能了解，覺得很深、很抽象，剩下唯一可以感覺的，就是讀了「建中」這件事。因為這是一種努力的成就，想起來就會開心，同學們如果覺得讀建中「真好」，這也算是一種生命的感動。

唐朝初期有人認為藝術、文學的創造是不是應該有這種感動，美應包含這個部分，美不是漂亮而已。當時有一個叫做陳子昂的詩人，他就感嘆地說「大雅久不作」（《詩經・大雅》雖說是周文王的德行，西周的建國等等，但裡面也是標舉著人類共同的理想，對愛的肯定與期待），整個人類的理想已經長時間沒有在藝術中表達了，所以他「念天地之悠悠，獨愴然而涕下」；而後李白、杜甫就從這樣生命感動中，去展現他們對這個人世間、人類的關懷。

到了柳冕，就提出文章必須「依乎仁義，表現性情」。什麼叫做「依乎仁義」？仁義是孔孟的主張。什麼是仁？

學生：不清楚。

你看，這麼熟悉的仁學，可是卻又突然有點陌生對不對？

學生：「剛毅木訥。」

你用「剛毅木訥」來講仁。不錯，很聰明。不過這一句話是說，我們從「剛毅木訥」中才能見到仁，才能表現出仁，所以「剛毅木訥」是仁的一種表現。那麼為什麼「剛毅木訥」能表現仁呢？試想一下「剛毅木訥」的相反是什麼？是不剛、不毅、不木、不訥，什麼樣的狀況是不剛、不毅、不木、不訥？

學生：「巧言令色。」

好極了，一百分，「巧言令色」是「剛毅木訥」的相對。孔子說：「巧言令色，鮮矣仁。」一個巧言、一個令色，當中不會有仁；為什麼巧言令色當中沒有仁？為什麼「剛毅木訥」才有仁、才見得到仁？同學們來看「剛」，我們先不用一般的定義「不屈」，「不屈」曰「剛」，而是從你們的角度來說，是很有個性曰「剛」。

而什麼是「毅」？

學生：堅忍。

「堅忍」也對。堅忍是一種什麼表現？你們當年考建中時的努力苦不苦？苦！你們忍下來了。有同學說現在比較苦，那你們是用什麼方式度過的？有同學說吃糖度過。我想即使吃糖度過也是一種忍。而你們何以能忍？你有堅強的意志力是不是？「毅」就是堅強的意志力的表現。

超越表象，看重真實的自我

什麼是「木」呢？呆頭呆腦嗎？其實「木」不是呆頭呆腦，是樸素、樸質，像一棵大樹，一棵沒有削減的大樹。就像學校福利社前面那兩棵大樹，記不記得那兩棵大樹？哇！這麼粗。沒有削減過的大樹，是樸質的，也就是保持原樣，沒有修飾、花樣。

（我每次坐捷運，看到台北有一個學校的學生制服的顏色、質料、形式與建中的很類似，但是我若要看這些學生是不是建中生，你們猜我看哪裡大約可以知道？

學生：學號。

還有什麼？

學生：氣質。

說得好！

學生：看他的臉。

不全然。

學生：看旁邊有沒有多一個人？（哈哈！）

建中生有時也多一個人啊！不過下課時大多是一群一群的。

學生：看頭髮，建中生的頭髮比較自然，他們的頭髮很多都有修飾。

相對於他們來講，你們是較樸實。我想是的。雖然建中同學也會修飾自己；可是相對於他們，真的如你們所說，在氣質上、說話上、在與人相應的態度上，還有頭髮的裝飾上，的確你們比較簡單、單純，這就是樸質。

我記得二十幾年前有一個學生運動，但建中的學生都不參與。記者們就跑來訪問同學說：「你們為什麼不參與？」你們猜那是什麼運動？

學生：護髮運動。

哇！你們答對了，不錯！）

第一次學生要求不要再剃髮時，然後形成很大的一個學生運動，但是建中沒有參加，北一女也沒有參加。為什麼沒有參加？建中生說，「我覺得頭髮下面的東西超過頭皮上的頭髮。」這句話傳為名言，也讓建中生令人刮目相看。你們所看重的超越了某一個外表的表象，而展現單純、樸實、真實、自然，這就叫做「木」。

什麼叫做「訥」？不會說話叫做訥。為什麼這麼形容？難道一個有仁的人要講話結巴嗎？不是的，他沒有多餘的修飾詞，他不誇張。稍微引申來講，他面對真實，因此言語單純。

相反地，「巧言令色」何以「鮮矣仁」？「巧言」的目的是什麼？討好別人。「令色」的目的是什麼？

學生：修飾？

修飾的目的是什麼？

學生：因為沒有很好才要修飾？

也對，因為沒有自我、沒有自信，就忍不住修飾自己。

目的呢？其實目的還是討好別人。

所以「巧言」跟「令色」都是討好別人。而討好別人基本上就是以外在為重，以他人為重，而「剛毅木訥」都是直接以真實的自我為重。這不是讓你們自私自利，而是要以真實的自我為重，換句話說，這個「仁」字有一個中心，就是「真實的自我」。

你們今天有沒有真實的自我啊？

學生：有時候有，有時候沒有。

你們也不要難過，顏淵「三月不違仁」那已經是不離開自我最久的一個，其他包括子貢、子路都只有一、天兩天而已，所以你們現在不要太在乎。

而今你們有辦法堅持真實的自我做一個建中生，原因是什麼呢？而你們能夠發現真實的自我，原因又是什麼呢？

學生：自我反省。

很好。

「反省」又可以叫做什麼？再更深刻地說，「反省」是一種「自我認識」。所以「仁」是自覺的活動，也是認識真實自我的活動。

孔子說：「仁者愛人」，孔子的意思是這個「自覺的活動」，通常是從當我們對「人」開始有了感覺開始。如以你們這個年齡來舉例，你們會不會對著鏡子看你們自己？會吧！你們上樓梯的時候，對著玻璃窗上的自己會不會多看一看、撥撥頭髮？

學生：那會跌倒。（哈哈）

為什麼會跌倒？被嚇到，或者覺得自己不夠帥，或者突然看到自己，你突然意識到說「這是我！」然後跌倒了！

那不一定要論及美醜，對不對？這就是你突然意識到你自己，突然開始意識到人，因為你自己也是一個人。如此，在你意識到自己，以至意識到別人，甚至意識到生命裡面，開始有了一份重視感，這種重視就是「愛」的開始，表示你在乎了。剛開始當你開始「在乎」的時候，你又常常覺得手足無措；就像剛才看到自己，然後突然意識到說「這是我！」就嚇一跳。

這個時候你要接納自己，還是不接納自己，或把鏡子摔破，或像白雪公主的後母天天問鏡子世界上誰最美？當鏡子說是白雪公主，她就大罵鏡子，無法面對真實，她拒絕接受自己沒有白雪公主美麗。但不論拒絕自己還是接納自己，那都還是在跟自己對話。

尤其你自己在乎什麼？就必須跟在乎的那個事、物或人溝通，有了溝通才有了真實的關聯，才搭得上線。這「溝通」就是人之愛的一個方式，所以「仁」這個字從「人」從「二」，二人構成的「仁」就是互相溝通的意思。這樣的溝通是以「人」為主，也表示人是極獨特的。當你對人開始有意識的時候，你必須開始要學習溝通，如此才能取得真正對人、對生命、對自己的了解以及真正的認識，而才會有真正的覺醒。

所以仁是一種愛，是在愛中的覺醒，透過覺醒，進而跟自己以及所愛的人溝通。為什麼要溝通？因為包括我們自己，今天想的、跟明天想的都不一樣，更何況是跟另外一個人！你們這個年齡具有反抗性，有的時候明明知道老師或者爸爸、媽媽對你好，可是這時候他們來對你講話你就煩了；換一個時間講一樣的話，你又會覺得很喜歡，說爸媽真關心我，為什麼？因為人基本上有情緒、有反應、有特殊的感受、有特殊的心理狀態而有不同。我們不能一成不變地對人，平常我們對自己也很難一成不變，人是最具變化性的、最複雜的，哪怕是對待自己而已。

在這種情形下，以「仁者愛人」來特別挑起了覺醒性、溝通性，以至於在覺醒、溝通後才能達到和諧。這是中國傳統文化、學術闢出的一條生命的道路。

等一下你們看〈始得西山宴遊記〉，它為什麼是八記中的第一篇？這是因他第一天出去逛、第一天看到的景色，所以是他第一篇的日記，這樣而已嗎？其實不只是如此。

你們可以看到在文字中，一開頭他寫：我是一個罪人、我是一個被貶謫的人、我是一個受侮辱的人，以至於我來到這裡，我悽悽惶惶不知所以；雖然我好像在觀察景物，一切都看到了，可是我其實等於沒有看到。待等到他開始接納自己的不幸，他沉澱下來，他就突然看到這世界和這世界的美。

述說個人感覺，通乎人類大情

所以這篇文章中，就如柳冕所說的「依於仁義，合乎性情」，即使他述說個人的感覺，卻也通乎於人類之大情，就是人類可以共同擁有的感受、感覺、感情。這是古文運動最重要的一個部分，韓愈、柳宗元全力以赴推動，古人認為，古文運動的過程中如果沒有柳宗元，韓愈則不會那麼波瀾壯闊。

當然韓愈的古文運動，就文章理論而言都極其堅強，但是柳宗元所開展起來的、具有高度藝術創作性的美，也使得整個古文運動中讓人們看到，原來這樣的文字可以展現如同駢文般那樣燦爛的藝術光芒，此不同於韓愈古文的深沉思辨性。柳宗元是一個高度的藝術創作者，他透過文字、文章、文學，當然還包含他的詩歌，都展現高度的審美性。

雖然柳宗元的文章在理論上沒有韓愈那麼完整、那麼嚴謹，可是他在創作的成就上是不得了的，他的文章中就是從這樣的「依於仁義、合乎性情」中發展。此為首先要理解之處，他的文章背後含藏著一個重要的訊息，即「生命的覺醒」。

剛才我們講「仁」，現在講「義」。

什麼是「義」？「義」者宜也，宜者適當。什麼是適當？這個義字前面一定要根據「仁」，或者「道」，或者「情」，或者「正」（仁義、道義、情義、正義），沒有仁、沒有道、沒有情、沒有正，就無所謂義。換句話說，「適當」的前提，就是人的自覺以及情感的適當處理。人是情感的動物，人在情感中覺醒，然後在覺醒中透過行為，給自己做適當的安排跟抉擇，這個叫做「義」。

他們認為在文章、藝術中，依乎仁義、合乎性情，人類最真的情感才是藝術的表現，所以他們提出這樣的審美理論，也可以說是美學理論。

然而柳宗元的文章中，達到這樣高的、清澈見底的境界，除了仁義、性情，還有什麼別的素質或影響？我們先從〈始得西山宴遊記〉看起。

柳宗元說「自余為僇人」，「僇」就是「戮」，殺戮的戮，本來作「殺」的意思，這裡不作「殺」，作「罪人」，也有辱禍的意思，是一個被侮辱的人。

「居是州」，住在這個州；「恆惴慄」，「恆」，指的是常，指的是日復一日，我每天生活在害怕之中。注意，這是重要的文章前提，我隨時要擔心，即使是一封公文來，都得要憂心是不是又要被貶了？或者被殺頭了？

不過唐朝不殺文人，唐朝都把文人貶到邊疆去，目的是什麼？

學生：開發邊疆。

怎麼樣開發邊疆呢？用戰爭嗎？用他的武功？

學生：造亭子。

說得很好！很具體，但是造一些亭子的目的是什麼呢？

學生：美化環境！

美化環境是為了什麼，激發靈感嗎？他激發自己的靈感嗎？他為了激發自己的靈感，去建造這麼多亭子？

學生：是讓大家欣賞的。

讓大家欣賞的目的是什麼呢？

學生：感化心靈。

很好！感化人的心靈能提升人的品質。換句話說就是教人「懂得美」，也就是透過一個藝術的環境，然後柔化人的情感，將人從日常的功利情感中解放，或從蒙昧如同動物的生存感覺中解放出來，這是心靈的解放，心理認知的提升。這是人心靈自由的開始。

今天一般人都以為「自由」只是一個法律名詞，其實不僅如此，「自由」還是一個心靈的名詞，一個審美上的最高範疇。

當我們擺脫了日常的功利情感，不再天天想著我要活下去、我要賺錢、我要去抓取權力、我要去爭……或者，我要用競爭的手法考上建中、考上台大。你們不妨想想，你們現在用什麼樣的心思參加考試，有沒有假想敵，有沒有要打倒誰，或證明給別人看？我今天要拚過他，等到拚過他以後，我已經克掉一個人了，以後再看到全校第一名，再攻克他？

世人常用這種假想敵的競爭方式激發人的意志，取得全面的努力，然後考上最好的學校？只是有些人在自然的狀態中從容準備、激發自己的潛力，取得自然的成績，獲得自然的成就。

如果你是第一種，這就是日常功利的情感；人常常被這種日常功利的情感綑綁，又覺得非常痛苦，十分地不自由；因此我們想從這裡解放，獲得真正的自由，也就是沒有功利、目的性，不是以憎恨來伸張意志。

所以，藝術的重要就在於它常常予人沒有功利、目的性的一種喜悅、愉悅。

一般來說，邊疆的人民文化、知識較為原始、落後，他們每天只是為了活著而已。他們可能因此常常發生械鬥，生存反而受到限制。原因是什麼？在有限的物資下，你多吃一塊，我就少吃一塊，這影響我的生存，怎麼辦？械鬥。

文人到那裡教人識字、讀書、紡紗、做陶，教人許多高度的生活技術，也教人懂得在生活中有一種從生存功利、生存目的出走的能力。於是他再蓋一些亭子美化環境，你到那兒可以吸一口氣，歇息歇息，欣賞風景，這叫做環境教育，又稱為潛在教育，透過環境的美化，移人性情。

（台北藝術大學的校園很有藝術性，是我在做主任祕書時，與當時的總務長共同規劃的，希望藝術美在校園中展現，讓人文與自然相得益彰。後來我不做主任祕書了，前後任校長也仍積極推動，目前所有到那邊的人都覺得這裡的環境好舒服，好輕鬆，好美啊！）

藝術情感可帶動文化力量

換句話說，這就是唐朝的政府開始把文人放到邊疆，然後透過藝術的情感帶動文化的力量，將人類的這份「生命的愉悅」推展到邊疆去，所以中國的土地幾乎不是只依靠打仗得來的，而是靠文人的文化拓邊，靠藝術美化中逐步開展自然交融的結果。只是被貶謫到這裡的文人、文化人——應該叫文化人而不要叫文人，文人今天容易被誤解，以為是純文學創作者；古人的文人就是文化人——他們內心很害怕，因為不知道什麼時候還會被貶謫，因是帶罪之身；所以「恆惴慄」。

「其隙也」，就在這樣害怕的空檔中，「則施施而行」，否則怎麼辦？天天害怕，可是怕也得活啊！等怕到一個程度，喘一口氣，「施施而行」，就是沒有目的、無精打采地走著，說明他那時候的狀態，描寫得真好。「漫漫而遊」，沒有目的地東走走、西走走。

注意，用「施施」、「漫漫」，代表他雖然在看，可是等同沒有在看，他並沒有進入那個景色中去。

若是有時考試考壞了，你們會不會「施施而行」、「漫漫而遊」地走在南海路上？

會的，對不對？

你看，你們都有體會，他寫出了所謂的「人間大情」，這就是人間大情，人們所共有的感受。

「日與其徒上高山，入深林，窮迴溪；幽泉怪石，無遠不到。」每天只要有閒暇，就抽個空跟自己的門徒走到高山，甚至進到森林裡頭，然後沿著溪走到盡頭。

「窮迴溪」，這個「迴」字用得好；曲曲折折地到達溪流的盡頭；換句話說，他們的「施施而行」、「漫漫而遊」到達了什麼程度，在這裡把它強化出來。然後看到「幽泉怪石」，幽泉，躲藏在深山中的泉水，於是「無遠不到」，反正心情壞極了，非走到筋疲力盡為止。

「到則披草而坐」，到了就往草皮上，咚！全身倒下去，你們有沒有這種經驗？打完球就倒在地上，對不對？這個「披」字用得極好，形容那頹然倒地、披開茅草躺下的樣子。

「傾壺而醉」，這也描寫得非常好，有高度的心理性。拿起杯子來，一口氣喝光叫做「傾壺」。我現在沒辦法表演那樣的喝法，因為我現在沒有他那種心情，只能一口一口地喝；小口地喝和「傾壺」有什麼不同呢？完全不一樣。

一口一口地喝是在品味，啊！比如王老師你今天買的是什麼咖啡？怎麼這麼好喝啊！真有味道，這是經得起玩味的意思；而「傾壺」，呼一下喝光，其實根本沒有感覺，因為他的心不在那裡。

「施施而行」、「漫漫而遊」、「幽泉怪石，無遠不到」，這些皆不在眼內。「醉則更相枕以臥；

臥而夢」，等到大家喝醉了，互相靠著睡著了，一切都是直覺和本能。

「意有所極，夢亦同趣」，他心裡所想的：「真可惡！這到底是什麼世界，老天爺到底在不在，我怎麼可能遭遇這種事情，我滿心為國家民族，怎麼會是這樣⋯⋯」作夢也是一樣。

柳宗元之所以遭貶謫，是因為他參加一個短命的政治團體，團體的領導者王叔文原本是唐順帝的老師。他教導順帝，順帝十分認同他的意見，所以等到順帝一接了父親德宗的位置，他便請他的老師做宰相，要求老師把他所有的好朋友都找來，成為唐朝權力中心，進行政治改革。可是哪裡想到唐順帝做了半年皇帝就死了，這個改革工作剛開始推動就結束了。順帝的兒子唐獻宗即位，沒有接受這個改革觀念，且立刻被特權包圍，全面摧毀、打擊王叔文這一班人。所以柳宗元這批人本來滿懷壯志，只是還沒有做就已經結束。

你們要體會他的這種心情鬱卒到某種地步！因此這裡文章一開頭的涵義是很深刻的，甚至還似乎問著，那老天爺你到底是什麼意思，為什麼要開這種玩笑？那種對於命運的不平；所以「意有所極」，想到極處，作夢都會夢到的那種令人憤怒的狀態。

「覺而起，起而歸」，醒過來，站起來就走回去！一切都非常直覺，十分本能，當中喪失了那個「真正的心」、「真正的意識」、「真正的直覺」。

就在這樣的心理狀態中，「以為凡是州之山水有異態者，皆我有也」，認為自己全都看完了。

如果我說：「某某同學，我們明天去陽明山走走吧？」你說：「陽明山有什麼好看的，我都看完了，不要看了。」我說：「某某同學，我們去故宮走走吧？」你說：「不去，從小每學期都要去故宮，翠玉白菜也就長那樣，我去那裡看了半天也沒有新的發現⋯⋯。」以為所有的景色我都看完了，「皆我有也」。「而未始知西山之怪特」，我從來不知道西山有什麼奇特的景致，我以為我都看完了，並沒有意識到西山特殊之處。

換句話說，這是柳宗元《始得西山宴遊記》裡面最重要的心理狀態，是以僇人的心理「恆惴慄」來說明，以至於他所面對的世界其實是一個不覺察、沒有心的世界。

「今年九月二十八日」，注意他標的是「日」，標出這個就等同他的再生，他的新生命的開始。

儒家講「仁義」有一個很重要的觀念——人的生命其實可以分三層。

第一層：「原始生命」，就是動物性的生命。今天有人說，人是動物，人活著就像動物，你們就要知道那是動物性的生命，他活在動物性的生命裡。

到了第二層：「自我認識」。我們突然意識到人跟動物不同，人有些特殊的部分是動物絕對沒有的；比如說，你看到自己會嚇一跳；甚至有一天，你看到你喜歡的女孩子你會手足無措。然後你可能每天照鏡子，要不就每天躲在她家門口，可是看到對方來又走掉，然後又懊悔，「我為什麼會這樣？」或是覺得自己不夠好？需要再用功一點？或者想，我不要再剃光頭了，留個頭髮，她可能會喜歡我；或是我就去剃個光頭，讓她知道我有多獨特；這就是一種生命的覺醒徵象，「自我認識」的開始，也是建立自我的開始。

第三層，「理想的建立」，這是一種「神性」的開展。儒家認為生命是從「生命覺醒」後才是屬於「人」真正的開始。

遭遇困頓，才是生命真正的開始

雖然在這之前，柳宗元已經寫了很多文章，可是等到他滿腔的熱情理想，突然被打壓，被貶到永州，他才知道過往的自以為得意與不得了，都是虛幻、不真實的。今天你遭遇困頓、艱難，你是不是還能沉得住氣，還能站得住、挺得起；這才是真正生命的開始。

他在「今年九月二十八日」，記下他真正的生日，他的再生之日，所以，特以此記下他作為「人」的真正生命的開始。

「因坐法華西亭，望西山，始指異之」，就在九月二十八日，「施施而行」、「漫漫而遊」，到了法華西亭坐下，開始東看西看，慢慢看……然後發現到，「天哪！這是一座什麼山啊！怎麼會是這樣？太奇怪了，我以前怎麼都沒有注意到？」這是生命的覺醒，他做這樣的記錄。

可是柳宗元特別把法華西亭標出來，「法華」是什麼意思？

學生：「妙法蓮華。」

沒錯！這就是指向「法華宗」，同時也是《妙法蓮華經》的省稱；法華宗是唐朝最大的佛學宗派之一；當然唐朝不只有法華宗，還有天台、華嚴、唯識、禪宗，以及淨土這幾個大派，法華是其中之首。

法華宗的大義都是在講什麼呢？重點是在於心的覺醒與徹悟。我藉由《金剛經》的話，用最簡單的方式說。《金剛經》裡面有一句話，「應無所住，而生其心」，我把「應」改成「因」，因為心裡不再牽掛，「住」就是牽掛，就是停滯不前，你們今天來上課前有沒有什麼東西讓你們牽掛？

都沒有，真的嗎？或想著，不知道老師又搞什麼花樣，他讓我們請公假來聽這個課，考試馬上到了，數學都還沒做完……那麼，可能數學是你的牽掛。一般人的心總是牽掛著，但是我們一旦沒有了牽掛，就會產生出一個新的心，這新的心會讓我們重新看這個世界；會看到完全不一樣的景象，發現完全不一樣的狀況，會讓我們的人生、命運完全改觀；即使我還是一個僇人，可是已經令我完全不同，所以他特別標出「法華西亭」，而不是說九月二十八日因坐「西亭」，而是標出「法華」，說明他的心突然「空」了，這是因緣聚合。他的心為什麼會空？因為無可言說的因緣聚合，就在那一天，就在那麼偶然，我們理性沒有辦法說清楚的狀態底下，我突然「空」了，然後也看見了。（這當然是柳宗元自身對佛學的研究，到此時突然起作用了。）

但是這段話也代表他前面的努力。他並沒有天天坐在那裡大呼痛苦，他「施施而行」、「漫漫而遊」，他努力的活著、努力思考著、努力看著這個世界，努力關心生命，就在這一個因緣聚合之下，他突然能全面地了解。

「望西山」，這個「望」是遙望，他眺望著西山，然後突然發覺怎麼跟平常看的完全不一樣。

所以「遂命僕過湘江」，這個「遂」字用得真好，沒有任何耽擱，立刻就前去；讓僕人「過湘江」，

「緣染溪」，沿著染溪，「斫榛莽」，砍掉那些雜樹，「焚茅茷」，把這些茅草、枯葉一起燒掉，「窮山之高而止」，一直到達了山頂。

這個是寫「情」，他不只寫景，還寫「情」！他寫自己全面提升，毫無耽擱，不再留戀哀傷，讓自己全然走到那個空靈的境界。

「箕踞而遨」，「箕踞」是什麼意思？就是不再「披草而坐」，而是全身放鬆，坐下來把兩腿攤開、撐開，就是兩腿這樣叉開叫做「箕踞」，是全身放鬆的表現。遨者，遊也，這個遊是什麼？是「心遊」。

「則凡數州之土壤」，指我這麼一看旁邊所有數州的土壤，「皆在衽席之下」，都在我的坐席之下，「衽席」就是坐席、墊子、席子。

「其高下之勢，岈然、洼然」，然後看到整個山勢的起伏：有的高有的低，「岈」是高，「洼」是低；「若垤、若穴」，小到就像螞蟻堆，垤是螞蟻堆，穴是小洞。

「尺寸千里，攢蹙累積」，攢蹙就是集中、累積，累積出高低不平的山勢；「莫得遯隱」完全沒有可以逃避的地方。這裡頭包含著一個新的象徵：指出在這裡我突然看清楚，所有以前各種經驗、各種想法、各種狀態，以及自身所有不快樂的來源，完全一清二楚，無可逃避，我終於面對了自己。

他既寫「景」亦寫「心」，既寫「心」亦寫「情」。

當我到達這個空的高度，無所牽掛而徹底覺悟，就好像到了高山之頂，望著數州土地，然後我看到了高高低低的山勢，我看到了許許多多的城市，同時也看到我內心各種各樣的狀態。

「縈青繚白，外與天際」，然後我慢慢看到那碧綠的山，那連綿不斷的山脈、相連不斷的雲層，一路延伸到了天邊；「四望如一」，四面一望皆是無限的天際。

敞開心胸，與天地合而為一

注意這個「無限」，原來我們是可以毫無牽掛，原來天地是這麼大，而我們所有的有限、不自由，其實全來自我們的心的感覺、心的認知，當我們一旦「空」了，我們的心與天地一般，是無限的。

「然後知是山之特出，不與培塿為類」，然後我才知道這個山的獨特性，它不是一般的小山，「培塿」就是小土堆的山；當我有了這個徹底的覺悟，我開始意識到，我現在的狀況已經不再是一般人的狀況，為什麼？

「悠悠乎與顥氣俱」，我整個的心開了，和天地之氣完全合一，「顥」就是「浩」，這個「顥」和孟子的「吾善養吾浩然之氣」相同，孟子說：我整個心胸開了，我整個心胸充滿浩然之氣。在此柳宗元已不再為這些小事情牽掛，即使自己是罪人又怎樣，只要我站在真理這一邊，我就是與天地為伍；朝廷有權力判我罪，可是我有機會享有我自己的生命，和對我自身生命的肯定。

「而莫得其涯」，無邊無際，「洋洋乎與造物者遊」，我跟天地相通，注意這句話又到了莊子，與造物者同遊；「而不知其所窮」，不知道會停在什麼地方，換言之，他在這裡得到精神上的全面解放。

於是「引觴滿酌，頹然就醉」，到了這裡我就拿起酒壺，為自己倒滿酒，祝賀我生命的再生，一飲而盡，然後全然放鬆，讓自己睡去。

「不知日之入」，不知道太陽西下，「蒼然暮色，自遠而至」，等到太陽西落了，蒼然的暮色從四面八方逐漸靠近。

「至無所見」，以至於無所見，以至於全部都黑了，看不見任何東西；「而猶不欲歸」，看到這種情形我還是捨不得走。為什麼？

我就像打坐一樣，「心凝形釋」，我的心神重新收回來，真正的自我又重新回到我的身體；而我不再受我形體的限制，不再害怕，不再擔心會受什麼處分，也不再擔心甚至於憂慮丟了性命。因為，我突然感受到人可以與天地合為一；人的精神性的無窮，可以超越人的形體，讓人真正享受自由的生命。

「與萬化冥合」，跟整個世界完全結合，「然後知吾嚮之未始遊」。「嚮」是從前，我之前到處走，以為我已經走進整個永州，其實完全沒有真正地遊玩。「遊於是乎始」，我真正的逍遙遊就從這裡開始。所以你們真要懂得什麼是「逍遙遊」，就要去讀《莊子》的〈逍遙遊〉，因為這是古人們、古老文化下的繼承。許多作家所有生命經驗的發展，都具有高度的歷史性和文化性，所以不是單一的文字，淺顯的表現。柳宗元在這裡從儒家到佛家，再轉為道家。

「故為之文以志」，指所以我特別寫下這篇文章加以記錄。「是歲」，這一年；「元和四年也」；「九月二十八日」，回憶前面。

那麼而後的幾篇文章從哪裡遊起？就從這裡，「心凝形釋與萬化冥合」遊起。透過這樣的心眼，來看整個西山的狀態以及自我的情感，這個「遊」，可以說是「逍遙遊」，或是「心遊」。

柳宗元從「仁義」始，將個人真正的性情，透過佛法的空，以至於莊子的「逍遙遊」展現。他表現了唐以後中國真正的文人、文化人、讀書人內在豐富的涵養和對這個世界的看法。

因此，如果同學們聽到有人說柳宗元是唯物論者、是經驗論者，或者說他是反對佛家的代表，或者是反對道家的代表，其實他都不是。

一如中國從漢代以後，儒、道在讀書人身上已經不分了，隋唐以後，儒、釋、道在讀書人身上也同樣不分了，但是他們合起來的終極性，都是幫助我們尋找生命的真諦，然後取得精神性的大自然，這是一篇重要的代表。

同學提問

學生問：什麼叫做「神性」？

或許我把「神性」改為「神聖性」，可能同學們就容易懂，是指人生命對最高理想的追求。

第一，這個對生命的最高理想狀態的追求，如同人可以認識上帝般接近。我們現在對於上帝所有完善的解釋中，其實都是人嚮往最高理想的表現。

第二，生命的最高理想，如同人可以認識佛，或者西天極樂的情況。所有對西天極樂的描寫、所有對佛的描寫，其實都是人的「神聖性」的展現。

第三，中國的孔子、孟子，甚至莊子、老子，也都是人最高生命理想的抒發、呈現。

因此，我們可以看到各社會、文化、宗教中都有聖人：比如在基督教中有摩西、有耶穌；在佛教裡頭有佛，有釋迦牟尼佛、彌勒佛，還有菩薩；而在哲學界，比如有蘇格拉底、柏拉圖、亞里斯多德等等。在中國則更不用說了。

當蘇格拉底被判死刑的時候，根據當時希臘人的風俗習慣，這類的案子被判死刑是可以將人放走的，人可以逃出國，過幾年回來就沒事了，可是蘇格拉底說：「不行，我之所以被判刑是因為我堅持真理的原則，如果我為了活下去而逃走，就違反了真理的原則，所以我寧可死。」

人家就說：「還有什麼比生命更可貴的？」他說：「沒有！但當我們能夠不再受死亡脅迫，超脫出生命，而能夠堅持真理原則的時候，才能獲得最大的自由。」這也是「神性」的一種表現。

孔子也是如此，孔子說：「朝聞道，夕死可矣！」他認為，當我抓住最高的生命理想展現出來的時候，我就是真正活過了；以至於肉體的生死相對於此理想的獲得，還不如這個完善，所以說「夕死可矣」。這就是所謂神聖性的展現。

因此，我們才說人的複雜性就在於：人有神聖性、有人性、有動物性（也就是生物性）。就在這些交織中間，要如何達到和諧？我們的動物性、人性、神性三者如何能和諧？

孔子從「自我認識」開始，「自我認識」就是「仁」，「自我協調」就是「義」，「仁義」就是達到人的「和諧」與「完整」。

這是從哪裡出來的？是從性情出來。每個人要從自己的個性、興趣，還有才情出發，〈始得西山宴遊記〉就是柳宗元以此為基礎出發，重建了自己的生命狀態。

柳宗元在永州可能待了十年，他一生中六百多篇創作，在永州就得兩百多篇。

柳宗元一生只活到四十七歲，然而他在不斷被貶謫的過程中，創作卻從來沒有耽擱過，而他生命的發展也從來沒有因為現實中的忐忑、坎坷而被局限。柳宗元最大量的著作是在永州這幾年，所以後人對他的讚美，不只是在他的文字，而是在他的生平。

此外〈永州八記〉這八篇文章，基本上是中國山水文章真正成熟的作品。中國開始走向山水文學，我們可以說大約是從魏晉南北朝開始。在魏晉南北朝，他們認為山水就是「道」的象徵和代表，所以中國的山水畫就是「道畫」，是「道」的呈現。

所以不要以為中國山水畫只是文人亂畫，而是在展現那個「道」，畫上的山永遠向前發展，好像造山運動，那是宇宙創生的力量；水永遠向下流動，那是永遠的延伸與聚合，這是陰陽二極的合一，而中間「縈青繚白」，是大氣的運轉。

一個畫家對於宇宙的體認，透過繪畫加以展現，所有的山水都是對這個宇宙及生命所體現的符號而已。

早先酈道元的《水經・江水注》是一本重要的地理學典籍，他對山水的描摹呈現驚人的美麗；而南朝的宗炳談山水畫的《畫論》，展現的自然山水，就是「道」，是美的極致；不過到了柳宗元這八篇文，正式開展出所謂的山水古文，也是最成熟的作品，情與景完全融合，同時也記錄一個全新的人生境界。

alinea 05 ——

辛老師的私房國文課
從經典中學習生活智慧

作者　辛意雲
發行人　王春申
總編輯　張曉蕊
主編　邱靖絨
助理編輯　何宣儀
校對　楊蕙苓
封面設計　吳郁婷
內文組版　徐平
業務組長　王建棠
行銷組長　張家舜
出版發行　臺灣商務印書館股份有限公司
23141 新北市新店區民權路108-3號5樓
電話　(02)8667-3712 傳真：(02)8667-3709
讀者服務專線　0800056196 郵撥：0000165-1
E-mail　ecptw@cptw.com.tw
網路書店網址　www.cptw.com.tw
臉書　facebook.com.tw/ecptw

局版北市業字第 993 號
初版一刷：2017 年 10 月
初版五刷：2022 年 11 月
定價：新台幣 360 元

特別感謝：建國中學國文科教學研究會／提供

辛老師的私房國文課：從經典中學習生活智慧 / 辛意雲著； -- 初版 . -- 新北市：臺灣商務，2017.10
面；　公分 . -- (alinea)

ISBN 978-957-05-3102-2(平裝)

1. 國文科　2. 讀本

836　　106014733